我想象中的那个人

范小青、子川对话录

范小青　子川　著

南京大学出版社

目　录

范小青

你要开车去哪里

结婚的时候，子和和太太除了互相戴上结婚戒指，子和的太太还送给子和一块玉佩，是一个观音像。太太说，男戴观音女戴佛，你就挂在身上吧，它会保佑你的。

子和收下了太太的玉佩，但他没有挂。他身上原先也一直有一块玉佩的。那是一块天然翡翠，色泽浓艳纯正，雕成一个栩栩如生的蝉，由一根红绳子系着挂在胸前。他结了婚，也仍然挂着原来的那一块。太太有点不悦，也有点怀疑，问这是什么。子和说这是奶奶留给他的，他不想摘下来。

子和这么说了，太太嘴上虽然不好再说什么，但心里的怀疑仍然在。女人的敏感有时候真的很神奇，就像子和的太太，她怀疑子和挂着的玉蝉是一个女人送的，事实还真是如此。

子和挂着的这个翡翠玉蝉，确实就是子和的前女友出国时留给他的。她没说这算不算信物，但她告诉子和，这是奶奶留给她的。而且，据她的奶奶说，又是奶奶上辈的人传到奶奶手里的，至于在奶奶之上的这个上辈，会不会又是从再上辈那里得到的，那就搞不太清了。但至少这个玉蝉的年代是比较久远了，所以，别说它是一块昂贵的翡翠，即使它没有多高贵的品质，是一块普通的玉，光靠时间的磨砺，也足够让人敬重的了。

“蝉”和“缠”是一样的读音，是不是意味着他们的感情缠绵不断？女友还特意找了一根永不褪色的红绳子，也可能是象征着她的爱心永远不变。

女友就走了。

一开始子和并没有把玉佩挂在身上，子和不相信什么信物，但他相信感情。女友出去以后，因为学习和工作的繁忙紧张，不像在国内那样缠绵了，子和常常很长时间得不到她的信息。子和的亲友都觉得子和傻，一块玉佩能证明什么呢？女孩子如果变了心，别说一块玉佩，就是一座金山，也是追不回来的。尤其是子和的母亲，眼看着儿子的年龄一天一天大起来，担心儿子因此耽误了终身大事，老是有事没事说几句怪话，为的是让子和从心里把那个远在大洋彼岸的女孩忘掉。可是子和忘不掉，他一直在等她。

子和最终也没有等到她。她没有变心，她出车祸死了。死之前，她刚刚给子和发了一封信，告诉子和，她快要回来了。

从此之后，子和就一直把这个玉蝉挂在身上了。许多年来，玉不离身，连洗澡睡觉都不摘下来。后来子和的太太也知道了这个事实，虽然那个女人已经不在了，但她心里总还是有点疙疙瘩瘩的，子和一直挂着玉蝉，说明他心里还牵挂着前女友。太太或者转弯抹角地试探，或者旁敲侧击地琢磨，后来干脆直截了当地询问，但子和都没有正面回答。

子和把前女友深深地埋在心底深处，谁也看不到她。

不知从什么时候开始，渐渐地，玩玉赏玉成了时尚，越来越多的人对玉有兴趣，越来越多的人身上挂着藏着揣着玉。经常在公众的场合，或者吃饭的时候，或者一起出差的时候，甚至开会开到一半，大家的话题就扯谈到玉上去了。谈着谈着，就开始有人往外掏玉，有的是从随身带着的包里拿出来，有的是从领口里挖出来，也有的是从腰眼那里拽出来，还有的人，他是连玉和赏玉的工具一起掏出来的。然后大家互相欣赏，互相评判，互相吹捧，又互相攻击。再就是各人讲自己的玉的故事，有的故事很感人，也有的故事很离奇。

每每在这样的时候，子和总是默默地听着他们说，他从来都是一声不吭的。也有的时候，大家都讲完了，只剩下他了，他们就逼问他，有没有玉，玩不玩玉，子和摇头，别人立刻就对他失去了兴趣。

其实子和挂这块玉的时间，比他们玩玉、赏玉要早得多，只是子和觉得，他身上挂的，并不是一块玉，而是一个寄托，是一种精神。但那是他一个人的寄托，一个人的精神，跟别人没有关系，不需要拿出来让大家共享。

后来有一次，正是春夏之际，天气渐渐暖了，大家一起吃饭，越吃越热，子和脱去外衣，内衣的领子比较低，就露出了那根红绳子。开始没人注意，但过了一会儿，却被旁边一个细心的女孩看见了，手一指就嚷了起来，子和，你这是什么？子和想掩饰已经来不及了，便用手遮挡一下，但又有另一个泼辣的女孩手脚麻利上前就扒开他的衣领拉了出来，哇，一个翡翠玉蝉哇！硬是从子和的颈子上摘了下来，举着给大家看。

同事们都哄起来，有的生气，有的撇嘴，说，这么长时间，怎么问你你都不说，什么意思呢？觉得子和心机太深、心思太重，甚至有人说子和这样的人太阴险、太可怕，不可交。子和也不解释，也不生气，眼睛一直追随着玉蝉。大家批评他，他刀枪不入，结果也拿他没办法，就干脆丢开他这个人，去欣赏和鉴定他的玉蝉了。

这一场欣赏和鉴定，引起了很大的争论，有的说价值连城，有的认为一般般。最后又问子和，要他自己说。子和说，我也不知道，我不懂玉，我不知道。大家又生他的气，说，不懂玉，还把玉蝉牢牢地挂在颈子上。另一个人说，还舍不得拿出来给我们看。再一个人说，是不是觉得我们这批人特俗，没有资格看你的玉蝉？还是发现玉蝉的那个女孩心眼好一点，她朝大家翻翻白眼，说，谁没有自己的隐私？子和不愿意说，就可以不说，你们干吗这种态度？女孩是金口玉言，她一说话，别人就不吭声，不再指责子和了。

他们后来把玉蝉还给了子和，都觉得他这个人没劲、没趣，还扫兴。子和也不理会大家的不满。

过了几天，子和的同事里有个好事者，遇见子和的太太，跟她说，没想到子和竟然有这么好的一块玉，那可不是一般的好。子和的太太是早就知道这块玉的，但她并不懂玉，以为就是普通的一块玉佩，没当回事情。现在听子和的同事这么说了，心思活动起来了，她也知道现在外面玉的身价陡长。太太回家问子和,到底是块什么玉。子和同回答同事一样回答她,说他不懂玉,所以不知道。太太就说,既然你不知道,我们请专家去鉴定一下,不就知道了?子和不同意。太太知道他心里藏着东西,就说,又不是让你不挂了,只是暂时取下来请人家看一看,你再挂就是了。子和仍然不肯,太太就有点生气了,说,你到底为什么不肯去鉴定?子和说,那你到底为什么一定要去鉴定?太太说,你如果怕摘掉了不能保佑你,你暂时把我的那个玉观音戴上,观音总比一只小知了会保佑人吧。子和说,我挂它,不是为了让它保佑我。太太深知子和的脾气,再说下去,就是一场新的冷战开始了。太太是个直性子、急性子,不喜欢冷战,就随他去了,说,挂吧挂吧。

其实太太并没有死心,以她的个性,既然已经知道玉蝉昂贵,但又不知道到底值多少钱,心里痒痒,是熬不过去的。她耐心地守候,后来终于给她守到一个机会,那天子和喝醉酒了。

子和平时一直是个比较理智的人,很少失控多喝酒,可这一次同学聚会却是酩酊大醉,回来倒头就睡。太太也无暇分析子和为什么会在同学聚会时喝醉酒,急急地从子和颈子里摘了玉蝉就去找人了。

结果证明，子和的这块翡翠玉佩，果然非同一般，朝代久远，质地高尚，雕工精致，是从古至今的玉器中少见的上上品。

太太回来的时候，子和还没有醒呢，太太悄悄地替他把玉蝉挂回去，然后压抑住狂喜的心情，一直等到第二天，子和的酒彻底醒了，她才把专家对玉蝉的估价告诉了他。

子和起先只是默默地听，并没有什么反应，任凭太太绘声绘色地说着，专家看到玉蝉时怎么眼睛发亮，几个人怎么争先恐后地抢着看，等等等等。太太说得眉飞色舞、情不自禁，可子和不仅没有受到太太的情绪感染，反而觉得心情越来越郁闷，玉蝉又硬又凉，硌得他胸口隐隐作痛，好像那石头要把他的皮肤磨破了。子和忍不住用手去摸一摸，他甚至怀疑是不是被太太偷梁换柱了，这么多年他一直把玉蝉挂在心口，从来没有不适的感觉，玉蝉是圆润的，它已经和他融为一体了，只有浑然和温暖。

太太并没有偷换他的玉蝉，可玉蝉已经不再是那块玉蝉了，这块玉蝉在子和的胸口作祟，搞得他坐卧不宁，尤其到了晚上，戴着它根本就不能入睡，即使睡了也是噩梦不断，子和只得摘了下来。

从此以后，每天晚上子和都得把玉蝉摘下来，才能睡去。

就这么每天戴了摘，摘了戴，终于有一天，子和在外地出差，晚上睡觉前把玉蝉摘下来，搁在宾馆的床头柜上。可是第二天早晨，子和却没有再戴上，就把玉蝉丢失在遥远的他乡了。

后来子和怎么回忆也回忆不起来，那一天早晨，是因为走得急，忘记和忽视了玉蝉；还是因为早晨起来的时候，玉蝉已经不在床头柜上了。子和努力回想那个早晨的情形，但他的大脑里一片空白，没有玉蝉，什么也没有，甚至连那个小宾馆的房间他也记不清了，那个搁过玉蝉的床头柜好像也从来没有出现过。

子和回来以后，一直为玉蝉沉闷着，连话也不肯说。子和的太太更是生气，她责怪子和太粗心，这么昂贵的东西怎么能随便乱放呢？她甚至怀疑子和是有意丢掉的。子和听太太这么说，回头朝她认真地看了看，过了一会儿，他说，有意丢掉？为什么有意丢掉？太太没有回答他，只是朝着空中翻了个白眼。

子和不甘心玉蝉就这么丢失了，他想方设法地找机会，重新来到他丢失玉蝉的这个地方。这是一个偏远的小县城，县城街上的路面还是石子路面。子和走在石子街上，对面有个女孩子穿着高跟鞋“的咯、的咯”地走过他的身边，然后，渐渐地，“的咯、的咯”的声音远去了，子和的思绪也一下飞得很远很远，远到哪里，子和似乎是知道的，又似乎不知道。

子和平时经常出差，所以不可能每到一处都把当时的住宿情况记得清清楚楚，他也没有记日记的习惯，出过一次差，不多天以后就把这次行动忘记了。当然子和出差一般不会是一个人行动，多半有同事和他做伴，丢失玉蝉的这一次也不例外。子和为了回到那个县城去寻找玉蝉，他和同事核对了一下当时的情况，确认他们住的是哪家宾馆，是宾馆的哪间房间。

但是就像在回忆中一样，他走进宾馆的时候，大脑仍是一片空白，他记忆中没有这个地方，没有这个不大的大厅，没有那个不大的总台，也没有从大厅直接上楼去的楼梯，总之宾馆的一切对他来说都是陌生的，都是第一次见到。

子和犹犹豫豫到总台去开房间，他要求住他曾经住过的那一间，总台的服务员似乎有点疑惑，多看了他一眼，但并没有多问什么话，就按他的要求给他开了那一间。

子和来到他之前住的房间，也就是丢失玉蝉的地方，拿钥匙开门的时候，他的心脏有点异样的感觉，好像被提了起来，提到了嗓子眼上，似乎房间里有什么意料之中或意料之外的东西等待着他。子和深深地吸了一口气，镇定了一下，打开了房门。

子和没有进门，站在门口朝屋里张望了一下，这一张望，使子和的那颗悬吊起来的心，一下子落了下去，从嗓子眼上落到了肚子里，闷闷地堵在那里了。

房间和宾馆的大厅一样，对他来说，是那么地陌生，他觉得自己根本就没有住过这间房间，里边的一切，他从来都没有见过。床头边确实有一个床头柜，但每个宾馆的房间里都会有床头柜，子和完全无法确定，这是不是他搁放玉蝉的那个床头柜。

子和努力从脑海里搜索哪怕一星半点的熟悉的记忆，可是没有，怎么也搜索不到。渐渐地，子和对自己、对同事都产生了怀疑，也许是他和他的同事都记错了地点。

子和在房间里愣了片刻，又转身下楼回到总台，他请总台的服务员查了一下登记簿，出乎子和的意料，登记簿上清清楚楚地写着子和和他的同事的名字、入住的日期和他们住的房间，一切都是千真万确，一点都没有差错。

子和又觉得是他的记忆出了问题，但现在来不及管记忆的问题了，首先，也是唯一的办法，就是先强迫自己承认这里就是他住过的宾馆、房间，这里就是他丢失玉蝉的地方。

强迫自己接受了这个前提，子和就指了指总台服务员手里的登记簿说，你这上面登记的这个人，就是我，另外一个，是我的同事。服务员说，是呀，我知道就是你。子和奇怪地说，你怎么知道是我？你记得我来过吗？服务员说，先生你开什么玩笑，我怎么记得你来过？宾馆每天要来许多客人，我们不可能都记得。她见子和又要问话，赶紧也指了指登记簿，说，这没有什么好奇怪的，这上面的名字是一样的嘛，还有，你登记的身份证号码也是一样的嘛。子和说，那就对了，是我——上次我们来出差，我有一块玉丢失在你们宾馆，丢失在我们住的那个房间了，我回去以后打电话来问过，可你们说没有人捡到。服务员一听他这话，立刻显得有点紧张，说，什么玉？我不知道的。子和说，我这一次是特意来的，想再找一找，再了解一下当时的情况，看看有没有可能发现一点线索。服务员避开了子和的盯注，嘀嘀咕咕地说，我不知道的，你不要问我，我什么也不知道的。

他们只说了几句话，宾馆的经理就过来了，听说子和在这里丢了玉蝉，宾馆经理的眼睛里立刻露出了警觉，他虽然是经理，口气却和服务员差不多，一迭连声说，什么玉蝉？

什么玉蝉？你什么意思？你什么意思？子和说，我没有什么意思，如果有人捡到了我的玉蝉，拾物应该归还，如果他想要一点谢酬，我会给他的。经理说，玉蝉，你说的玉蝉是个什么东西？子和说，就是一块玉雕成的一只蝉的形状。子和见经理不明白，又做了个手势，告诉宾馆经理玉蝉有多大。宾馆经理似乎松了一口气，说，噢，这么个东西啊，我还以为是什么宝贝呢。子和想说，它确实是个宝贝，但他最后还是没说出来。

宾馆经理虽然对子和抱有警觉心，但他是个热心人，等他感觉出子和不是来敲诈勒索的时候，就热情地指点子和。他说，如果有人捡到了，或者偷走了，肯定会出手的。子和不知道他说的“出手”，是出到什么地方。宾馆经理说，这个小地方，还能有什么地方？县城里总共就那几家古董店。他忽然神秘兮兮地压低了声音，但语气加重了，似乎是在做一个特别的申明，说，古董店，是假古董店。

在县城的小街上，子和果然看到一字排开有三家一样小的古董店，子和走进其中的一家，问有没有玉蝉，古董店老板笑了笑，转身从背后的柜子里抽出一个小木盒，打开盖子，“哗啦”一下，竟然倒出一堆小玉佩。子和凑上前一看，这个盒子里装的，竟然全都是玉蝉，只是玉的品质和雕刻的形状各不一样。

虽然玉蝉很多，但子和一眼就看清了，里边没有他的玉蝉。子和说，老板，有没有天然翡翠的，是一件老货。店老板抬眼看了看子和，说，传世翡翠？你笑话我吧，我这个店的全部身家加起来，值那样一块吗？

子和不甘心，他怕自己分神、粗心，又重新仔仔细细地把那一堆各式各样的玉蝉，看了又看，摸了又摸。

店老板说，其实你不用这么仔细看的，不会有你说的那一块，要是有你说的那一块，我能开这样的价吗？你别以为我开个假古董店，就是绝对的外行，我只是没有经济实力，而不是没有眼力。子和从一堆玉蝉中抬眼看了看店老板，他看到店老板的目光里透露着一丝狡猾的笑意。后来，在很长的一段时间里，这道目光一直追随着子和，使子和心里无法平静，他不知道店老板的笑容里有什么意思。

店老板说，这位先生，既然找不到你的那块玉蝉，还不如从我的这些玉蝉里挑一块去，反正都是玉蝉，我这里的货虽然品质差一些，但雕工不差的，价格也便宜呀。当然，无论店老板怎么劝说，子和是不会买的。

子和十分沮丧，他甚至都不想再跑另外的两家店了，他觉得完全无望，玉蝉根本就不在这里，他感觉不到它的存在，他更感觉不到它到哪里去了。就在这个时候，子和的手机响了起来，是女儿幼儿园的老师打来的，说是在子和女儿小床的垫被下面，发现了一块玉蝉，请他去看看，是不是小女孩从家里拿出来玩的。

事情正如老师推测的那样。

可能那一天子和出差的时候，把隔天晚上摘下来的玉蝉留在了家里的床头柜上。子和的女儿看到爸爸将玉蝉忘记在家里，觉得很好奇，因为她从小就知道，玉蝉一直都是跟着爸爸的，爸爸怎么会让它独自留在家里呢？小女孩拿到幼儿园去给小朋友们看，小朋友没觉得玉蝉有什么好玩的，看了几眼就没兴趣了。子和的女儿也没有兴趣，就随手扔在自己的小床上，不一会儿也就忘记了。老师叠被子的时候，不知怎么就被叠到垫被下面去了。一直到这个星期天，幼儿园打扫卫生清洗被褥时，老师才发现了这块玉蝉。

失而复得的过程竟是这么简单，简单到出人意料，简单到让人不敢相信。子和重新拿到玉蝉的时候，他都不敢相信自己的眼睛，但是玉蝉本身带有的种种特殊印记证明了这就是他的那块玉蝉。

子和却没有再把玉蝉挂起来。子和的太太了解子和，她知道子和内心深处有着深深的怀疑，他怀疑这个玉蝉已经不是原先的那个玉蝉了，虽然记号相似，但是他觉得这个“它”，已经不是那个“它”。

为了让子和解开心里的疙瘩，确定这个“它”到底是不是那个“它”，子和太太重新去请权威的专家进行鉴定，鉴定的结果令子和太太吃了一颗定心丸，她回来兴奋不已地告诉子和，“它”就是“它”。

子和摇了摇头，他完全不知道“它”是不是“它”。

子和太太见子和摇头，感觉机会来了，赶紧问子和，这个玉蝉你还戴吗？子和说不戴了。子和的太太早就要想把玉蝉变现，现在终于忍不住说了出来。子和听了，也没觉得怎么反感，只是问了一句，你说它有价值，价值不就是钱吗？为什么非要变成钱呢？太太说，不变成钱，就不能买房买车买其他东西呀。子和说，既然你如此想变钱，你就拿去变吧。他的口气，好像这块玉蝉不是随他一起走过了许多年的那块玉蝉，好像不是他从前时时刻刻挂在身上不能离开须臾片刻的那块玉蝉。他是那样的漫不经心，那样的毫不在意，好像在说一件完全与他无关的东西，以至于他的太太听了他的这种完全无所谓的口气，还特意地朝他的脸上看了看，她以为他在说赌气的话呢。但子和说的不是气话，他完全同意太太去处理玉蝉，随便怎么处理都可以，因为这块玉蝉在他的心里，早已经不是那块玉蝉了。

他太太生怕他反悔，动作迅速地卖掉了这块价值昂贵的玉蝉，再贴上自己一点私房钱，买了一辆家庭小轿车。她早就拿到了驾照，但一直没买车，心和手都痒死了，现在终于把玉蝉变成了车，别提有多兴奋。整天做着星期天全家开车出游的计划，这个星期到哪里，下个星期到哪里。

日子过得很美好，不仅太太心头的隐患彻底消除了，还坏事变好事，把隐患变成了幸福生活的源泉。

可是有些事情谁知道呢？就在子和太太的车技越来越娴熟的时候，她突然出了车祸。

那天天气很好，子和太太心情也很好，路面情况很正常，一点也不乱，她的车速也不快，她既没有急于要办的事情，也没有任何心理问题。总之，在完全不可能发生车祸的那一瞬间，车祸发生了。

撞倒了一个女孩，一个二十刚出头的花季少女，她死了，血流淌了一地，子和太太当场就吓晕过去了。等医护人员赶来把她救醒，她浑身发抖，反反复复地说，是我的罪过，是我的罪过，是我撞死她的，是我撞死她的，全是我的错，我看见她，我就慌了，我一慌，我想踩刹车，结果踩了油门，是我撞死了她，对不起，对不起——可奇怪的是，交警方面调查和鉴定的结果却正好相反，子和太太反应很快，一看到人，立刻就踩了刹车——她踩的就是刹车，而不是油门。可是刹车没有那个女孩扑过来的速度快，悲剧还是发生了。当场也有好几个人证明，亲眼看见那个女孩扑到汽车上去的。甚至还有一个人说，他看到女孩起先躲在树背后，看到子和太太的汽车过来，她就突然蹿了出来，扑了上去。但他的这个说法没有其他人能够印证。

所以，死了的那个女孩是全责，子和的太太没有责任，她正常地行驶在正常的道路上，即便反应再快，哪里经得起一个突然扑上来的人的攻击？

可是任凭别人怎么解释，子和的太太就是听不进去，她始终认为是自己的责任，她反反复复地说，是我的罪过，是我的罪过，是我杀死了她，我一看到她我就慌了，我想踩刹车，结果踩了油门，是我杀死了她。

女孩遗体告别的那一天，子和去了，但他只是闭着眼睛听着女孩家人的哭声，他始终没敢看女孩的遗容。子和内心深处似乎有一种隐隐约约的感觉，他怕看到的会是一张熟悉的脸。

在医生的建议下，子和让太太服了一段时间的治疗药物，太太的情况稍有好转，她不再反反复复说那几句话了，但她也不能再开车了。不仅不能开车，在很长的一段时间里，她都不能听别人谈有关车的事情，都不能听到一个“车”字。凡是和车有关的事情，都会让她受到刺激，立刻会有发病的迹象。全家人都小心翼翼，尽量避免谈到车的事情。

她的那辆小车，一直停在小区的车位上，因为是露天车位，经历着风吹雨打太阳晒。子和曾经想卖掉它，又怕卖掉后太太经过时看不见它，会忽然失常，想问问太太的意见，但是刚说到个“车”字，太太的眼神就不对了，子和只得放弃这个打算，任由它天长日久地停在那里。

后来，这辆车生锈了，再后来，它锈得面目全非了。

子　川

当精神价值被消解

——读《你要开车去哪里》

《你要开车去哪里》是范小青又一篇短得不能再短的小说，通篇只有八千字。正像剑侠小说中的短兵器，所谓“一寸短一寸险”，是最不容易把握的武器。然而，这小说不小，甚至可以说很大。大就大在它用具体写出了抽象，用生活细节写出了生命的本质，而且，在生命本质的层面，它还写出了现代性导致的人性的异化，以及价值理念上的悖论。

小说主人公子和的脖子上挂了一枚玉蝉，“许多年来，玉不离身，连洗澡睡觉都不摘下来”。这是恋人送给子和的信物。当恋人在国外遭遇车祸丧身后，“子和就一直把这个玉蝉挂在身上了”。这时的玉蝉，不仅属于过去了的时光，还是另一个世界与现实世界的唯一联结。

“蝉”与“缠”同音，也是隐喻。通读后，你会发现小说中有生与死、得与失、虚与实、真与幻、过去与当下、精神与物质的种种缠绕。

当“玩玉赏玉成了时尚，越来越多的人对玉有兴趣”，朋友聚会经常在一起玩玉、赏玉、斗玉。“每每在这样的时候，子和总是默默地听着他们说，他从来都是一声不吭的。也有的时候，大家都讲完了，只剩下他了，他们就逼问他，有没有玉，玩不玩玉，子和摇头，别人立刻就对他失去了兴趣。”这里的子和一点也没有矫情的意思，因为在他心中，脖子上挂着的其实不是一块玉，它只是一种情愫，是种植在过去了的时光里的东西，是肉体的死亡在精神层面得以不死的象征物。

子和脖子上这枚玉蝉，偶然被同事发现，虽然同事们还不能断定玉蝉的昂贵程度，但这是一块好玉应当毫无疑问。子和依旧无所谓，他佩带玉蝉的初衷，跟玉蝉的质地没有任何关系。子和太太“并不懂玉，以为就是普通的一块玉佩，没当回事情”。虽然她知道这块玉蝉的来历以及那个送玉蝉的人已死于车祸，“子和一直挂着玉蝉，说明他心里还牵挂着前女友”。心里难免“有点疙疙瘩瘩的”，现在听子和的同事说起“没想到子和竟然有这么好的玉”。子和太太的心思活动起来，在几次提出找专家鉴定遭到子和的拒绝后，她趁子和醉酒之际，偷偷取下这枚与他形影不离的玉蝉，找专家鉴定，并被专家标出价格。这时子和的信物，就被还原成一枚翡翠玉佩，而且“朝代久远，质地高尚，雕工精致，是从古至今的玉器中少见的上上品”。

当专家的鉴定与标定的价格，把本无价格的信物变成了有价的商品，子和的被车祸杀死的恋人，实际上开始了第二次被杀死的历程。第一次是在身边的世界中，第二次是从子和的生命中。奇妙的是，这第二种死亡看上去似乎只是精神层面的死亡，它恰恰来自物质层面的诱惑与压迫，如果说造成第一次死亡的只是一个意外事件，而造成第二次死亡的则来自人性的弱点，而这种人性的弱点，显而易见透映出现代功利的价值取向。也就是说，在一切都可以被明码标价的当下，人性的弱点呈被膨胀、放大的趋势，死于精神层面也就不再是一种意外，不再是单纯的个别事件。从这层意义上看，子和恋人的“第二次死亡”，更显得重要。

在作者笔下，子和恋人的“第二次死亡”的经历有一番周折。

由于信物的精神价值被翡翠的商品价值玷污，子和“觉得心情越来越郁闷，玉蝉又硬又凉，硌得他胸口隐隐作痛，好像那石头要把他的皮肤磨破了。子和忍不住用手去摸一摸，他甚至怀疑是不是被太太偷梁换柱了”。显然，“太太并没有偷换他的玉蝉，可玉蝉已经不再是那块玉蝉了”。到后来，子和必须摘下玉蝉才能安睡。也正因为如此，玉蝉终于在子和的一次出差之后，不翼而飞。

子和特地去出差的城市寻访，却一无所获，“子和努力从脑海里搜索哪怕一星半点的熟悉的记忆，可是没有，怎么也搜索不到。渐渐地，子和对自己、对同事都产生了怀疑，也许是他和他的同事都记错了地点”。读到这里，故事似乎说完了。但，这只是一次假“死”，幼儿园老师的一个电话，突然柳暗花明。原来玉蝉并没有丢失在出差途中，而是被女儿带到幼儿园去玩，“不知怎么就被叠到垫被下面去了。一直到这个星期天，幼儿园打扫卫生清洗被褥时，老师才发现了这块玉蝉”。

“失而复得的过程竟是这么简单，简单到出人意料，简单到让人不敢相信。”复得的是翡翠，却不再是当初跟子和形影不离的信物了，“子和却没有再把玉蝉挂起来”。也就是说，假“死”的并没有能真正“活”过来，或者说子和恋人距离第二次死亡的时间已越来越近了。

最后，“第二次死亡”在另一场车祸中完成。当子和太太“动作迅速地卖掉了这块价值昂贵的玉蝉，再贴上自己一点私房钱，买了一辆家庭小轿车”。子和太太开着新车制造了另一起车祸，死者也是“一个二十刚出头的花季少女”。这是一个与子和的因车祸死去的恋人差不多年纪的女孩。

“女孩遗体告别的那一天，子和去了，但他只是闭着眼睛听着女孩家人的哭声，他始终没敢看女孩的遗容。子和内心深处似乎有一种隐隐约约的感觉，他怕看到的会是一张熟悉的脸。”

作者的这一笔，非常精妙，它把此时此地的死亡与彼时彼地的死亡，在心理层面上重叠起来。不仅如此，子和太太出了车祸后，“浑身发抖，反反复复地说，是我的罪过，是我的罪过，是我撞死她的，是我撞死她的，全是我的错……”也正是在心理层面上把两起车祸混淆。这种心理层面的重叠与混淆，揭示一个事实，当信物变成了翡翠，玉蝉转换为汽车，当事人并没有如小说所写的那样：“日子过得很美好，不仅太太心头的隐患彻底消除了，还坏事变好事，把隐患变成了幸福生活的源泉。”也许，这只是当事人的初始动机，结果适得其反。

这时，小说述说的故事终于完成了。其结果是：失去后的得到和得到后的失去。前者是信物失去了，得到价值不菲的古玉。后者则是当玉蝉的财富价值（子和太太那里）从精神价值(子和脖子上)剥离,使之成为一种纯物质,玉蝉沦为子和生命中的废弃物。无价的信物是具体生命的组成部分,而有价的玉蝉,却成了生命的废弃物。这是一个悖论,是价值理念上的悖论。显而易见,在当下社会,这样的废弃物随处可见。

生命本身包含许多内容,过去了的时光以及种植其中的东西,都是生命的有机组成部分。如果人的生命意义只显示出物质指数的刻度,生命的价值也就值得质疑。当然,物质的东西,也许对生活有价值,但毕竟是附加值,因为生活不是生命的全部目的。生命中一些不可言说的东西,才对生命的本质有意义,又因为这个意义是属于个人的,所以是无法替代的。

这也是人与物的根本不同。在物的层面,没有了使用价值的东西,是一堆废弃物。而在人那里,没有了使用价值的东西,却因为它提示了过去的时光而显现出价值。这就是为什么一个失忆的人,会觉得自己始终处于漂浮状态。那是因为,生命的意义还在于它承载许多已经消逝的内容,而对这些内容的记忆、追怀,以及满意度,构成了生命的全部意义。当一个人丧失了记忆,他也等于失去了过去的时光。这时,他的生命的意义也等于被消解。

你要开车去哪里？它的张力在于，这里的“你”，其实并不是一种确指。虽然小说中有子和太太这个具体人，有车，有开车而导致的车祸，有车祸造成的死亡，以致子和太太的精神失常这样一个悲剧结局。然而，在读者那里，人们读出的小说的指向，其实是整个人类的困境，人的欲望始终难以平抑，尤其在物化倾向极为明显的当下。这是一个充满现代性诱惑的世界，流动的现代性让现代人认为：既然生命是短暂的，充分享受生命，强调当下，才是现代人应有的观念。这一观念还导致了人们重物质、轻精神的倾向。遗憾的是，这种自作聪明，让人陷入一个更大的误区：人类本着充分占有当下、尽情享受生命的目标，受欲望驱使，把附加值当成价值去追求，其结果却是许多生命应该有的内容竟成了生命的废弃物，因而也在根本上废弃了自己的生命。

这一切，又都是现代人在追求所谓当下的最大幸福的过程中，为欲望驱使所造成的后果。显然，这里并不存在一个明确的责任方。一切都是在正常的、道德的范畴下发生，也没有鲜明的争辩和激烈的对抗。在小说中，子和太太最初对子和的玉蝉带有嫉妒的情绪，后来为翡翠的价格动心，包括她将翡翠换成小车所采取的温婉的处理方式，一切都无可非议。然而，正如歌德说的那样：向上的路和向下的路，是同一条路。

在这里，人们可以看到，小说所揭示的内涵要远远大于字面上的内容。你要开车去哪里？这里的“你”，不只是指向子和太太，其实是一种抽象，是人性的异化，也是一种无休止的自我缠绕。

在这种异化面前，人类行为的真实意义将被看穿、被判断。在宇宙的无穷之中，个体生命可能会从凡人的视野中消失，比如子和的恋人，但她还活在子和的生命中。一旦她真正地死了（第二次，从子和生命中死亡），所带来的并不是活着的人的幸福，这就是说，她用她的“第二次死亡”，给现实生活造成了致命的影响。这影响体现在：当玉蝉失去了象征意义之后，子和整个人的气场不对了，此前，“这么多年他一直把玉蝉挂在心口，从来没有不适的感觉，玉蝉是圆润的，它已经和他融为一体了，只有浑然和温暖”。而后来，“这块玉蝉在子和的胸口作祟，搞得他坐卧不宁，尤其到了晚上，戴着它根本就不能入睡，即使睡了也是噩梦不断，子和只得摘了下来”。当子和太太用这块玉蝉换了一辆车，却面临着车祸、精神失常……而那辆车呢，“后来，这辆车生锈了，再后来，它锈得面目全非了”。

从挂在子和脖子上的温润的玉蝉，到露天车位上风吹日晒锈得面目全非的车，这里变化锈蚀的难道仅仅是玉蝉与小车吗？

在现代社会的价值取向和人的欲望的合谋下，当子和太太把玉蝉从一个象征物变成一个实在的物，玉蝉的精神价值被消解，成了生命的废弃物。而当玉蝉成了生命废弃物时，人们已经看到了结果：那就是子和、他的太太，甚至那些斗玉玩玉的人，那些擅于发现物品流通价值的人，那些喜欢用物质指数来衡量生命价值的人，等等。我们所有人，其实都沦为被废弃的生命。

这是生命的悲剧，也是时代的悲剧。帕斯卡尔说："任何东西对于我们都可以成为致命的，哪怕是那些造出来为我们服务的东西；例如在自然界中，墙壁可以压死我们，楼梯可以摔死我们，假使我们走得不正当的话。"

人啊人，你要开车去哪里？

范小青

短信飞吧

人生就是一个“熬”字，黎一平熬了十多年，总算熬进了“双人间”。

这是机关的规矩。科长带着他自己和他以下的一群人，在一个大统间里办公，同事和同事之间的隔断，是磨砂玻璃屏，既模模糊糊，又不高不低，让你坐着办公的时候，可以看得见对面的同事，更确切一点说，是看得见对面同事的一小撮头发。可别小看了这一小撮头发，它至少让你知道对面的同事在不在自己的岗位上。有的时候，如果那位同事疲惫了，人不是挺着坐，而是赖在椅子上，身子矬下去，这一小撮头发就不见了。也有的时候，那同事人逢喜事精神爽，身子竖直起来，你就能看到更多一点头发，然后看到他的额头，甚至都能对上他的眼睛了。也有的人在这里熬成了精，甚至能够从这一小撮头发里，看出对面这个同事的心情，看出他一切正常还是新近遭遇了一些不平常的事情。

熬到副处，进了双人间，人与人之间不再有这种模糊的隔断，那一小撮头发就没有了，你面对的是另一位副处的全部面目。当然，再熬下去，就是正处，正处是单间，然后，如果当上局领导，就是套间，办公室里带卫生间，方便时不用出办公室，那真是很方便了，正局长就更方便一些，是三套间，除了办公室、卫生间，还有接待和休息间。

从进单位的那一刻起，不用前辈交代吩咐，拿自己的眼睛一看，就知道这个事实，每个人也就有了自己的目标。这没有什么可抱怨的，房间面前人人平等，只要你有性子熬，熬到那份上，自然少不了你。更何况，如今在那双人间、单间、套间里办公的人，又有哪个不是熬出来的？

黎一平现在算是熬出了比较关键的一步，从大统间来到双人间，除了享受成功的喜悦之外，一个最明显的好处，就是安静。

从前黎一平在大统间里心神恍惚，无处躲藏，梦寐以求的就是这个安静。可奇怪的是，当安静真正到来的时候，黎一平还没来得及享受双人间给他带来的喜悦，倒已经滋生出了许多新的不自在。

过去在大统间里办公，那是许多双眼睛的盯注，但这许多双眼睛的盯注是交叉进行的，并不是这许多眼睛都只盯着你一个人，而是你盯他，他盯她，她又盯你，你又盯她，一片混乱；还有，这许多眼睛的盯注，大多不是非常直白的，而是似看非看，似是而非，移来转去，看谁都可以，不看谁也都可以，十分自由。可现在情况发生了很大的变化，总共只有两个人，没有第三者可看，同事间的这种盯注，就从混乱模糊变得既明白又专一。

两个人面对面坐着，如果没有什么打扰，连对方的呼吸都能听得清楚，更不要说对方的一举一动、一言一语，从身体到思想，几乎无一处逃得出另一方的锐利的眼睛和更锐利的感觉。因为空间小、距离近，你越是不想关注对方，对方的举止言行就越是要往你眼睛里撞，你又不能闭着眼睛上班，即使闭上眼睛，对方的声息也逃不出你的耳朵，即使在耳朵里塞上棉球，对方的一切，仍然笼罩着你的感官。结果反而搞得黎一平鬼鬼祟祟，坐立不安，百爪挠心似的。

老魏比黎一平先进双人间，他能够体会黎一平的心情，也很善解人意，跟他传授经验说，我刚进双人间的时候也是这样，总怕同事以为我在窥探他的隐私，看他的时候，眼睛躲躲闪闪，说话的时候，总是吞吞吐吐，对他避讳的事情，我是只字不提，可我越是小心，他就越是怀疑，他越怀疑，我就越小心，这样搞七搞八，恶性循环，最后怎么了，你知道的吧？

黎一平是知道的，和老魏对桌的那位副处长，得了肾病，病休去了。也正因为如此，黎一平才有机会进了双人间。

最后老魏总结说，所以呀，你不要向从前的我学习，我也不再是从前的我，老中医说，恐伤肾，怒伤肝，忧伤肺——黎一平笑了起来，说，老魏你放心，我皮实着呢，不会被你搞成抑郁症的。老魏说，这就对了。

既然老魏这么开诚布公，黎一平也就放下了心里的负担，和老魏坦坦荡荡地做起了同事。

一天，黎一平接到老同学打来的电话，老同学祝贺他升职，黎一平打个哈哈说，我升什么职，也是个文职，哪敢跟你周部长相提并论呀。那边也哈哈说，怎么，组织部长带枪啊？黎一平笑道，你们手里那红头文件，比枪厉害多啦。又敷衍几句，就搁下电话，对面老魏正埋头做自己的事情，眼都没抬，根本就没在意黎一平刚接了个电话。

隔了一天，上班后不久，老魏朝他看了看，忽然说，老黎，周部长就是组织部的周部长吧？黎一平一愣，这话没头没脑，不知从何而来，细想了想，想起来了，就是前天的那个电话惹的，赶紧说，周部长确实是组织部的周部长，不过不是我们市委组织部的周部长，是外县市的一个县级市的组织部周部长。老魏也赶紧说，你不用说那么清楚，我随嘴一问而已。

又有一次，黎一平老婆打电话到办公室，电话是老魏接的，交给黎一平，老婆问黎一平头天晚上是不是去了天堂歌舞厅，黎一平说没去，老婆说有人看见他了，黎一平说肯定是别人看错了，老婆又不相信，说，怎么不看错别人，偏偏看错你？黎一平恼怒说，那我就不知道了，反正我没有去，别说天堂歌舞厅，地狱歌舞厅我也不认得。老婆这才偃旗息鼓。

照例过了一两天，老魏又忍不住了，说，老黎，你太太好像很在意你哦。黎一平道，何以见得？老魏笑说，三天两头查岗的，必定是在意老公的吧，还有，她有危机感哦。黎一平一笑，说，你太太没有危机感。老魏说，何以见得？黎一平说，根据你自己的逻辑分析的吧，因为你太太从来不打电话来查岗嘛。老魏嘿嘿一笑，黎一平也听不出是得意还是别的什么意思，又说，不过，老魏你其他乱七八糟的电话也不多，不像我。老魏说，你人缘好吧。

三番五次如此这般，让黎一平感觉老魏不像他自己表白的那样坦率，而是时时关注着他的一举一动呢，搞得黎一平心里有点毛躁，但毕竟自己刚刚升到这个职位，熬得好辛苦，怎么也得隐忍了。黎一平不往心上去，一如既往，凡离开办公室上洗手间，或者到别的办公室去办事，手机一般都扔在桌上不带走的。他回来时，老魏告诉他，你手机响了，只响了一下，大概是短信吧。黎一平一看，果然是短信。也有几次，黎一平回来的时候，感觉手机好像移了位，他有点疑心是老魏拿过去看了他的来电显示，来电显示看就看吧，如果显示的是号码，老魏也看不出什么名堂，如果显示出储存过的电话，那就更没什么好担心的，他也没储存什么不该储存的人名。尽管这么想着，心里却总有些不舒服，后来有一次朋友发来的短信他没有收到，当然就没有回复，结果耽误了人家的事情，被朋友埋怨了一通，黎一平这才想起老魏，会不会老魏偷看了他的短信内容，怕被发现，干脆将这短信删除了？

黎一平有点恼，又吃不太准，便使了个点子试探老魏。这天出门上班前，他用家里的电话给朋友打过去，让他在上午九点半时，发一条短信给他。朋友笑道，黎一平，你到底升到了哪个处，是情报处吗？黎一平心里不爽，没心情开玩笑，说，你发是不发，不发我请别人发。朋友赶紧说，发发发,写什么内容呢?黎一平说,随便。朋友又笑说,不怕你的同事偷看?黎一平说,就是要让他看的,你记住了,九点半准时发。

到九点半差两三分钟的时候,黎一平借故离开办公室,并用心记住了手机的位置,出去转了十来分钟,估计派给朋友的活该干成了,又回到办公室,没感觉出手机移动过,抓起来一看,没有短信,赶紧抬眼看老魏,老魏若无其事地办着自己的公,没告诉他手机响过,有短信或是有电话。黎一平话到嘴边,还是咽了下去。一直熬到老魏也出去办事了,他赶紧拿办公室的电话打给朋友,责问为什么爽约不发短信给他,朋友指天发誓说九半点准时发的,黎一平不信,朋友大喊冤枉,说,你不信可以过来看我的手机,手机上有已发送的信,可以为我作证,要不,我现在就把这封信的内容念给你听。黎一平不想听了,挂了电话,眼皮子直跳,朋友的信又被老魏偷看后删除了?

一气之下,不冷静了,给同事中最铁的一个哥们大鬼发个短信,即兴诌了一首打油诗:欢天喜地享自由,哪料前辈神仙手,来电短信看个够,此间自由哪里有?

大鬼回信说,不自由?我和你换办公室,让我进去不自由,你出来还你自由。虽是调侃,也调得黎一平心情有点没落，没有再回复。

过了一两天，上班进办公室，老魏比他先来，已经到走廊的电水炉上打来开水，黎一平泡了茶坐下，看到老魏低头在摆弄手机。片刻后，黎一平就收到一条短信，一看来电显示，是老魏的，奇了怪，抬头朝老魏看看，老魏没说话，努了努嘴，示意他看短信。

黎一平打开短信一看，猛觉脑子里“轰”了一声，血直往上冲，竟是他发给大鬼骂老魏的那条短信，老魏又转发给他了，黎一平咬牙切齿骂了一声“大鬼个狗日的”。老魏说，不是大鬼发给我的。黎一平脑袋里又“轰”一声，那就是说，这条短信不知转过几个人的手机，最后到了老魏手机上。

老魏笑了笑，说，你误会了，我没有偷看你的短信。黎一平无以面对，心里比吃了一碗苍蝇还难受，却还找不到发泄对象，责怪大鬼也是可以的，但是已经没有这个必要，连大鬼都能出卖他，还有谁是可以相信的呢？

黎一平谨慎起来，单位同事间他尽量少发短信，别人给他发信，他一般不回，如果涉及重要事情的，他会拿电话打过去，电话里简单明了地说几句，实在回不了电话而又必须立刻回复的，比如对方正在国外呢，那国际长途就太过昂贵了，也比如人家在主持会议，这时候打人家电话，岂不是存心捣乱？在这样的情况下，他回短信，一般只写两个字“收到”，没有态度，如果是必须要表态的，就写一个字“好”，或者一个字“不”。除此之外，没有人能够得到他再多一点点的片言只语。

起先同事们也没有过多注意到他的这个习惯，有一次他到外地出差，坐飞机回来需要办公室派车去接站，他给办公室管车的副主任打电话，那主任不在单位，又打手机，手机通了，他告诉主任他的航班和到达时间，主任奇怪地说，咦，你发个短信不就行了，还用打手机？黎一平说，反正我告诉你了。主任说，你告诉我，我事情多，还不一定记得住呢。黎一平说，你拿个笔拿张纸记下来不就行了。主任说，我现在人在外面办事，一只手开车，一只手接你电话，哪来的第三只手拿笔，第四只手拿纸啊。但黎一平还是没发短信，当然主任的记性也是好的，没有误事，要不怎么当主任呢。

只是事后有一天闲着无事的时候，这主任和其他同事说起这事，大家才渐渐地聚拢了这种共同的感觉，觉得黎一平挺值得同情，好不容易熬到副处，进了双人间，结果搞得都不敢发短信了。大家都骂大鬼，大鬼就骂小玲，小玲骂老朱，老朱骂阿桂，阿桂骂谁谁谁，谁谁谁又骂谁谁谁，最后都怪到老魏身上，说老魏太恶毒，你竟然把黎一平说你的坏话又发回给他，你让他的脸往哪儿放？何况你们还面对面坐着上班呢。

老魏起先有些委屈，说，你们怎么都怨我呢？我又没有看他的手机，是他自己心虚，瞎怀疑我，还发短信诬陷我，我不把这信还给他，我心里气不过。大家说，就算你心里气，也不应该把事情做绝，把脸皮撕破，你看现在黎一平，像换了个人似的，看到我们，都是低着头，垂着眼睛，弄得大家挺尴尬的。老魏听了，想想也对，说，其实事后我也觉得自己确实有点过了，我最多嘴上说他两句，不应该把那封信直接发回给他的，让他的脸没处放了。大家说，老魏你知错就好，但知错还得改错，解铃还须系铃人哦。老魏说，铃可是他自己系的。大家说，老魏，说了半天，你又回到原地踏步？老魏这才说，好好好，我解铃我解铃。

老魏要解铃，大家七嘴八舌帮他出主意，这样那样的，都被老魏一一否了，最后有一个人说，不如让老魏也发一个骂黎一平的短信，最后再转到黎一平手机上，这不就扯平了，谁也不欠谁，黎一平的脸也就有处放了。老魏笑说，那不是黎一平的脸有处放了，那是我和黎一平的脸都没处放了。大家说，老魏你那脸能叫脸吗？放不放都一样。

这边大家正在跟老魏起哄，那边黎一平一个人坐在办公室里，电话响了，抓起来一听，正是他的那个朋友，声音很怪异，拖长了声调说，黎一平啊，近期有情况嘛。黎一平没好气说，你有情况？你有什么情况？朋友说，别装了，你的手机怎么老是一个女的接听？黎一平下意识地看了一下手机，好好地在桌上搁着呢，说，怎么可能？绝无可能，手机就在我手上捏着呢。朋友说，怎么绝无可能，是绝对可能。我前几天打过你一次，是个女的接的，我一听，知道不妙，赶紧挂了。以为你过一会儿会回电给我解释一下，却怎么等也没等到。今天，就是刚才，我又打了一次，还是她，奇怪了——忽然停顿了一下，不等黎一平再解释什么，那边已经"哈哈"大笑起来，说，你说手机在你手里捏着？我知道了，我知道了，不说了不说了，是我的问题——想挂电话了，黎一平不让他挂，问，到底什么情况？说清楚。朋友说，哎哟，我前一阵手机坏了，换了个新手机，肯定是倒储存号码时倒错了罢。又核对了黎一平的号码，果然是倒错了一个数字。黎一平脑门又"轰"一声，这就是说，你明明没有发那两个短信，却说发了，害我怀疑老魏偷看了又删除，你把我害惨了。朋友说，也不能说我没有发，我发了，但没发在你手机上，不知发到哪个傻X的手机上去了。黎一平说，你还有脸说别人傻X？朋友笑道，我傻X我傻X，行了吧。

黎一平想把这个事情的真相告诉老魏，是自己冤枉了他，但是怎么开口说呢？怪朋友发错了短信，怪朋友倒错了号码，怪他自己多心了，怪他自己心里有鬼，思来想去，总觉得怎么说都是越描越黑，心里正憋屈呢，手机又响了，短信又来了。

就是阿桂转发给他的老魏骂他的信，骂人的水平可比他高多了。黎一平先是一愣，随后就想明白了，知道是老魏他们用心设计解铃呢，不由咧嘴笑了一下，一抬头，正巧老魏从外面进来，也冲他一笑，双方都觉得应该妥了。

没过两天，却又因为一个短信起了点风波，老魏收到一个会议通知，是通过一个短信平台发的，号码是10052809760010005，内容是通知老魏某日某时到市委会议室参加市委常委扩大会议，会议议程已发送至各单位OA系统，请及时查收。

老魏只是个副处长，怎么会通知他参加常委会呢？虽然是扩大的会议，但顶多扩大到局长了不得了，不过老魏还是比较谨慎，他特意到机要员那儿问了一下，有没有市委机要局发来的常委会的会议议程。机要员奇怪说，议程倒是有，还不止一个呢，但那是给局长的，你怎么来要议程呢？

办公室其他人听说了，更是把玩笑开大了，说，老魏，你怎么关心常委会的事情呢？又说，老魏，是不是内定要提局长了。老魏百口莫辩，只得把手机短信给大家看。

大家看了，都颇觉新奇，说，骗子真是炉火纯青了。老魏却说，未必就是骗子哦。

老魏回到办公室跟黎一平说，老黎，先是你一刀，后来我一剑，我们已经扯平了，你还没完没了了？黎一平说，你以为那个会议通知是我发给你的？我有那么大本事吗？老魏说，你不是有本事编打油诗吗？黎一平说，我有本事编什么，我也编不出个短信平台啊。老魏硬是不信，说，那不一定，现在的人个个神通了得，有什么事情是做不出来的？黎一平生气说，是我做的我就承认，不是我做的我不认的。老魏说，认不认，事实都在这儿。

两下不欢而散。

第二天，老魏被局长叫去臭骂一顿，方知那个常委扩大会的通知是真的，常委要听一个专题汇报，汇报内容专业性强，局长怕自己说不清楚，特意带上老魏，结果老魏没有去。会上局长果然汇报不力，被领导批评，回来岂能不找老魏撒气？

老魏悲摧，也不和黎一平坦诚相见，而是短兵相接了，说，这事情，说到头了，还得怪你，要不是你作怪发短信骂我，我怎么会怀疑会议通知是骗子发的？黎一平无言以对，败下阵去。

午饭后的休息时间，老魏照例要去掼一会儿蛋，丢下黎一平一人，房间里空空荡荡，倒是安静了。黎一平想上网看看新闻，却看不进去，心烦意乱，抓起桌上的手机，“嘀嘀嘀嘀”一口气写了一封长长的短信。

信写完了，发给谁呢，难道真能发给老魏吗？发给老魏岂不又是此地无银，但不发给老魏又怎么样呢？心烦意乱。世界这么大，熟悉的人和陌生的人这么多，可是有谁能够看他写的这些东西呢，又有谁能够体会他的心情呢？思来想去，结果就是“无”，无人能看。

不如开个玩笑，就发给“无”吧，收信人的号码应该是一组数字，那也不难，“无”不就是“5”吗？黎一平在收件人一栏里，顺手按下了“55555”，短信就像子弹一样弹出去了，发给了一个不存在的手机号码，发给了一个不存在的人。

它不像发错的邮件，如果不存在某个邮箱，邮件会自动退回，短信却不会，无论有没有对方存在，短信发出去，就不再回来了。可是，无数的发错了的没有人接收的短信，到哪里去了呢，凭空就没有了吗？在空间，或者在某个什么站台，它们会不会掉落在那儿了呢？会不会有什么东西在看着这些满天飞的错发的短信呢？无数的短信在空间划过，难道就不会留下什么痕迹吗？

片刻之后，一个短信到了，黎一平一眼瞄到来电显示出“55555”，一瞬间简直魂飞魄散。

“55555”在短信上说，到底应该去修行，还是应该发短信？黎一平没有来得及反应“55555”的调侃，他立刻回复：你是谁，怎么会有你？怎么会有五位数的手机号码？“55555”回说，不奇怪呀，我是单位的集团号，集团号显示的就是五位数，我单位的头一位数是5，我手机的最后四位数是5555，这就有了我，55555。黎一平立刻否定说，不可能，我们单位也是集团号，不同的集团号之间，怎么可能走岔？“55555”说，飞机也会偏离航道，动车还会追尾，这么多短信在天上飞，出点差错也是正常的哦。黎一平说，你到底是谁？开什么玩笑。“55555”发来一个笑脸，老兄，你是个太顶真的人。

黎一平看着这个笑脸，恍恍惚惚之间，不知道刚才是梦是醒，看看自己的身子，坐直在办公椅上呢，不像睡过觉的样子，老魏似乎已经掼了蛋回来了，赶紧问老魏，老魏，我刚才睡着了吗？老魏警觉地看了看他，小心地说，你睡着没睡着，怎么问我呢？黎一平又说，那，我刚才发短信了吗？老魏更是一脸的紧张，赶紧摆手说，别，别，你别再跟我玩短信了，我怕了你。

老魏话音未落，手机“嘀”了一声，一封短信又到了老魏的手机上。

老魏低头看短信，一看之下，顿时脸涨得通红，表情异常兴奋，坐立不安。过了片刻，站起来说，我出去一下，就走了，走到门口，又回头说，外联的小艾找我有事，我去一下。

老魏走了一会儿，有人进来了，黎一平抬头一看，正是艾莉，“咦”了一声，说，美女，你怎么来了？艾莉说，我来找老魏。黎一平说，巧了，呵不，是不巧了，老魏说是去找你了。艾莉“哟”了一声，说，可能他走了东头的楼梯，我走了西头的楼梯。站了一会儿，拿起电话打到自己办公室问，老魏有没有过来，那边说没有。艾莉又等了一会儿，好像非要等到老魏来。黎一平说，你坐下来等吧，他到那边找不见你，自然会返回来的。艾莉说，可是头儿叫我跟他出去办事，马上就要走，等不及了，你能不能帮我转告一下，说我是想当面跟他解释的。黎一平说，什么事？艾莉说，不好意思，刚才我发了一个短信，不是发给老魏的，发出去以后我才发现，发到老魏手机上去了，我来告诉他一声，发错了，请他别在意。黎一平"啊哈"一声说,这小事一桩,还用得着特意跑过来,你再发个短信纠正一下不就行了。艾莉说,恐怕不行,恐怕会有些误会,所以我还是想当面来和他说一下,可结果还是没能当面说,麻烦你转告了。

老魏回来后,黎一平就把艾莉的话转告了他,老魏听了,脸上红一阵白一阵的,闷了半天,问黎一平,她告诉你短信的内容了吗?黎一平说,没有。老魏怀疑地瞅了他一眼,说,你没问吗?黎一平说,我没问。

老魏沉默了。过了好半天,忽然没头没脑地说,老黎,姓氏排列中,哪个姓和魏字排得最近?黎一平不知老魏什么意思,小心翼翼地说,那,要看你以什么为序,如果是以笔画为序,魏字笔画多,有头二十画吧,和它排在一起的?像樊啦,翟啦,濮啦,你数数是不是差不多?老魏默默地想了想,大概觉得这几个姓都不是他想要的,摇了摇头,说,以拼音字母排呢?黎一平想了想,说,拼音字母排,魏,后面大概就是吴了吧。

老魏一听个"吴"字,顿时脸色煞白,黎一平赶紧借口上厕所逃了出去。

接连两天上班,黎一平都外出办事。到了第三天,他一坐进办公室,老魏就忍不住了,说,老黎,跟你说说,她约我吃饭，又说发错了信——见黎一平不吱声，老魏又说，就是说的艾莉，她不是来找过我吗——他脸色惨淡，停顿了一下又说，我知道，她其实是约谁的——见黎一平仍然不说话，老魏叹息了一声，是的，我知道，你也许会想——不就是一顿饭吗？约谁不约谁，有什么大不了，没人请，自己请自己一顿也罢，可是，可是——这已经不是吃饭的问题，问题是我知道了她约的是谁，问题是我发现了她的秘密，问题是无意中我犯下一个天大的错误，问题是——老魏的声音颤抖起来，问题是，我出大问题了——有人在门口探了探头，又走开了，把老魏吓住了。

过了一会儿，老魏盯着黎一平说，我说了半天，你怎么一言不发？黎一平不想和老魏的目光直接接触，移开了一点，结果就移到了办公桌上，办公桌上，搁着老魏的手机呢。老魏也看了看自己的手机，忽然间脸涨得通红，说，什么，你怀疑我在录音？用手机录音？一把抓起手机，扔到黎一平面前，你看看，我的老土手机，没有录音功能。见黎一平还是不言语，老魏更加恼怒了，难怪你一言不发，你怀疑我什么，怀疑我口袋里有录音笔？遂将数只口袋一一翻出来，你看，你看，有没有录音笔。

黎一平说，老魏，我没有怀疑你。老魏冷笑说，现在的人，太凶险，脸上跟你笑眯眯的，说不定口袋里真有录音机。黎一平说，老魏，对不起，我不仅没有怀疑你录音，连你刚才说的什么，我都没听清楚，我在想我自己的事情呢。老魏愣了愣，说，你自己的事情，什么事情？黎一平说，老魏你说，这茫茫的天地之间，有没有一个什么地方，或者什么空间，或者什么时空交叉转换站之类，专门收藏和储存我们错发了的短信？见老魏瞪着他，他又说，我原来一直以为，我们发错的那些短信，就没了。现在我才知道，总有一个地方会收到它们，甚至会回复过来，老魏，你相信吗？老魏惊恐地看了他半天，说，我就知道，你们早就知道了，我收了艾莉错发的短信，我就玩完了。

过了些日子，老魏调离了本单位，平调到外单位的一个副处岗位上。大家说，老魏还是有门路的，说走就走，这么快就调成了，说明背后有人哎。

老魏走了后，艾莉又来了一次，问黎一平，哎，我怎么听说老魏调走是因为我啊？黎一平说，我不知道啊。艾莉说，奇怪了，你跟他同一间办公室，两个人天天面对面，离得这么近，还有什么秘密能够瞒得过对方的？黎一平推托不过，想了想，才说，你上次说，错发过一条短信给他，约他到哪里吃晚饭还是干什么的吧？艾莉说，是呀，我不是发给他的，发错了，我怕他误会，还特意过来当面跟他解释一下，怎么啦？黎一平没有说怎么啦，只是说，后来老魏问我，跟魏字排在最近的是什么姓，我说是吴吧。艾莉说，哎哟，老黎，你真神，我就是给老吴发信的，一不小心发到老魏那儿去了。黎一平撇了撇嘴，没有再说话。艾莉开始不明白，认真地想了想，忽然就想明白了，“哎哟哎哟”地笑了起来，笑得捧着肚子喊肚子疼死了。黎一平等她笑够了，才说，是另外一个老吴吧？艾莉说，哎哟，又给你说中了，这老吴可不是我们局长老吴，我要是和局长有什么腿，会这么粗心吗？你懂的。又笑了一会儿，又说，那是我同学老吴，而且，是个女的。黎一平说，你同学，那年纪应该跟你差不多吧，年轻轻的，怎么也都老什么老什么地称呼呢？艾莉说，年纪是不算大，但是心都老了吧。

艾莉走了后，黎一平带上手机到大办公室去，办公室的文秘小金有个亲戚在移动公司，他想请小金的亲戚帮忙解释一下“55555”的疑问。穿过走廊，走到大办公室门口，就听到里面嘻嘻哈哈，几个人正在抢某人的手机查短信，要某人交代小三是谁，说是在小三论坛上看到他发表的为小三说话的文章，某人大喊冤枉，大家异口同声说，反正我信了。黎一平听着他们叽叽喳喳的声音，忽然就打消了求解

“55555”的念头。

再回到办公室时，看到管人事的副局长领着一位新人正站在办公桌前呢，给黎一平介绍，这是新来的顶替老魏的副处长，是从外单位调进来的。看他们握了握手，副局长就出去了。

新来的副处长正要说话，黎一平搁在办公桌上的手机响了，新来的副处长说，黎处长，你的手机响了，只响了一下，是短信吧。

子　川

一个正在消失的笑声

——读《短信飞吧》

又读到范小青的一个短篇《短信飞吧》，如同她近期的短篇小说，这同样是一个“短篇不短”的小说。

在故事层面，小说的人物关系一点也不复杂，普通机关两个副处长黎一平和坐在他对面的老魏，再就是副处以下一群似乎面目不清的机关工作人员，在小说中他们的名字这样被提及：“大家都骂大鬼，大鬼就骂小玲，小玲骂老朱，老朱骂阿桂，阿桂骂谁谁谁，谁谁谁又骂谁谁谁……”小说的情节似乎也不复杂，黎一平终于熬成副处长，他和坐在他对面的老魏，两个老机关，先后从大统间熬进双人间。在机构重叠、冗员遍布、人浮于事的机关，“坐机关”差不多就是坐着熬时间的“机关”，尽管其间不乏“机关重重”的险恶，但这些普通坐机关的人，正如米沃什所言“站在一个受盲目力量的行动所左右的机制面前，必须把他们的是与不是悬置在半空中”。

正所谓闲事生非。熬时间的机关里的人，在熬时间的日子里，就闲出一些是非。机关里有很多闲事，也不完全是闲事，比如一个组织部长的闲聊电话，一个可能系误发的与本单位一把手领导有关的暧昧短信，既是闲事，也是正事，或者说在现行机关中，闲事与正事，其关系有时甚至倒置。

普通工作人员的大统间有大统间的是与非，副处长的双人间有双人间的是与非。关于大统间与双人间，小说中有这样的描写，“过去在大统间里办公，那是许多双眼睛的盯注，但这许多双眼睛的盯注是交叉进行的，并不是这许多眼睛都只盯着你一个人，而是你盯他，他盯她，她又盯你，你又盯她，一片混乱；还有，这许多眼睛的盯注，大多不是非常直白的，而是似看非看，似是而非，移来转去，看谁都可以，不看谁也都可以，十分自由”。而进了双人间（当上副处长后）情况就不同，“两个人面对面坐着，如果没有什么打扰，连对方的呼吸都能听得清楚，更不要说对方的一举一动、一言一语，从身体到思想，几乎无一处逃得出另一方的锐利的眼睛和更锐利的感觉”。

黎一平与老魏之间的是非，诱因来自手机与手机短信。

两个副处长，面对面两张办公桌，“因为空间小、距离近，你越是不想关注对方，对方的举止言行就越是要往你眼睛里撞，你又不能闭着眼睛上班，即使闭上眼睛，对方的声息也逃不出你的耳朵，即使在耳朵里塞上棉球，对方的一切，仍然笼罩着你的感官”。手机电话与手机短信，都是带提示音的，因此，对于两个想尽量保持安静、刻意想着不注意对方的人来说，这种提示音就成了很大的声音。

于是从无意中听对方通电话，到好意提醒对方有短信这些小事中，惹出的故事竟最终改变了人的生存状态：比如黎一平有了点神经质，遇事宁可通话也不敢发短信，而老魏最后竟因此调离这个单位。这些似乎都是闲出来的“事”，生出的却不是一般的“非”。

事实上，故事层面的内容，并不是小说的全部，如果没有停留在对小说的浅阅读上，人们会发现，小说所选取的生活细节，既是常见的一种生活真实，也是超生活体验的另一种真实。所谓超验是生活细节在小说中被放大，比如手机短信飞来飞去对生活的影响，又比如两个副处长面面相觑时的紧张与焦虑，都是呈现于放大镜中的略带变形的另一种真实，甚至小说标题《短信飞吧》，也有意无意放大了一种无奈的情绪。

毫无疑问，作者选取这样的内容并加以放大、强调，是为了更尖锐地（而不是像小说文本所采取的温和的叙说方式）揭示，在人们习见并为之麻木而无动于衷的生活现场，我们的生存有着至少两个层面的悖谬。

一是现代科技的进步与发展，已经扭曲甚至完全颠倒了科技应用服务于发明者的初衷。手机作为现代通信手段得到广泛应用，已成为现代人交流、交际的重要工具，尽管它只是现代科技应用于现代生活的一个极小的侧面。通过小说可以看出，这些人们试图用来改变客观世界且方便自己生活的现代科技手段，正在异化成影响现代人生存质量的一种他在。放眼世界，不同政治制度都在强调的现代科技文明，某种程度上已构成对真正文明的危害。大到可能毁灭地球的核武器，小到城市车辆排放的废气，人们正由对科学崇拜进而发展成被科技奴役，最终还极有可能被科技所毁灭。再看我们，自 20 世纪初的文化启蒙运动始，“德先生和赛先生”成了中国新文化运动的两面旗帜。百年下来，“德先生”贵体无恙乎？且不说。而“赛先生”的表现，单从环境污染、能源消耗这些小的方面来看，就着实不敢恭维。更何况这一切仍以一种现在进行时在延续，小说的结尾这样写，“新来的副处长正要说话，黎一平搁在办公室桌上的手机响了，新来的副处长说，黎处长，你的手机响了，只响了一下，是短信吧”。

二是有一种基于体制设置上的荒谬，潜伏于我们具体生存的全程，在消解生命的价值，即如前面所说的渗透于机关的闲与闲事生非。也许有人会说，这不对，机关也很忙呀，无数的学习、会议，等等等等，不都是由机关来主持操办的吗？是，也不是。回望一个人的生命史，几十年中，一会儿这个那个，一会儿那个这个，一套一套，煞有介事，尽管在逻辑层面，有些事前后矛盾甚至不可调和。这样几十年下来，去看一个人前前后后、反反复复、轰轰烈烈的生命，像不像一个正在消失的笑声？从这个角度来看问题，闲一点忙一点，又能改变什么呢？

显而易见，生活中的人们早已麻木，不再去想这个那个问题，他们随波逐流地活着，他们不管不顾地活着。可作家不能，尤其是优秀的作家！我因此想起西蒙娜·薇依致《南方手册》编辑的一封信，她说：“我相信，在刚刚结束的这个时期的作家们，需要对我们这个时代的种种不幸负责。我这样说，不只是指法国的失败，我们时代的种种不幸，涉及面要广得多。”

她在说时代的种种不幸，作家不能无动于衷，因为“作家们按其天职，应是一种现已失去的宝物的守护者”。当科技应用扭曲了生存的本旨，当人们被体制缺陷这头怪物无情吞噬，作家应当有一种警觉与责任。因而，生存的各种悖谬与体制设置上的某些荒谬，真正的作家都不应当无视它们，更不应当卷在从众随俗甚至媚俗的潮流中无所事事。

自然，小说不是论文，它不需要论述这些道理，但它提炼出来的生活现象具有一种张力，让人由小见大，联想到许多东西，引人深思并促人反省。

范小青

梦幻快递

有一天，我送快递到一个人家。收件人是个年轻的女孩，就是最热衷于网购的那种，从屋里出来，接了快件就向我要笔签收。我提醒她说，先开箱看一下货吧。

这可不是因为我有责任心，这是公司的规定。公司规定一定要让收件人开箱后再签收，否则后果一律由我们送货人自负。我才不想负这么多的后果，所以我坚持要她先开箱后签收。她似乎有些不耐烦，对我送来的货物看起来也不怎么在乎，马马虎虎地说，哎呀，不开了吧，我忙着呢。我说不行，不开箱不能签收的，除非——她赶紧问我，除非什么？我说，除非你在单子上写明。她又问要写什么，我说，写收件人自愿不开箱验货，与递送员无关，一切后果自负等等，再签上你的名字。她又嫌烦，说，哎哟，烦死人，要写那么多字，算啦算啦，就打开来看看吧。可是箱子包裹得很严实，她又皱眉，又想马虎过去。还好，我随身带着小刀子，将包扎箱子的胶带划开来。我这小刀子就是专门对付那些嫌麻烦的收件人的。他们会以没有工具打开箱包为由，就强行直接签收，马虎了事。这种做法我是不能允许的。

当然你们也都是知道的，其实收件人并不都是这样的人。有些人的习惯正好相反，他们对付快递来的货物的顶真程度让你简直忍无可忍。比如一个妇女喜欢从网上购买衣服，每次拿到衣服，她都上上下下前前后后里里外外反复检查，甚至连线缝都扒开来看个仔细。我在旁边看得心里暗笑，她是不是以为这衣服是我本人缝制出来的？就算看出线缝有问题，她拿我有什么办法呢？另有一个妇女也是经常买衣服的，有一次打开箱子验货时闻到一股橡胶味，她坚持说这是假冒伪劣产品，当场就要退货，又说穿这种衣服会得癌的，说得吓人倒怪。但无论是货真价实还是假冒伪劣，都与我无关，她这是在为难我。我耐心跟她解释了条例，验货时只有当货物损坏或原先确认过的尺寸颜色不符才能拒收，没有一条规定说，衣服有异味也能当场拒收的。最后磨了半天，她还算讲理，收下了那件可能很恐怖的衣服，决定打客服电话要求退货。后来怎么样我就不知道了，也不关我的事。还有一个收件人也很奇怪，一定要问我叫什么名字，我说公司没有规定要报名字，可以不告诉她。但见她执意要问，我就告诉她了，我还心存侥幸地以为她要给我介绍对象呢。不料下次去的时候，她又问我的名字，我说上次告诉你了。她说记性不好，忘了。我又告诉一遍。如此三番几次的，我心里有疑问，我跟她解释说，其实，送快递跟名字没有关系的。她说，怎么没有关系？我连送水工都要问他们名字的。我想她可能是防患于未然吧，生怕哪天出了事找不到人。但其实她不知道快递公司都是有规定的，哪一片区域归哪一个快递员，都是清清楚楚的，她只要说出她的地址，公司就能知道是谁送的，除非那是个不规矩的公司。如果是不规矩的公司，你知道快递员的名字也没有用，你就算知道老板的名字，也同样不能解决问题。

真是林子大了什么鸟都有。什么鸟你都得小心应付，谁让你是快递员呢？现在快递中的差错很多，无论谁是谁非，最后鸟屎总是要拉在我们头上的，我们只能如履薄冰地保护着自己的脑袋不受鸟的欺负。

不说鸟了，还是回到眼前的这个人身上吧。她终于打开纸箱，拎出那个货物，我才没心思管是什么货物，就算大变活人也不关我的事。可是她还偏偏把那货物扬到我的眼前,喏,看见了吧。我瞄了一眼,貌似是一条打底裤,还洋红色呢。我心里就很瞧不起她,别以为我不知道,网购一条打底裤,贵不过几十元,最便宜的十块钱就卖了。她倒没为她的低廉的打底裤难为情,放下打底裤后,又说,行了吧,算验过了吧,可以签收了吧?

当然可以了,我又不是有意要刁难她,只要她按规矩办就行。我请她在单子上签了名,我撕走上面一张,就可以走了。她也回屋里去了,两下刚刚转身,忽然我听到她那里发出一声尖叫,我以为又出错了,赶紧回头看,她却已经笑得直不起腰了,弓着身子在那里哎哟哟,哎哟哟。我不知道她"哎哟"个什么劲,既然她不是找我麻烦的,我赶紧撤。她见我要撤,才勉强直起了腰,冲我说,哎哟,我买过一条一模一样的哎,哎哟,我怎么忘得干干净净,一点也记不得了,看到它,我才想起来,前几天才买过的呀。这与我无关,我还是得撤。她又说,我不会得老年痴呆了吧,我才 25 岁呀。这仍然与我无关,我再撤。

我这才撤走了。

我开始干这一行的时候,还有些新鲜感,但时间一长,什么感也没有了,什么都一个样。收件人呢,恐怕有七八成都是刚才那样的小八婆，手里有一点钱，钱又不多，净在网上淘些不值钱的甚至没多大用的东西。我真是替她们想不通，她们那手真的很痒，一天不拿鼠标点一下，又点一下，再点一下，貌似这一天的日子就过不下去。当然，就是因为她们天天点一下，又点一下，再点一下，快递公司就那样如雨后春笋般的冒出来了，而且越冒越多，越冒越强。我都听说了，现在有一千多家快递公司。我同事说，一千多？谁统计的，那些连册都不注的黑公司他统计得了吗？我同事比我有想法，按照统计的数字是一千多家，按照他的想法，那就不知道是多少家了，难怪竞争这么激烈。

当然，这无数无数的收件人，她们收到的东西，也不一定都是她们自己买的，也有别人赠送或代购的，比如男朋友啦，比如父母啦，比如别的什么人啦，但那个概率是很小的。

说起来，我不应该抱怨她们，更不应该瞧不起她们，有了她们，才有快递公司的生意，才有我们的饭碗。其实她们中间也有好多不错的女孩，如果她们的手不那么痒，其实真是很好的，如果我能够找其中的任何一个做老婆，也都心满意足了。

有一次我到一家送快递，那姑娘开了门，还客气地紧着请我进去。我知趣，才不会进去。但她太热情了，甚至还过来拉我，说，进来呀，进来呀，没事的。那我也只能站在她家门口，就这么一站，我顺便朝她屋里一望，我的个妈呀，堆了半屋子的快递，多半都还没有开包呢，封得死死的。我不知道这是哪家快递公司递送的，怎么能不开箱验货就给她了呢？不过这也不关我的事，我只要做好我的工作就行了，还管别家快递公司干什么，各家有各家的规矩。我只是想，这样的老婆我不娶也罢，她这哪里是购物，分明是在做游戏，我一个送快递的，哪有那么多钱给她过家家啊？

我这算是自卑呢，还是自卑呢？我这算是一厢情愿呢，还是一厢情愿呢？

这是关于收件人的林林总总，关于寄件人呢，我是看不见他们的，但我也知道，反正五花八门，什么样的都有，因为我看不见他们，我也懒得说。

我还是更关心一下我自己吧。有时候我到了某一个小区的时候，会有一种做梦的感觉。为什么是做梦呢？因为对这些小区太熟悉了，因为这些小区太相像了，我每天进入不同的小区，但它们好像又都是同一个小区，无法区别，不仅梦里会梦到它们，就是醒着的时候，也会把它们当成梦境。

其实，即使你不进入这些小区，即使你闭上眼睛，想一想，难道不是这样吗？这许许多多新建起来的小区，难道不是差不多的模样吗？火柴盒似的竖在那里，一幢贴一幢，只是有的贴得紧密一点，有的贴得宽松一点，这就是小区与小区之间仅有的差别了。前者呢，就叫个普通小区，后者则可以称作高档小区。至于那些楼的形状和颜色虽略有差异，但这不是问题的关键，只是表面现象而已。我们都是成年人，不会被表面现象蒙蔽了双眼哦。

然后你再找到某一幢，到几零几，是高层的话，就坐电梯，不是高层，就爬楼梯。然后，你敲门，或者按门铃。然后，有一个人在里边问，谁呀？你说，快递。然后，门就开了，你往里边一瞧，别说大楼和大楼相似，这屋里的装饰，也差不了多少。

如果你每天都行进在这差不多的空间和时间里，你也许真的会搞不清什么时候是梦，什么时候是梦醒了。

好了好了，别做梦了，现在我已经从"打底裤"那儿出来，又来到另一个差不多的小区，找到一幢差不多的楼，上了几乎一模一样的楼梯，然后，按响门铃。里边问，谁呀？我答，快递。门立马就开了，都没从门镜里朝外看一看再开门，不知道是他们的警惕性太差，还是对递送来的货物太看重、太着急。

前些时有个新闻说，某女独住，被快递员杀了。这个新闻出来后，我和我的同行以及我们的老板都有些沮丧，有很不好的感觉，以为快递业要下滑了，以为快递件会大大减少了。结果呢？根本就没少，还越来越多了。所以我们老板又神气起来了，到那一年的 11 月 11 日凌晨，那个电子购物，不叫购物，叫秒杀。那可是杀得个昏天黑地。

有时候我也很无聊，就幻想着哪一天能够碰到一个不太相同的收件人，但是没有，真的没有。现在站在我眼前的这个，还是那样子，她打开箱子，眼睛往下一扫，算是看过了，说了声，我晕，就签收了。我不知道她“晕”什么，反正我也没注意快递的是什么东西。关于我们递送的货物，每一联单子，无论是最后执在我手里的一联，还是贴在箱子上留给收件人的那一联，上面都写明了，但是我才没那么多时间和那么好的心情将每天要送的东西一一看过来，我只管送，不管知情，更不管收件人对于收到的货物的表情，所以她对于货物“晕”不“晕”，不关我事。她既然签了，我就完成任务走了，至少比前面那个不肯验收的“打底裤”干脆些。

没想到的是，她的这个“晕”，后来晕到我头上来了。那货送后的第三天，也就是中间隔了两天，我接到一个妇女的电话，问快递怎么没到？这事情不稀罕，多了去了，我也不着急，先问她怎么个情况，她说我前天上午给她打过电话，说马上送到。结果等了两天也没到。

这也是个人物呀，等了两天才给我打电话，真不着急啊。我回想了我前天的工作，没有遗漏呀，前天的任务我都完成了呀。不过我也仍然没有着急，我又问她，你前天接到的电话，确定是我打给你的吗？她说当然呀，我手机上还保留着你的电话呢，要不我怎么会打电话给你呢，幸亏我留着，否则还不知道找谁呢。其实她的话是不对的，或者说不完全对，快递收不到，不一定全是快递员的问题，也可能是其他的某个环节出了问题。不过我也还是理解她的，像她这样的妇女，又不知道快递公司是个什么样子，又看不见公司的操作程序，她不可能想象我们仓库、我们的分拣中心是个什么样子。她能看见的，就是快递员了，她不问我问谁呢？何况我的手机号码已经落在她手里了嘛。我十分耐心地再跟她确认一遍，你是说，前天我跟你联系过，说马上送快递给你？她说，是呀。我很有经验哦，又再跟她核对说，那你报一报你的地址和收件人姓名。她报来，我赶紧拿笔记下，承诺她尽快答复。这种事情，我当然得尽快，像她这样的，看起来性子不算太急，还比较好说话。有些性急的人，根本不问青红皂白，不论谁错谁对，一下子就给你捅到公司里，让你吃不了兜着走。即便日后查清楚了到底是谁的责任，可你在老板的心目中，已经不是十全十美的了，已经是有了“污点”的了，亏吧。

前天的运送单早收在公司了，我赶紧挤时间回公司调前天的单子，调出单子我就仔仔细细一一检查，根本就没有疏漏呀，张张单子都有人签收，这说明什么呢——说明我没有出差错。我给那个妇女回了个电话，告诉她，她的那个地址，确实有快件，货物也确实已经投递了，因为有人签收了。她立即“咦”了一声，说，签收？不可能，我们家白天除了我，没别人的。我说，我这里白纸黑字，这是无法抵赖的。她又说，奇了怪，那是谁？谁签收的？我看了看那个名字，签得龙飞凤舞，我勉强看出来了，告诉她，是某某某。她愣了一会儿，说，某某某？某某某是谁？我说，就是你家签收的人呀。怕她不明白，我又重新说清楚一点，就是说，我把货物投递到你家，你可能不在家，但是你家有另一个人签收了。那妇女说，不对呀，我根本就不认得你说的这个某某某，她不是我们家的人，你投错了。她的口气倒是一直蛮平静蛮客气的，可客气有什么用？她再客气我也要把快件投给她呀，可是快件到哪里去了呢？我的脑袋“轰”地一下大了，我赶紧冷静下来，让脑袋缩回去，仔细想了一想可能发生的错误在哪里。既然签收的人名错了，首先，我当然想到了地址。我还是有些经验的，我再和那妇女核对地址，果然，地址错了一个字，洪湖花园，成了洪福花园。我经验丰富，一下就知道，这是方言口音问题，是发音中的“h”和“f”分不清的原因。

我的心情就更宽松了，我首先想到的是，那不是我的责任，那是寄件人的责任，怪不着我，当然，也同样不能怪收件人。我赶紧安慰她说，好了，你别着急，我知道问题在哪里了，我投到寄件人提供的错误地址上去了，这事好办，我再到那儿跑一趟，拿回来，再给你送去就是。那妇女说，也太粗心了，地址都会写错。我当然知道她说的不是我，我放心下来，赶紧着往那个错误的地址去。

这时候我仍然一点也不着急，写错地址的事情太多了，写错人名的也很多，许许多多的错误，只有你想不到的，没有他们犯不出的。有一次我打电话问收件人，你是某某街某某号某某小区某幢楼某零某室吗？对方说是的呀，我正在家等着快递呢。我就送过去了，那个人也高兴地签收了。可是很快又有人来电话讨要这个快件，我说已经准确投递了，而且签收了。但是他说没有收到，更没有签收。这真是奇了怪了。这件事后来经过长时间的反复纠缠，搅得我们大家都不知所以了，最后才发现，这个快件根本就投错了一个城市，两个城市竟然有两个同名的小区，不仅小区同名，连街名和门牌号都是一样的，你以为这样的事不会发生吗？它真的会发生。

更多的是写错收件人电话的，你打到那个错误的电话上，人家好说话的，告诉你打错了，不好说话的，还操你妈，你能和他对操吗，当然不能。

总之事情就是这样的，无论是正确的寄件人和收件人，还是错误的寄件人和收件人，他们都是你的上帝，只不过这些看得见的上帝和那个真正的看不见的上帝才不一样呢。有一次我手机出了故障，用不起来了，我知道情况紧急，赶紧去维修，可是就那么短短一个小时，有客户就已经投诉到公司了，说我关机，一个送快递的怎么能关机呢？强盗逻辑呀，难道送快递的就不能有一点特殊情况吗？万一我路上遭遇车祸昏死过去了呢——我呸。我还是别遭遇车祸吧。无论你遭遇什么祸，人家都是上帝，你都是上帝的仆人。

现在我到了洪湖花园的那幢楼，上了那个几零几，敲门，门开了，一个陌生的妇女出现在我面前，有些茫然地看着我。尽管很可能我前天刚刚见过她，但我仍然觉得她陌生，我不可能记住每一个收件人的面孔，这很正常，我如果有那样的超常的记忆力，恐怕也不必再风里来雨里去送快递，我干脆毛遂自荐到情报部门工作算了。

不过她的脸陌生不陌生倒也无所谓，我又不是来找她本人的，我是来讨回送错了的货物的，我直截了当跟她说明了情况，我一边说，她一边摇头，摇到最后，她说，你搞错了，我没有收你送来的快件。我说，我是前天来你这儿投递的，是你自己签收的。虽然我觉得她是个陌生人，但我一定得先强加于她，否则——没有否则，事实就已经是这样了。她说，你投快件给我，我收的？你见过我吗？我怎么没有见过你？我不好说见过她，但也不敢说没见过她，我换了个思路问她，那你，平时有网购、有电视购物这些吗？她说，有呀，经常有，我经常收快递，不过，不是你送来的。只要她承认收过就好，我这才拿出单子来，递给她看，我说，你看，这地址，是你的吧？她看了看地址，有些奇怪地说，咦，地址确实是我的，但是收件人不是我呀。不等我再发难，她又进一步看出了问题的实质，跟我说，不仅收件人不是我，签收的人也不是我，名字不是我，笔迹也不是我的呀。

我满以为这样一个小错误，只要到这里跑一趟，就能解决了，哪知情况复杂起来了，我的脑袋又大起来，她倒是蛮善解人意的，跟我说，是的呀，现在送快递麻烦的，很容易搞错，现在的人都是粗枝大叶的。看来她是深知我的难处，又说，你要是不相信，你拿纸出来，我签个名你比比看，看那单子上到底是不是我的字。我也没有其他的法子，只能这样做了，显得我很不相信人，很小鸡肚肠，但是你们不知道，干我们这行的，不得不这样，不然你稍稍粗心一点，赔得你倾家荡产。

她在我提供的纸上，写下了她的名字，我只瞄了一眼，心里就认了，我手里的运送单，肯定不是她签收的。她见我没说话，又指点着她的字跟我说，你看，这字体，完全不一样，再说了，我要是签了，我为什么要抵赖呢？没必要吧。虽然我一眼就看出来不是她的字，但我还是不甘心，我不能甘心，我一甘心，这事情就没有余地，没有退路了。我又换了个思路，再问她，会不会你不在家，是你家里人签的？她说，我家里人白天都不会在家的，再说了，我家里也没有叫这个名字的人呀。她看我一脸的疑惑，又说，你快递的什么东西呀，贵重物品吗？我说，好像不是贵重物品，没有保价，是某某电视购物的拖把。她说，那就更不可能有人冒领了，冒领个拖把干什么？值吗？我说，可是，可是那把拖把会到哪里去呢？她态度一直很好，可我仍在怀疑她，她终于也有点不高兴了，开始批评我说，你自己也有问题，单子上的收件人明明叫张三，你却让李四签收，连个“代”字也不写。我不能同意她的说法，公司规定也没有说一定要本人签收，家人是完全可以代收的，再有，如果有人存心冒领，写个“代”字有屁用。

我就真的奇了怪。虽然说起来，送快递的奇怪事情很多的，但是因为我这个人生性谨慎，也知道保住饭碗不易，所以一般是不会出差错的。这一回问题到底出在哪里呢？我整理了一下思路，先是寄件人把小区的名字写错了，我当然是按照寄件人写的地址去投递，这第一步，我没有错；第二步，电话没有错，我也通过电话，收件人本人也接到过电话，等待我送货去的，这第二步我也没错；第三步，我到了寄件人给的错误地址那里，人家确实正在等着快递呢，就签收了，虽然不是收件人本人的名字，但反正他们是一个屋檐下的，应该不会错，这第三步，我仍然没有错。

我没有错，拖把就不会有错，但是那把正确的拖把它到底到哪里去了呢？

我再调动起以往的经验教训，仔细想了一下，是我走错了楼层吗？应该到五楼的，结果潜意识里我想偷懒，就少爬了一层，到了四楼？或者，我走错了一幢楼，把三幢看成了二幢，这也是有可能的，或者，我根本就没有来过这个小区，我到的是另一个小区？

反正你们知道的，小区和小区之间，楼和楼之间，楼层和楼层之间，真是很相像的。

这个想法一出来，立刻把我自己吓了一跳，正如我在梦里看到的，一幢一幢的楼，一个一个的小区，都是一样的，但是我是按图索骥的，难道我手里拿着一个地址，会走到另一个地址去吗？我如果没有去过那个小区，我怎么会记得那个小区呢，难道是在梦里去的？

难道梦里的事情比现实更清楚？

我不敢说“不可能”。

什么都是有可能的。

只是现在没有任何证据来证明我到底是犯了哪一项错误。

我回忆起前天送快件的情形，忽然灵光闪现，我想起来了，我在那个小区，曾经遇到了一个熟人，我们还站在小区的路上说了一会儿话。

我只要找到这个人，问题就迎刃而解了。

可是事实上，我离迎刃而解还差得远呢。

我本来是个不着急的人，所以我难得犯错，一个难得犯错的人，一旦犯了错，肯定比经常犯错的人要着急，我就是这样。

我现在有点着急了，倒不是因为丢了一个拖把，而是因为我的工作责任心和我的记性。这两者比起来，后者更重要，如果连两三天前发生的事情都不能记起来，岂不要让我吓出一身冷汗来？

我着急呀，一着急，就把我在小区里碰见的那个熟人的名字给忘记了。我努力地回想，努力地在自己的混乱的脑海里捞出他的确定的身份来。

他到底是谁？

家人？同学？同事？亲戚？邻居？

还好，像我这样的屌丝男，关系密切的人也不算多。我先在手机通讯录里找了一下，用他们的名字对照我记忆中那个人的长相，想启发一下自己。开始的时候，我看着每一个名字，都觉得像，但再看看，又觉得每一个都不是。

然后我又不惧麻烦地一一地把有可能的人都问了一遍，有人听不懂，不理我，凡听懂了的，都特奇怪，说，什么小区，听都没听说过，我到那里干什么，你怀疑我包二奶吗？也有的说，你什么意思，今天又不是愚人节，就算今天是愚人节，你的把戏一点也不好玩。还有一个更甚，说，你在跟踪我？谁让你干的？你不说我也知道，是谁谁谁让你干的。

我一听，这不快要出人命了吗，赶紧打住吧。

如此这般，我心里就更着急了，再一着急，不好了，连那个和我在小区里说话的人长什么样子我都忘记了，我们在那里说了什么，更是一点印象也没有了，我急呀，我怕这个明明出现过的人一下子又无影无踪了，就像从来没有一样。

见我抓狂了，我一同学提醒我说，你去看看小区的摄像吧，只要你们站的位置合适，也许会把你和那个人录下来的。我大喜过望，赶紧跑到那小区，可是那物业上说，这个不能随便给人看的，要有警察来，或者至少要有警方出具的证明。我也难不倒我，我再找人罢，联系上警方，警方问我什么事要看录像，我说，我送快递的，丢了一把拖把。警方以为我跟他们开玩笑，把我训了一顿。我不怕他们训我，打我也不要紧，我再央求他们，又把事情细细地说了，拖把虽然事小，但是丢饭碗的大事。结果果然博得了他们的同情，其中更有一个警察，特别理解我，说，你们也挺不容易的，现在快递太多了，我老婆就上了瘾，天天买，甚至都不开包，或者一开包就丢开了，又去买，害人呐。

我靠着警方的这点同情心，终于可以看小区的录像了。小区物业也挺热心的，帮着我一会儿快进，一会儿快退，找到我所说的那个时间段，再慢慢看。我的个天，果然有我，我还真的是进了这个小区的。我看到我电瓶车上绑了如此之多的快件箱子，自己把自己吓了一跳，要是看到的是别人，我一定会替他担心的，这轻轻飘飘的车子，能载这么多的货物吗?

但那确实就是我干的事情。只是平时我骑着车子在前面走，那许许多多的货物堆在我身后，我看不见它们。

跟着我的身影再往下看，我的个老天，我真的看到我在小区碰到的那个人了。

那个人是我爷爷。

你们别害怕，我爷爷死了三年了，我遇见的是三年前去世的爷爷，我都没害怕，你们更不用怕。

大家都说，在现在的这个世界上，什么都可能发生的，难保死而复生的事情就不会发生哦。

爷爷穿着绿色的邮递员的制服，推一辆自行车，车上也绑着大大小小的纸箱子。不过这并不奇怪，因为爷爷年轻时是邮递员，我干上快递的时候，我妈曾经骂过我，说，龙生龙，凤生凤，老鼠生子打壁洞。我干脆一不做二不休，跟我妈开了个恶心的玩笑，我说，我是爷爷生的吗? 把我妈气得笑了起来。

虽然爷爷的出现没有让我觉得奇怪，但我多少还是有些不解，在小区的摄像头下面，我问爷爷，你这么老了，怎么还没退休？爷爷说，我本来是休息了，可是他们说人手不够，请我们这些早就休息了的，都出来帮帮忙。我想了想，觉得这也无可厚非。所以你们别以为你们平时能够看到大街小巷的驮着快件的快递员穿来穿去就是全部，其实还有一部分你们并没有看见哦。我正这么想着，爷爷又跟我说，现在这日子真的方便，就算你从美国买个东西，几天就收到了，不像过去，等一封平信都要等上十天半月的。我说，那是，现在这速度，简直就不能叫速度了。爷爷说，那叫穿越。我正想夸爷爷时尚，爷爷又说了，快过年了，我想给你奶奶买个新年礼物快递过去。我吃了一惊，说，我奶奶？她不是死了二十多年了吗，她能收到吗？爷爷说，孙子哎，咱们这是赶上好日子啦，你说现在这日子，有什么事是办不成的？

说了几句，爷爷就推着自行车送快递去了。我也想得通，他年纪大了，装了这么多东西的车子，他骑不起来了，只能推着走。

我回家告诉我妈，说我三天前在某某小区遇见了爷爷，我妈"呸"了我一声，骂道："做你的大头梦吧。"

我妈这一"呸"，让我迷惑起来，或者说，让我惊醒过来，难道小区里发生的一切，真是我做的一个梦吗？

一直到我的手机响起来，我才确认，这会儿我醒着呢。但是我又想，真的就能够确认吗？人在梦里也会接打电话的呀，我自己就经常做打电话的梦，那真是活灵活现，按键、接听、说话，无一不和醒着的时候一模一样。

电话是应收拖把的那个妇女打来的，她说拖把收到了，还谢了谢我。我很惊奇，我还没找到拖把呢，她倒已经收到了，真叫人费解，这把拖把到底是哪一把拖把？或者，是哪个好心人知道我纠结，替我把拖把补上了；也或者，是另一个粗枝大叶的寄件人，也写错了地址，恰好错到她的地址上去了，于是别人的拖把就错递到她家去了；再或者，是我爷爷心疼我，躲在哪里作了个法。

谁知道是怎么回事呢，反正拖把到了，不再有我什么事，我很快就把拖把抛到脑后了，只要不再追究我的责任，一切 OK。

我回到公司，又接了一叠单子，低头一看，第一张单子的投送地址是：梦幻花园。

我就出发往梦幻花园去了。

子　川

对快递之"快"的一次切片扫描

——读《梦幻快递》

快递员上门送快递。一个小区一个小区地跑，一个楼层一个楼层地爬。小说《梦幻快递》的视角，也是小说叙事人特意安排的引导读者切入生活的一个视角。有了这一视角，送快递、收快递，这种司空见惯的日常生活内容，就以切片扫描的状态呈现在读者眼中：

一个在不长时间内邮购两条同样打底裤的收货人："她也回屋里去了，两下刚刚转身，忽然我听到她那里发出一声尖叫，我以为又出错了，赶紧回头看，她却已经笑得直不起腰了，弓着身子在那里哎哟哟，哎哟哟。我不知道她'哎哟'个什么劲，既然她不是找我麻烦的，我赶紧撤。她见我要撤，才勉强直起了腰，冲我说，哎哟，我买过一条一模一样的哎，哎哟，我怎么忘得干干净净，一点也记不得了，看到它，我才想起来，前几天才买过的呀。”

一个屋子里堆满没有拆开包裹的收货人，“那我也只能站在她家门口，就这么一站，我顺便朝她屋里一望，我的个妈呀，堆了半屋子的快递，多半都还没有开包呢，封得死死的”。

一个“洪福花园”的人签收了“洪湖花园”的人的货：“既然签收的人名错了，首先，我当然想到了地址。我还是有些经验的，我再和那妇女核对地址，果然，地址错了一个字，洪湖花园，成了洪福花园。我经验丰富，一下就知道，这是方言口音问题，是发音中的‘h’和‘f’分不清的原因。”

还有错到八国里去的地址错误：“写错地址的事情太多了，写错人名的也很多，许许多多的错误，只有你想不到的，没有他们犯不出的。有一次我打电话问收件人，你是某某街某某号某某小区某幢楼某零某室吗？对方说是的呀，我正在家等着快递呢。我就送过去了，那个人也高兴地签收了。可是很快又有人来电话讨要这个快件，我说已经准确投递了，而且签收了。但是他说没有收到，更没有签收。这真是奇了怪了。这件事后来经过长时间的反复纠缠，搅得我们大家都不知所以了，最后才发现，这个快件根本就投错了一个城市，两个城市竟然有两个同名的小区，不仅小区同名，连街名和门牌号都是一样的，你以为这样的事不会发生吗？它真的会发生。”

这些是小说《梦幻快递》中的一些细节。快递员的眼睛仿佛一个针孔摄像头，在庞大芜杂的世界中摄取一些似乎不为人注意恰恰又是现代人司空见惯的生活内容。如同范小青的其他关注现代生存的小说，这个短篇小说没有停留在真实反映生活的层面，而是通过司空见惯的日常生活来揭示现代生存的困境。

快递大约是都市中最常见的一种投递方式，也似乎是一个朝阳行业。快，以及对“快”的渴求，是这一行业的初始动机。从不同角度切入，可以对快递做出不同的描述，比如P-to-P销售模式，比如销售成本，比如运营速度，再比如……从运营分拣的某些新闻报道中，人们还可以看到野蛮装卸造成的危害，还有邮寄物品的丢失，再有一些垄断机制对快递业的剥削，等等。如果说这些多数是媒体关注的角度及消费者关注的角度，而小说却采取了一个与众不同的角度，那就是快递之“快”的真实效率与效应，其实是一种过程（快速）消解目标（价值）的呈现。显而易见，这样一些过程消解目标的事件在当下可谓层出不穷。最可悲的是，被种种荒谬包围的人们并没有意识到荒谬所在，也没有谁真正警觉。

在一个高楼林立的都市，在一个到处招贴着不真实的繁华的都市，男男女女，或西装革履，或花枝招摇，在这个时代貌似得体地走来走去，殊不知，许多看不见的鸟粪正一坨坨掉在他们的头上，不，掉在他们的脑袋里。这个充斥现代性的地球，有多少荒诞剧目在一幕幕上演：比如电子产品短暂的更新换代周期，比如几乎每天都能看到的拆房、建房的城市建设，再比如把众多粮田变成一条条六车道、八车道的高速公路……这些“快”（速度）的真实效率与效应，到底有多少是正价值，又有多少是负价值？这些“快”真的那么重要？比粮食更重要吗？一旦粮食安全出了问题，地球上这么多的人口，“一顿不吃饿得慌”的脆弱的生命，他们可怎么办？布莱斯·帕斯卡尔曾话含机锋地说过，“人们必然是疯狂的”，而欧奈斯特·贝克乐则坚持认为，“人不可能逃离疯狂，即便逃离也只能是进入另一种疯狂”。

这些荒诞剧目的背后推手是：利益以及保障这些利益的权利，甚至维护这些基本权利的自由。这该多么可怕！原来人的自由选择也可能导致这样的后果！现代人太知道那些宪章上所赋予他们的权利，网络和各种自媒体的传播放大了人们对此的认同感，尽管尚有许多国家和地区的人群还在呼吁、争取部分或全部拥有这些权利。快,过度地、非理性地对“快”的渴求,隐藏在“快”后面的效率动机,被利润最大化裹起来的自我利益原则,等等,似乎都是自由的选择。这就使得这里的悲剧性尤其惨烈。

也正是因为这样一些举不胜举的荒谬,以及人们在这些悖谬前的束手无策,当我看到“无论谁是谁非,最后鸟屎总是要拉在我们头上的”这句话,特别能感受到一种张力,让我联想到这“最后”的“鸟屎”,可能将是上苍对人类的种种“过度”的最后的惩罚。

说到文字的张力,在这篇小说中,有许多看似不经心,其实是很用心的具有张力的段落与词句。比如:“为什么是做梦呢?因为对这些小区太熟悉了,因为这些小区太相像了,我每天进入不同的小区,但它们好像又都是同一个小区,无法区别,不仅梦里会梦到它们,就是醒着的时候,也会把它们当成梦境。”这里难道只是说小区是相似的?还有前面所说的“两个城市竟然有两个同名的小区,不仅小区同名,连街名和门牌号都是一样的”,也不仅是说物理空间的相似,而是说在现代人生存中,相似的荒诞不要太多!而梦是一种解脱,是让你得到自我安慰的一种情志转移,它让你在无法挣脱的困境中,找一个心理平衡点:这只是一个梦,醒来就好。还有“我靠着警方这点同情心，终于可以看小区的录像了。小区物业也挺热心的，帮着我一会儿快进，一会儿快退，找到我所说的那个时间段，再慢慢看。我的个天，果然有我，我还真的是进了这个小区的。我看到我电瓶车上绑了如此之多的快件箱子，自己把自己吓了一跳，要是看到的是别人，我一定会替他担心的，这轻轻飘飘的车子，能载这么多的货物吗？”难道不是吗？现实生活中我们很少会通过录像来回放、检查自己的行为，可是如果稍微倒放一下，我们一定会像快递员一样惊讶！“但那确实就是我干的事情。只是平时我骑着车子在前面走，那许许多多的货物堆在我身后，我看不见它们。”是的，那确实就是“我们”干的事情，许许多多货物堆在轻轻飘飘的我们的身后……而我们，看不见身后堆着的许多“快件箱子”，奔跑在快速的跑道上，也没有“自己把自己吓了一跳”。我们那是想把自己快递给什么呢？

用一个静态的切面，扫描一下不由自主的整体的运动状态，我们会发现很多平常看不到的东西。切片扫描是对切面进行病理分析的一个专业术语。借用到这里，缘起于小说家原本是另一种意义上的医生，甚至许多文学家就是由医生改行而来，熟悉这一行的都知道我这不是瞎掰。

从熟悉的身边琐事入手，通过具体写出抽象，写出合理中的不合理，写出时代的悖谬和人性的荒谬，是范小青近年来短篇小说的一大看点。这一篇《梦幻快递》也不例外，小说结尾还含蓄地写了一个小小祈愿："我回到公司，又接了一叠单子，低头一看，第一张单子的投送地址是：梦幻花园。"另起一段，写着："我就出发往梦幻花园去了。"显然，小说结尾写到梦幻并不是为了切题，是一种祈愿，但愿所有一切只是一个梦，哪怕是噩梦，醒来就好。

愿现代人能真正从现代生存的困境中走出。

范小青

五彩缤纷

我老婆其实不是我老婆。或者说，现在还不是我老婆，我们还没领证呢。

没领证，在出租房里同居，这种事情很多，也很普通。我们大学毕业，远离家乡，在陌生的城市打拼，要有事业，要赚钱，还想要爱情，还想有家庭和孩子，想要的确实太多了一点，那日子会比较辛苦。

不过目前还好啦，我们还没有想得那么远，我们辛勤工作，可以积攒一些钱下来，为今后的日子做准备，虽然必须省吃俭用、精打细算，但毕竟还是比较轻松自由的。

不料出了意外，我老婆怀上了。孩子我要的，我跟老婆说，孩子都有了，我也甩不掉你了，我们去领证吧。我老婆说，领证可以，按先前说定的办。

先前我们说定了什么呢？这一点也不难猜，又是一件再正常不过的事情，先买房，后领证。

没有房子怎么结婚，这是正常要求，即使老婆不提，我也会做到的。但现在的问题是，我得把我积攒了几年的钱倾囊而出，才能付首付，接下去的日子，就不知怎么过了。我把我的忧虑和我老婆说了。我老婆说，那我管不着，反正没有房子不领证，这是当初说好了的，也是最起码的。她说得不错，这确实是最起码的。我老婆也不是个物质至上主义，她没有要车，没有要其他更多的东西。

但即便是她的最起码的要求，目前我也有难处，我得靠我的嘴上功夫，让她暂时地将这个念头搁存下来。于是我开始说，老婆，买房这么大的事，急不得呀。我又说，那是买房呀，不是买青菜萝卜，说买就能买来。我再说，老婆，现在我们的当务之急，尤其是我的当务之急，是保养好老婆，保养好老婆肚子里的孩子。我还说，老婆，你也是有文化、有知识的年轻人，你想一想，到底是人重要呢，还是房重要？

我老婆才不理会我的战略战术，她才不和我斗嘴，她沉得住气，原则性强，从头到尾只有一句话，按原先说的办，不买房，不领证。

我无话可说了。

我的思想已经受了我老婆思想的影响，看来房是非买不可了。一想到买房，我的想象就像长了翅膀，立刻飞翔起来，我想到，买了房，就得装修，装修房子，那可又是一件令人激动的大事啊，我一激动，灵感就闪现了。我就突发奇想了，我说，老婆，你想想，就算我们现在立刻买房，我们肯定买不起精装修房，肯定是毛坯房，毛坯房得装修吧，再怎么简装，也得几个月吧，那时候宝宝已经出来了。我老婆说，宝宝出来跟房子没关系。我说，怎么没关系，新装修的房子，你敢住吗？就算你不怕，你敢让宝宝闻那种有毒的油漆味吗？

那是常识，装修完了，怎么也得晾它个一年半载才敢入住啊。

我这是拿还未出世的孩子要挟她，我以为这下子将到她了，哪知她早就想好了应对的台词。她说出来的台词，吓我一个跟斗，你以为我急着买房子是急着要住吗？我奇了怪，不急着住干吗要急着买。我老婆问我，你以为我买的是房子吗？我也不傻，我说，我知道，你买的是安全嘛。可是我若要变心，不会因为有房子就不变心的。我老婆说，是呀，你变了心，我至少还能得到一套房子。

这种对话实在平常而又平庸，大家见多了去，不过请耐心等一下，这只是为下面的事情做铺垫，马上就会出现不一样的事情了。

现在我完全没有退路了，只好朝买房的方向去考虑，好在这是我的第一套房，应该是比较优惠的。我打听了一下买房的程序，先到房产局去开证明，证明我是无房户，这样才能享受到第一套房的种种优惠。

到了房产局，他们一查电脑，却告知我说，我已经有房了。我大吃一惊，以为天上掉下馅饼来了，不，这可不是一块馅饼，这是一套房子啊，难道是圣诞老人或者干脆是上帝他老人家送给我的？

做梦吧，别说房子，天上连馅饼都不会掉的。

可我的名下确实有一套房，这到底是怎么回事呢？

房产局那人用怀疑的眼光看着我说，现在全部都联网了，想冒充无房户是不可能的。我着急解释说，我确实是无房户，我和我老婆住在出租房里，现在我老婆肚子大了，我们要结婚，要买房，等等等等。他哪里爱听这样的话，但后来看我真的急了，或者他自以为从我的焦虑的眼睛里看到了我的诚实，他才告诉我说，既然你不肯承认你名下的这套房是你的，那只有一种可能。我赶紧问，什么可能？他说，有人用你的身份证买了房。他见我发愣，又补充说，虽然可能是别人买的，但既然用了你的名字和身份，你就不是无房户了。

我怎么能相信这种莫名其妙的事情，我说，会不会你们搞错了？他又朝我看看，还朝他的电脑看看，反问我说，你不要吓我，你是不是想说，有人黑了我们的系统？我也吓了一跳，若是真有人黑了房产局的系统，岂不要天下大乱？

我知道那是不可能的。但如果他不可能出错，那么错在哪里呢，谁会用我的身份证买房呢？那人看了我一眼，觉得我连这样的问题都想不明白，极品脑残。其实我怎么会想不到呢？这个“谁”的可能性还是比较多的，比如亲戚朋友啦，比如老板啦，比如骗子啦。

可是现在我脑子里一片空白，我依据什么去把这个“谁”想出来呢？

见我站在窗口什么也不干，光发愣，后面排队办事的人着急了，我只得先退到一边，朝大厅的椅子上一坐，犯起糊涂来。

我旁边有个人架着二郎腿，哼着小曲，心情特好，我朝他一看，他立刻对我笑了笑。我说，你笑什么，我认得你吗？他说，恭喜你，你有房子了。见我干瞪眼，他又说，不是有人用你的名义买了房吗？既然是用你的名字，房子就是你的嘛,房子是什么,不就是一个人的名字嘛。我说,可房子不是我买的,钱不是我出的,怎么会变成我的房子呢?他说,这个太简单了,我教你怎么搞啊,你带上你的身份证,先到售房处去复印合同,人家问你为什么要复印合同,你就说合同丢了。我说,那可能吗?他说,他们没有理由不让你复印呀,房子就是你的嘛,身份证和人都对上号了嘛。然后你拿了合同,再到房产局去,补办房产证,你也可以跟他们说,房产证丢了,你有身份证,有购房合同,他们同样没有理由不让你补办,等办好房产证,房子就是你的了。

我听后,简直如梦如幻。他见我傻样,以为我担心什么,又指点我说,你怕夜长梦多吗?那就赶紧把房子卖了。

我的心里早痒起来了,一套房子,就这么到手了,只费了一点吹灰之力?他见我不信,鼓励我说,信不信由你,你做做看就知道了。我疑惑地说,这是违法的吧?他说,如果那个人确实在你不知情的情况下,用你的身份证买房,那是他违法在先。

他违法在先,我违法在后,那我不还是一样违法吗?出主意的这人挺为我着想,说,你急于出手房子,一时找不到合适的买主,可以卖给我,我要。

我赶紧走开了,他还在背后说,要不要留个电话给你?

我摆了摆手。他又说，不留电话也没事，我经常在这里，你要是想通了，就来这里找我。

我只听说外面骗子很多，很离奇，我以为这个人也是骗子，但我又不能确定他是骗子。无论他是不是骗子，他指点我做的事情我是不能做的。

如果我不能买首套房，我就买不起房，因为首套和二套的首付是不一样的，契税和房贷也不一样。可我不甘心就这样白白地丢失了我的购买第一套房的资格，虽然那套房已经在我的名下，但它毕竟不是我的房呀。

我得找到用我的名字买房的那个人。

我到了售楼处，把情况跟他们说了，他们爱理不理，说，这事情你别来找我们麻烦，跟我们无关。我气不过，说，怎么跟你们无关？你们没有尽到你们的责任，把我的名字让别人用去了。售楼处说，你跟我们有什么好吵的，你自己把身份证借给别人买房，还怪我们？我说，我怎么可能把身份证借给别人买房？他们说，这事情现在多得很，不管是怎么借的，出让身份证的人，肯定能得好处的。我跟他们生不得气了，我只说我要看那购房人的资料，他们又不同意，说客户的资料是要保密的。我反驳他们说，保密个屁，我单位有个同事，刚买房，登记在售楼处的信息立刻被出卖了，装修公司、中介公司、高利贷公司，各色人等立马来骚扰。他们见我这样指桑骂槐，也不跟我生气，但就是不肯透露信息，他们是怕我影响了他们的声誉，搅黄了他们的生意吗？可他们这种人，也有声誉吗？

我回去将这离奇的事情告诉我老婆，我老婆以为我骗她，以为我不肯买房，跟我闹别扭，我怎么解释她也不信，我没办法了，只好说，要不你和我一起去那售楼处。她又不肯去，说，你肯定事先和售楼处的人商量好了来骗我。

女人的想象力真丰富啊。

我只好又回到售楼处，威胁他们要举报，他们还是怕我举报的，最后把购房者留下的联系电话给了我。我一看两个号码一个是手机一个是座机，寻思着肯定打手机更方便找到人，就立刻打了那个手机号码，却不料听到是“已停机”。我心头顿时掠过一丝不安和惊慌，手机都已停了，座机还会有人接吗？但无论如何死马得当活马医呀，再照座机号码打过去，呼叫声响了六下，我心里又“咯噔”了一下，料是无望了，但就在这绝望刚刚升起来的时候，在电话铃响到第七声的时候，有人接电话了，是个女的。我一听是个女的，下意识地“咦”了一声。那边就说，咦什么咦，打错电话了吧，以后把号码搞搞清楚再打，把人搞搞清楚再说话。我说，哎——我没有打错，我找的就是你，你在某某小区买了套房吧？那女的立刻警惕说，买房？买什么房？你个骗子，又想什么新花招？我说，我不是骗子，可是我碰到了骗子，骗子用我的名字买了房子。那女的说，那你找骗子去。我说，我找的就是你，房子就是你买的，在售楼处登记的就是你的这个号码。那女的停顿半拍后惊叫了一声，说，什么？什么房子？我说，我的身份证被你盗用了，在某某小区买了一套房，有这事吧？那边没声音了，我以为她想抵赖，我不怕她抵赖，我有的是证据。哪知过了片刻，她大叫一声，我操你个狗日的！你竟敢买房！这声音实在刺耳，我说，你怎么骂人呢？又不是我买房，是有人盗用我的名字买房。她不听我解释，仍然骂人说，你个乌龟王八蛋，叫我住出租房，自己竟然有钱买房养小三。我这才明白过来，她大概是在骂她老公或者男友的。果然，她又骂了许多脏话粗话，我实在听不下去，说，事情还不知道怎么个真相呢，你已经把祖宗八代都骂遍了，等到事情真相揭发出来，你还用什么东西来骂人？她忽然又大哭起来。

我不想听她哭，但我还是想从她那儿得到一点有用的信息，我只得耐下心来劝她，我说，你先别哭，可能里边有什么误会吧，你再仔细想想，既然你没有用我的名字买房，那是你家里其他什么人？她顿时停止了哭声，头脑冷静、思路清晰地说，我老公为什么不用他自己的名字买房，怕我知道，所以，他用你的名字买房，你肯定是他的狐朋狗友，你才会借身份证给他，让他买房，包庇他养小三。

我怕了她，我还是赶紧败下阵去吧，我再也不想从她那儿得到什么了，我挂了电话。

她却没有罢休，反过来又打电话来，追问那套房子在哪里。她这追问还真提醒了我，我又到售楼处去了一趟，查到了房子的具体地址。

我到了那个小区，莫名其妙的，心情居然有些激动。小区是新建起来的，看起来刚刚交付，都是毛坯房，里边还没有住户，我找了一圈，找到了某幢某层，上去一看，门关着，里边不像有人的样子，我还是敲了敲门，自然也是白敲的。

我并没有泄气，跑得了和尚跑不了庙，他房子买在这儿，我不怕他不现形。过一天我又来了，还是没有人，我刚要下楼，看到有人上楼来了，手里拿着钥匙，开对面那套房的房门。但我看他的穿着和模样，不太像是房主。那个人看出我的怀疑，主动说，我是搞装修的。我怀疑他，他倒不生气，还和我聊天，问我是不是隔壁的房主，需不需要装修。我说是来找他隔壁的人家的，他问找他们干什么？我没敢说出来。

他见我支吾，也没有追问，只是说，他接了这一家的装修活，来过几次，没有看见对面人家有人来过。又说，一般刚刚拿到手的毛坯房，如果不马上装修，房主是不会来的。我委托他代我留心点，留了个电话给他，他点头答应了。

出小区的时候，又经过售楼处，心里来气，我又进去了，他们都怕了我，躲躲闪闪，互相推诿。我责问说，你们提供的电话不对，你们是有意糊弄我的吧。他们指天发誓，那人留的就是这电话。我怀疑地说，这电话的主人根本不知道买房的事，难道你们不和买房的人联系吗？他们说，我们还和他联系什么呢？房子已经售出，一手交钱，一手交货，我们再也不会联系他，只有他可能来联系我们，我们最怕的就是这个了，如果接到他的电话，那必定是哪里出了问题，麻烦来了。

还是那个搞装修的人讲信用，有一天他给我发了个信，说对面房子有人来了，让我赶快去看一下。我立刻赶到那儿，这回终于让我抓住了一个真实的存在。可是最后结果并没有显现出来，因为被我抓住的这个人，并不是房主，他是房屋中介。

原来那个用我名字买房的人，打算出租他的毛坯房。

不管怎么说,我庆幸自己又推进了一步,有中介就有房主,我离那个盗用我名字的人应该不远了。

这时候我还不知道,其实前面的路还遥遥无期呢。接着中介就告诉我,房主是在QQ上留的言,没有其他联系方式,只有QQ号。也就是说,我要想找到房主,仍然要守候,只不过是从毛坯房前挪到QQ上而已。

我先上去找他,说我要租房,希望他能够现身。可是他没出现,我想我可能暴露了,因为他明明已经委托了中介,租房应该和中介联系,为什么要直接找他呢?他一直不出现,我急了,耍了个流氓手段,在群里发言说,有人用我的名字买了房子,我现在已经复印到了购房合同,打算明天就去补办房产证了。群里大家欢呼雀跃,为我高兴。

我以为这下子可以把他逼出来了,可是他仍然隐身。他这才叫耍流氓,那是真流氓,我这假流氓倒也拿他无奈,我不能真的去办房产证啊。

正在我山穷水复疑无路的时候,先前那个骂人的女人倒来给我指路了,她主动打了个电话给我,情绪大好,和当天电话里那个愤怒的女人完全判若两人。她耐心地告诉我,冒我名字买房的不是她老公,而是她现在住的出租房的前任住户,她已经通过房屋中介,帮我了解了他的踪迹,提供给我进一步追查。最后她还向我道了歉,说上次说话难听不是针对我的。

我虽然有些奇怪,但她的态度也让我更相信了一个事实,爱情确实能够让一个人完全变成另一个人。

我根据她提供的信息,找到了那个冒充者现在居住的另一处出租屋,我不知道他为什么要从一个出租屋搬迁到另一个出租屋,唯一能够让我做出一点判断的就是前后两处出租屋大小和质量有所差别,这地方比那地方更小更简陋。看起来他的经济状况也不怎么样,恐怕每个月的还贷压力很大吧。这也是我很快将要面临的难题哦。

所以一看到这样的出租屋,我立刻联想到了我自己的生活,在胡思乱想中我敲开了这间出租屋的门,开门的是一个孕妇,肚子和我老婆的肚子差不多大,看到她的一瞬间我真吓了一跳,以为她就是我老婆呢。本来嘛,同样的出租屋里的孕妇,能有多大的差别呢。

本来我肯定是气势汹汹的样子,但一看到这样的屋子,屋子里这样的人,我的气势顿时瘪了下去,我能够对着一个和我老婆一样的住出租房屋的孕妇大吼大叫或者横加指责吗?

我平息了一下积累在心头的愤怒,尽量用和缓的口气询问她老公在哪里,我不跟孕妇说话,我要找的是她老公,那个冒我的名字买房的人。可孕妇告诉我,他们虽然在一起几年了,她肚子也那么大了,但从法律的意义上说,他还不是她老公,他们还没有领证。我心里"嘻哈"了一下,真是和我的遭遇越来越像哦,由此我又联想到,在这座城市之中,在许许多多的城市之中,在苍穹之下,还有多少和我们的日子相差无几的男女呢。

但无论如何,我还是得找到冒名者,要他还我名来,还我购买第一套房的优惠权。我不能因为他们没有领证就放弃寻找,我再问了一遍,你老公现在在哪里?孕妇倒也很坦白,告诉我她老公回老家补办身份证去了。

我感觉到事情正在渐渐地浮出水面,又出来了一个身份证,这是好事,只要能和身份证联系上,我相信离我的目的会越来越近。我赶紧抓住她的话头,问她老公叫什么名字,她说她老公叫吴中奇。

我觉得很荒唐,荒唐得让我笑出了声。可是任我怎么笑,她也不觉得奇怪,只是很平静地看着我,我拿出我的身份证递过去想让她确认一下,可她并不接,她根本不要看。我只得说,他是冒名的,他不是吴中奇,我才是真正的吴中奇,他捡了我丢失的身份证,他就做起了吴中奇,但他是假的。那孕妇说，他不是捡的，他是买的。我嘲讽地说，买身份证，这都是新闻上才能看到的新闻，你们居然就是新闻。孕妇并不计较我的态度，她很淡定，继续告诉我说，她老公的身份证丢失了，原本打算要回老家补办的，但时间来不及了，只好先去办一张假的，然后等有时间回去补办真的身份证，等到补办好了真的证，那假的也就自然作废弃了。我奇怪地说，那他真的就办了一张名叫吴中奇的假身份证？怎么这么巧，恰好就是我的名字。孕妇说，这么巧是不可能的，他们办假证的人手头有一大堆真的身份证，有的是捡来的，有的是收购来的，不知道有没有偷来的，或者是别人偷来卖给他们的，反正里边有一张你丢失的身份证，卖给了我老公，所以他暂时只能叫吴中奇了。她见我发愣，又给我补充说明，其实我老公当时也怀疑过的，用别人丢失的身份证，万一被丢身份证的人发现了怎么办？人家笑话他说，你看看这身份证上的地址，离我们这儿多远，八竿子都打不着，你想碰上都没有一点可能性。

我说，你老公不长脑子吗？他不想想，那么远的身份证，怎么会丢在这里，丢在这里，只能说明我离得并不远。她说，他哪有想那么多，那时候急着买房，也不管不顾了。虽然她很坦白，说得也很对路，但我还是觉得有疑，因为我的身份证丢失以后，我立刻去补办了新的身份证，原则上说，在我补办了新身份证的同时，我丢失的那个身份证就已经作废，可是他们居然用的作了废的身份证顺利地买了房。我表示怀疑说，你们竟然用一张已经失效的身份证买房，卖房子的人怎么这么随意，不仅没有核对本人和身份证的信息，甚至都没有上网核查。这孕妇说，核对什么呀？他们只核对钱，别的一概马马虎虎，说实在的，买房时我们也有点担心的，照片上的你，毕竟和我老公不太像，但他们连看都没看一眼，就跟我们签合同、收定金了。

这种事情也稀松平常，别说售楼处，就算是银行，也经常有人用捡来或偷来的身份证开户，然后透支，然后银行找到身份证的主人，然后主人说，我冤枉呀。银行可不管你冤不冤枉，要你还钱，然后就是打官司上法院了。那可是没完没了的战争，一直搞到你筋疲力尽。

现在我也轮上一件这样的事，我可不想追究，我实在没有那功夫，我要工作赚钱，我要照顾怀孕的老婆，我要为即将出世的宝宝做准备，最重要的——我还要买房子，我哪里有一点空闲的时间去跟他们纠缠真假身份证的事情，我只希望这个冒充者早点补办好他自己的身份证返回来，然后我们去过户，把我的名字还给我就行了。

这孕妇见我着急，安慰我说，别急别急，很快的，一两天就能回来了。她态度好，我却好不起来，我来气地说，现在房子多的是，你们就那么着急买房子，急到都不能用自己的名字买房？什么事那么急呀？那孕妇奇怪地朝我看看，说，你是明知故问吧，我怀上了呀，是做人流手术还是生下来，取决于房子，他要孩子，当然就要立刻买房子，哪怕先借用别人的名字。

苍天，怎么跟我的事情越来越像，我心头竟滋生出一些恐惧，下意识地朝她看看，我是不是该怀疑她是我老婆扮演的一个人？

孕妇看起来一点也不想瞒着我什么，她又主动告诉了我一些情况，但是我对他们的气仍然郁积着，我也顾不得她身怀六甲，恐吓她说，你们不怕我真的把房子卖掉？孕妇说，怎么不怕？就是因为看到你在QQ群上留的言，我老公才会在这时候赶回去补办身份证，我就要生了，也许他还没回来，孩子就生下来了。

我实在无言以对。

现在唯一可以指望的就是冒充者从老家带回他自己的真实的身份。

其实，在焦虑之余，我倒是很想见一见这个假我。

可是我一直没有见到他。

他没有再出现,他失踪了。但不管怎么说,他还算是个负责任的人,他把办好的真的身份证寄给了他老婆,还委托了他的堂弟,冒充他去帮嫂子办过户,但他自己从此没有再出现,他说他自己失踪了,房子留给老婆。可那孕妇哭着说,留给我有什么用?我用什么来还房贷啊。

我忽然吓了一大跳,我知道他们的房产证上,是用的他们两个人的名字,呵不,不是他们两个人,是我们两个人,是我和这个不是我老婆的孕妇的名字。

既然名字是我的,搞不好银行会来向我收贷款,我赶紧催着她去办过户,她自知理亏,答应我约到堂弟就去。

我吊心提胆地等了一天,还好,那个冒充者的堂弟也讲义气,就和我们一起去办过户了。当然,如果我不去,他们一定还能再找到一个人去冒充我的。

那天在办理大厅,我注意观察了一下那个堂弟的神色,发现他一点也不慌张,谈笑风生。

出来的时候我问他,你冒充你堂哥,倒蛮镇定的嘛。你是不是经常做这样的事情?那堂弟说,现在有谁来注意你的真假,一手交钱,一手交货,干脆利索。何况他毕竟是我堂哥,我们毕竟还是有点像的,即使是完全不像的两个人,只要有证件,都能办成事情,甚至哪怕证件也是假的,假人加假证件,也一样办成事。

他说得一点也不错,这正是我所经历的。

那天我回到家,老婆告诉我,房贷利率又提高了,她已经算了一下,买房以后,每个月我们两个不吃不喝,刚够还款。我以为她的意思是别买房了,就顺着她的意思说,是呀,除非我们能够做到不吃不喝,我们就买房。哪知我老婆教训我说,吃喝重要还是买房重要啊?

那一瞬间,我简直怀疑那个失踪了的人就是我自己。

他怎么不是我呢?我们的经历几乎一模一样,我们的名字也是一样的。

他失踪了,我难道没有失踪吗?

有些事情很难说哦,说不定真的就有两个我呢。

那个我,冒了我的名,害我忙了一大通,才做回我自己,不过我还是觉得挺同情那个我的,这家伙忙了半天,结果什么也没留下。

可我哪里有资格同情别的人,哪怕那是另一个我,我都没有能力去关心他,我还是可怜可怜我这个我吧。

现在,几经周折,总算将那套房子换了名字,现在好了,我的名下没有房子了,我又恢复了购买第一套房的资格,我喜滋滋地去买房了。

到了售楼处，我被告知，刚刚颁布了新的条例，单身不能在本地买房，除了要有本地本单位的证明，最重要的是要有结婚证。我说，我还没结婚呢。他们说，那你先结婚嘛。我说，没有房不肯结婚呀。他们说，不结婚不能买房呀。

我真急了，说，怎么说变就变呢。他们说，所以说这东西像月亮嘛，每天一个样嘛。我说，你们这是存心不让我们买房呀。我这样一说，他们委屈大了，差一点要哭了，说，我们也没办法，我们也不想这样，我们恨不得什么条例也没有，我们恨不得什么条件也不讲，人人都能买房。但是现在在风头上，抓得紧，谁违反谁吃不了兜着走。

我原来以为我碰到的事情够沮丧，结果发现他们比我更沮丧。他们一边沮丧一边还劝我说，要不这样，你再等一等，虽然新规定很强硬，但过一阵，风头过去了，就会松软多了。

我想我老婆这回该死心了，不会再出幺蛾子了吧。哪料想我老婆要买房的意志无比坚强，说，那就先领证。

我心里窃笑，她这可是自打耳光，早答应了先领证，也就没那么多麻烦了嘛。虽然我对我老婆言听计从，只不过有些事情并不是她说怎么就能怎么的，就说这领证吧，规定必须在一方的户口所在地办证，我和我老婆的户口都在老家，我们得回一趟老家才行。

回一趟老家可不得了，别说数千里路迢迢，要转几趟车，我老婆又大着肚子，我单位还不给这么长时间的假。更重要的是，我们现在要买房了，恨不得把牙缝都塞上，哪有闲钱回老家呀。

我们求助于老家的村长，村长很热情也很负责任，替我们打听了，说规定是不允许的，一定要本人到场，但他有办法，我们只需要将标准照片寄给他，再打一点费用过去，他找两个假人冒我们去登记，为保万无一失，他会陪他们到登记处去，万一情况不妙，他还可以出面找人打招呼。总之，让我们尽管放心。

我们把照片和钱都寄过去了，果然很快，大红的结婚证就寄来了。

现在我们终于可以买房了，我们有身份证，有结婚证，有钱，还愁买不到房吗？

真的还是买不到房，因为我们被查出来，结婚证是假的。我被村长糊弄了，我打电话去责问村长，村长开始还抵赖，指天发誓那证绝对是真的，又说，是不是乡下的证和城里的证不一样？又说，你们在城里过日子干什么都要有证，也忒麻烦人了，等等等等，反正是死活不承认我那结婚证是假的。

他不肯坦白，我也有办法对付他，我查了县民政局的电话，问结婚登记处，一问就问出来了。村长这回没话说了，坦白了，说，我是带了两个人去的，长得和你们很像的，我好不容易才物色到的，可还是被发现了。现在这些狗日的，眼睛凶呢，我不好向你交代了，你不是急等着用吗，我到登记处外面街上，就有人招揽生意，说可以办一张假的，我看收钱也公道，就办了。

我简直目瞪口呆，村长还继续为自己的行为辩解，说，我真以为你们看不出来的，不知你们是怎么看出来的，我还拿来和我儿子的结婚证比照了一下，真是一模一样的，看不出来的呀。

我说，看得出看不出那都是假的。村长"嘿"了一声，还亲切地喊了我小名，说，狗蛋啊，你从小可不是个计较的人，你念了大学，在城里做事了，反而变得计较了，其实人还是马虎点，活着自在。我说，也不能马虎到用一张假证来骗人呀。村长说，哎哟，什么证呀，不就是一张纸么，有什么真的假的，现在假夫妻比假结婚证多得多了，也没人管。

虽然我气村长的这种行为，但村长的话倒也给了我一些启发，我跟售楼处说，虽然证是假的，但我们两个人是真的，我们都有身份证，你们也查过了，身份证是真的，何况我老婆肚子都这么大了，肚子里的孩子不能是假的吧。他们说，身份证和你老婆大肚子都是真的，但是你们用假结婚证骗人是不对的。我强词夺理说，也不能说我们的结婚证就是假的——你看，这照片是我们吧，这名字也是我们吧，这年龄等等，都是我们，也就是说，内容是真的，形式是假的，我们两个是真的要结婚，在乎一张纸干什么呢？售楼处显然很想卖房子，他们去请示了上级，但是上级不同意，说不能因为出售一套房子坏了规矩，查出来要被罚款的。

我们再一次被打了回来，房子再一次离我们远去。

我已经殚精竭虑了，但我老婆斗志昂扬，我老婆说，不行，我们还是得回去领证。

我老婆说这话的时候，阵痛已经开始了。

就在这天晚上，我老婆生下一对双胞胎，我给他们取名：吴一真，吴一假。

他们两个长得太像了，简直一模一样，我一直都分辨不出，到底哪个是真哪个是假。

子　川

别一种“赤字”

——读《五彩缤纷》

范小青的小说《五彩缤纷》，写了一个似乎不那么“缤纷”的故事。援用“两棵枣树”的表述方式，可这样描述：一对患难恋人，还有一对也是患难恋人。他们经历相似，出生于农村，受过高等教育，都在城里打拼，先合租同居，再未婚先孕，然后又都得为腹中孩子的合法身份去办证（结婚证），而办证的前提又都是必须买房。

简单里面有复杂。尽管小说没有耸人听闻的故事，但当一对患难恋人为了意外怀上的孩子，硬着头皮去买房，竟被告知：“到了房产局，他们一查电脑，却告知我说，我已经有房了。”当事人吃了一惊，读小说的人也为之一振。一般阅读经验会让人去想，是不是神通广大的房哥房姐，又在用别人身份证件来套购房产什么吧？小说没有安排如此复杂的情节，云遮雾罩的背后只有另一对恋人，与前者几乎一样，他们也是因为意外怀孕，从而打破合租同居的平静生活，奔波于按揭买房的现场。奔波，就在于他们都有一个意外结胎的孩子在等一个合法身份，而给孩子合法身份的前提是办证（结婚证），偏偏这两个不同的女性，给出办证的前置条件又都是必须买房。严峻的现实是十月怀胎的孩子不可能等更多时间，他们即将来到这个世界，他们可等不得创造他们生命的人有条不紊地去补什么手续等等，因此买假身份证、办假结婚证这些不端行为都出现了。孩子不等人。办证的前提条件“买房”不能改，而买房又不具备条件。这样一些东西纠结着这两对患难恋人。沿着小说进程，“我”终于找到冒用身份的买房人，也终于弄清对方为何冒用我的身份，竟发现：“苍天，怎么跟我的事情越来越像，我心头竟滋生出一些恐惧，下意识地朝她看看，我是不是该怀疑她是我老婆扮演的一个人？”

感叹归感叹，肚子里的孩子却只给大人十个月时间。当我用快跑的速度把冒用我身份的问题解决掉，新问题又出现，而且是一个无解的问题。新的购房政策公布了：“到了售楼处，我被告知，刚刚颁布了新的条例，单身不能在本地买房，除了要有本地本单位的证明，最重要的是要有结婚证。我说，我还没结婚呢。他们说，那你先结婚嘛。我说，没有房不肯结婚呀。他们说，不结婚不能买房呀。”另一边，“我老婆才不理会我的战略战术，她才不和我斗嘴，她沉得住气，原则性强，从头到尾只有一句话，按原先说的办，不买房，不领证”。这是一个悖论。老婆(恋人)说:办证必须买房，而政策说:不结婚不能买房。小说写到这里，似乎山穷水尽，却看不到柳暗花明。小说的结尾写道：

我们再一次被打了回来，房子再一次离我们远去。

我已经殚精竭虑了，但我老婆斗志昂扬，我老婆说，不行，我们还是得回去领证。

我老婆说这话的时候，阵痛已经开始了。

就在这天晚上，我老婆生下一对双胞胎，我给他们取名:吴一真，吴一假。

他们两个长得太像了，简直一模一样，我一直都分辨不出，到底哪个是真哪个是假。

关于吴(无)一真与吴(无)一假，不难理解。小说作为一种虚构的艺术，人物故事均来自虚构，自然“无一真”，但小说所概括、所提炼的生活内容，一旦被升华为一种艺术的真实，却更深刻地揭示了生活的真实，这便是“无一假”。还有小说中用假身份证买房，用假结婚证买房，以堂弟冒充堂哥，就像“那堂弟说，现在有谁来注意你的真假，一手交钱，一手交货，干脆利索……只要有证件，都能办成事情，甚至哪怕证件也是假的，假人加假证件，也一样办成事”。真真假假让人眼花缭乱，以至于难辨真假，因此，“无一真”与“无一假”，实在也是生活中常有的事。

小说中人物是虚构的，但这样在城市里打拼的农村青年比比皆是。他们是不是房地产大V经常说到的“刚需”人群？是不是房地产大V不断叫嚷房价还要涨20年的理由？房地产大V的嘴大，生活中谁也没有办法跟他去斗嘴，再说，一个能说出“买不起房为什么不回农村”“买不起房子的人应当感到耻辱”这样一些话的人，你还有什么必要跟他去斗嘴？

小说并没有写这些，甚至也没有正面去写房地产开发。但生活经验告诉我们，当那两对青年拼命在为买房折腾，却不知道那房根本就不是为他们（这些进城打拼的农村青年）建的。买不起，还得买，城市化进程把这些人都逼成了“刚需”人群，逼他们透支几十年生命去供一个甚至不去住的房：“她说出来的台词，吓我一个跟斗，你以为我急着买房子是急着要住吗？我奇了怪，不急着住干吗要急着买。我老婆问我，你以为我买的是房子吗?”不为了住，却宁愿透支几十年的生命去买房，这种逻辑是不是很荒唐？这种荒唐的逻辑到底建筑在什么基础上？其实，只要看一看今天的楼市实际，就一切都明了。自从房地产开始了所谓的市场化，房价已被炒高十倍二十倍，而且只涨不跌，甚至连假跌都没有出现。因此，当年轻女性即将成为母亲，必须担当扶养一个新生命的责任，她首先想到的是必须持有一份“保险”。显而易见，这两个即将成为母亲的年轻女性，坚持办证必须先买房，其实是在买一个“保险”系数。

为何房产可以成为保险系数而不是风险系数呢？小说中的人与读小说的人都知道，楼市只涨不跌，其实不是单纯的市场行为，因为始终有一个看不见的手受利益的驱使，不断推高房价。同样出于趋利避害，所有资金都放弃实体经济，冲着暴利，流向楼市，来炒作“衣食住行”的“住”。于是，人们看到的都是冒险借贷买房的人赚了，而本分的想储蓄积累再去买房的人几乎全赔了，赔给了房价上涨指数。

莱斯特·R. 布朗说，“目前的经济繁荣，部分原因是靠着越来越大的赤字(透支)来维系，经济赤字，生态赤字。生态赤字是不入账的，但迟早得有人来支付”。自然生态的赤字，虽不用红笔标在账册中，但今天到处的雾霾，毫无疑问是巨大的生态“赤字”，这种生态环境的污染，已把人们在这块土地上生活、呼吸，变成了高危的事。

那么推高房价，制造房产暴利神话呢？让更多不具备买房条件的人透支生命来买房，让这些人形成买房才保险的心态，是否是别一种“赤字”？需不需要支付，又由谁来支付呢？这是需要社会学家去考虑的事情。

小说家范小青写的是生活，生活的逻辑是鲜活的。在小说中，我们看到，自老婆（恋人）意外怀孕开始，“我”拗不过，只能顺从老婆（恋人）的意思去买房，而“我”的身份证已经被人盗用，想按首套房政策买房，得想方设法先找回自己的身份，好不容易找到了冒名者，原来也是如“我”一样的一对年轻人。不仅如此，“由此我又联想到，在这座城市之中，在许许多多的城市之中，在苍穹之下，还有多少和我们的日子相差无几的男女呢”。因此，当我们看到那两对患难恋人，到处奔波，努力去借贷买房，千万别以为这只是他们的个人“赤字”。

到这里我们已经看出，这个不长的小说，其实有更大的张力，有更浩茫的东西蕴含其中。小说题目为何要用“五彩缤纷”这个大词？开卷时我想过这个问题，掩卷时便豁然开朗了。故事固然跌宕起伏，不乏缤纷之杂，但作者用“五彩缤纷”来做这篇小说的标题，其实有深意，有一种反讽在其中。难道不是吗？今天，当我们走进任何一座城市，都会看到尘土飞扬后面的高楼大厦，看到霓虹下的灯红酒绿，高铁轨道、高速公路从曾经种植庄稼的田野上蛮横地切割过去。满目都是奢侈、浮华，不乏夸张的人和事，怎么也当得起“五彩缤纷”吧。

我忽然想起小时候吹的肥皂泡，当泡泡吹得最大最圆的时候，折射在上面的光线会突然绚丽多姿起来，而经验告诉我们，眼前的“五彩缤纷”差不多正是泡泡行将破裂之际。

范小青

现在几点了

老人是自己走进来的。看起来有八十多岁，甚至更老一点了，没有人搀扶，说明他的腿脚还行。

月亮湾医院是一座有规模的社区医院，像模像样，不是病人走进来就直接坐到医生面前的那种，进门那里有挂号处，大厅里有分诊的护士，有好些个科室，还有化验室、胸片室等等，甚至还专门配有一名临时的护理人员。如果是病情比较严重的，或者年纪比较大的病人，没有家属陪同的，这个临时护理人员就会上前替他们做一些事，帮他们挂号，然后护送到对应的诊室，或者帮助病人搞定化验之类的事情，等等。这在正规的医院里倒是没有的。

其实真的别以为社区医院的工作比正规医院更轻松，它也有它的难处。就拿病人来说，来这里看病的老年病人较多，有许多老人自己是说不清自己的病的，需要医生在第一时间检查和判断出他们的情况，所以对医护人员的要求也是高的。

许多人认为，社区医院的医生工作没什么难度的，无非就是量量血压，看看喉咙，基本上都是病人告诉医生，我有什么什么病，然后病人指点医生，我要什么什么药，就行。

这也是事实。

甚至也有的人，附近的居民，可能也不是病人，没生病，也会来这里坐坐，说说自己心里的不爽，吐个槽，也算是心理门诊了。

当然，情况是复杂的，复杂的病情在社区医院也是经常出现的。

梅新是新来的医生，今天是她到这个地方上班的头一天。

她刚刚在陌生的桌椅这儿坐下来，老人就走进来了。

这是梅新到月亮湾医院工作后的第一个病人。

老人坐了下来，手臂搁在桌子上，她以为他要开始诉说自己的病情，等了一会儿，老人说了一句，现在几点了？

八点半。

她回答的时候，看了老人一眼，她是有经验的，所以已经有了一点预感。

果然，老人又说，现在几点了。

这回梅新基本判断出来了，老人其实并不是在提问，或者说，他并不知道自己在问什么。

阿尔兹海默症。

这是大医院神经内科里的常见病，但梅新原先不是神经内科的，她在心内科，按病人的统称，就是治心脏病的。

老人又说话了。

现在几点了。

她试着转移他的思路，拿起听诊器说，我听听你的心肺。

老人配合地撩起自己的外衣。

话题果然转移了。

老人指着自己的胸口，明天我这里有点闷。

她面无表情地移动着听诊器。

明天我这里有点闷。

肺部有点杂音，梅新又听了一遍，她试图跟他沟通，问道，你哪里不舒服？

前天会不会下雨。

时间概念已经完全混淆或者丢失了，这至少是到了中期的病症了。

听诊器触到了老人衬衣口袋里的一个硬物。

梅新探看了一眼，那是一块旧式的怀表，梅新从来没见过这样的表。

老人的情绪焦虑起来，他嚷嚷着说，我的表不见了，我的表不见了。

梅新皱了皱眉头，老人嚷得她心烦意乱，但是梅新阻止不了他，她无奈地从老人口袋里取出怀表，递到老人面前。

但是老人视而不见，焦躁地说，我的表不见了。

她把表塞到老人手里，你的表在这里呢。

老人把表塞进衣袋，说，我的表不见了，我看不见时间了。

这就是从今以后她每天要面对的病人，之一。

当然还有其他各种各样的。

老人站了起来，我没有时间跟你说话了，我要回家找我的时间。

梅新扶着老人走出诊室，坐在门诊大厅负责分诊的护士小金看到梅医生陪着老人出来，就冲着外面的不知什么地方喊了起来，小英，小英子，走啦——

远处，不知什么地方，有人应声，哎，来啦——

老人十分焦虑，不停地说，我要回家了，我要回家了，我的时间不见了，我没有时间了。

小金跟梅新解释，她喊的是老人家的小保姆，每天一来就到那边去打牌。小金一边说，一边小心翼翼地注意着梅新的神态。

还好有个保姆。这样的老人，如果没有人陪护，很容易走丢的，不认得回家，是他们的常态。

那个叫小英的保姆一头冲了进来，说，现在几点了？今天怎么这么快？

老人皱着眉，十分焦虑地说，我来不及了，我来不及了，我没有时间了。

小保姆笑道，来不及我们就赶紧走。她又朝梅新笑笑说，你是新来的医生。

一老一小走了出去，小金仍然小心着说，梅医生，基本上，以后每天你都能看见他，他很准时的，每天都来。

梅新想试探一下，她说，这位老人家，你知道他是什么情况？

小金说，哦，除了老年痴呆症，忘性大，其他没什么病，身体好好的。

原来大家都知道都了解，梅新放了点心。

小金又介绍说，他们家子女还是不错的，条件也蛮好，专门为他请了一个陪护的小保姆，走到哪里跟到哪里——不过梅医生，他这情况，已经相当严重了吧？平时他家子女不让他随便出来，但就是不能不让他到医院来，那样他会闹的，他还会打人呢！一开始是骂人，可是后来他骂不出来了，他好像已经不知道什么是骂人了。

她们正说着话，手机响了，小金一看来电，还没接电话就叫嚷起来，哎哎呀，我差点忘了——哎呀呀，现在几点了？明明手机上有时间，但她又看了一眼墙上的挂钟，更加着急了，又说，哎呀，时间有点紧了，可能来不及了，都怪我，都怪我，今天病人好多——她一边捂紧电话，一边对梅新说，说好要去看一条柯基犬，约好九点的，现在已经——哎哟，现在已经——唉，我这个人，太没有时间观念了，人家都批评我的，这个我承认的。

挂号窗口里的小许探着头说，哦哟，狗就在对面，你急什么急？

小金说，可我这个人确实是没有时间观念的，人家曾经跟我说过，你对什么不上心，什么就会来报复你。

小许仍然在窗口里冲着小金笑，说，可是我听人家说，你对什么太上心，什么就会来报复你——你急什么急，就是一条狗呀，就是看看呀，急什么急。

小金说，不是一条狗的问题，我这个人，我答应人家的事情，总是不能准时的——哎，小许，再有人来，你帮我分一下诊哦。一边说一边跑了出去，梅新看着她往马路对面跑，背影也是很着急的样子。

梅新回到自己的诊室，里边的长椅上已经坐了三个病人，依次排着，虽然都坐着，但是梅新能够感觉到他们身上散发着的都是着急的气息。

排在第一个的是一个面带怒气的中年男人，他正在嚷嚷，医生也不看看现在几点了，跑到外面瞎聊天，浪费我们时——忽然看到梅新进来了，他顿时尴尬了，话说到一半，嘴张着，脸涨红了。

梅新没有计较他在背后说这些，她虽然心情不好，但是面对病人，还是尽量心平气和地坐下来。

这个说坏话的人应该坐到她面前来，但他似乎有点不好意思，稍稍有点迟疑，排在第二的那位妇女本来就只在长椅上坐了半个屁股，好像随时要抬起来，况且她一直就是一脸焦急的样子，现在见这个男人有点犹豫，她赶紧说，让我先看吧，我马上要去什么什么什么哇啦哇啦哇啦——我时间来不及了——

脾气不好的男人又不高兴了，说，你时间来不及？就你忙？现在谁不忙？再忙也有个先来后到，不要不讲规矩。这么说着，他先前的对梅新的那一点点羞愧之情已经完全消失了，他一屁股坐到梅新面前的凳子上，仍然气呼呼的。

那个妇女抢先没抢成，还被数落了几句，当然也不高兴了，她回嘴说，我是要赶时间呀，如果不是时间紧，我才不和你抢呢。再说了，我就是量一量血压，一分钟就够了。

排在最后的那个老先生看起来是个老烟枪，一直在咳嗽，而且满脸不耐烦，抱怨说，喂，咳咳咳，你们为什么要到八点半才开门呢？我四点钟就起来了，要来看个病，要等四五个钟头。

小金已经看过狗回来了，够速度的，她又送了一位老太太病人进来，听到老先生这么说，小金也不高兴了，说，咦，你可以去大医院挂急诊呀，急诊是二十四小时都开着的。

老先生生气说，我干啥要挂急诊，我又没得急病，我又不是马上要死了，咳咳，我不用急诊，我看普通门诊就可以，但是你们开门就是晚，人家大医院，七点半就开始了。

梅新想，这下小金肯定会说，那你去大医院呀。

果然不出所料，小金就是这么说的，口气呛呛的，态度很不好，梅新觉得老先生可能会发火，结果老先生不仅没发火，反而笑了起来，对小金说，小死丫头，你这种腔调，我告诉你爷娘，假使我在大医院碰到你这样的，我要投诉你的。

小金却没有跟他笑，朝他翻个白眼，板着脸退了出去。

那个要量血压的妇女已经性急地站了起来，站在桌子边上，说，我就量一量血压，快的，我本来没有高血压，可是前两天体检，说我高血压了，高得还蛮厉害的，上压一百六，下压一百一，量了三次，一次比一次高，吓人的，奇怪了，我怎么会高血压呢？奇怪了，我怎么可能高血压呢？我家里也没有人高血压，没有遗传的，我是吃素的，我天天走路，每天走——排在第一的男人把凳子往前拉了一下，准备开始向梅新诉说病情，又嫌那个妇女站得离他太近，他回头对她说，外面桌子上有电子血压器，你自己去量一下吧。

那妇女说，我不要量电子的，电子的不准，我体检的时候，就是电子的，量出来会这样高，我不要。

不要拉倒。不过你别靠得这么近，别人一点隐私也没有了。这个男人嘀嘀咕咕，他能够说出病人隐私之类，说明也不是没有知识的，只是因为脾气不好，人就显得粗糙起来。

那妇女说，哦哟，刘老师，我尊你是老师，才不跟你计较，你不要得寸进尺，你批评学生批评惯了，我又不是你的学生。

原来他们认得。梅新想。这也正常，社区医院嘛，大多是周围的居民，低头不见抬头见。

虽然觉得被侵犯了隐私，但那个脾气不好的老师还是向梅新说出了自己的情况，我睡不着觉。

失眠？多长时间了？梅新看了看这个老师的脸色，感觉他不太像通常的失眠病人，脸色不仅不是灰暗的，反而十分红润，精神也显得旺盛。

多长时间？老师又委屈又窝火地说，我不记得多长时间了，反正我只记得，我一直在失眠，一直睡不着觉。

那个要量血压的妇女“扑哧”一声笑了，说，那就是很长时间喽，一年，三年——老师立刻说，不止三年，绝对不止三年。

这可是最让医生头疼的问题，长期失眠，久治不愈。

老师又生起气来，不过他好像不知道该对谁生气了，他只能对失眠生气，他说，唉，什么名堂，什么东西，害得我的时间全浪费在等待上了。

等待什么？

等待睡眠他老人家。

几个病人都笑了。

那老师说，你们还笑得出来，我都要自杀了。

那妇女说，你不是心疼时间吗，你要是死了，时间就全没了——她忽然叫喊了起来，啊呀，现在几点了？啊呀呀，我不量血压了，我来不及了！

她连奔带跑地走了。

梅新从窗口朝外看，和刚才小金去看狗时一样，她的背影也是急急忙忙的。

梅新有些奇怪，不过她没有说出口，倒是那个老师，他好像知道梅医生的想法，跟她说，医生，你别相信她，她不需要量血压，她就是来混混的，她想看看周医生还来不来，从前周医生在的时候，她天天来吃回头草。

咳嗽的老人和后面进来的老太太，都“呵呵”了几声。

那老师更来劲了，说，年轻的时候，周医生追她，她自己错过了时间，到了后来，她懊悔了，反过来泡周医生，做梦了，周医生怎么会给她泡了去——不过，可惜了，周医生后来也蛮惨的，他是个认真的人，有一次他看了一个病人，脚上裂了一个小口子，很痛，周医生看看一个小口子也没有什么大不了，让他回去擦擦药膏，结果人家那个口子越来越大，烂了一个大洞，骨头都露出来了，最后连脚趾头都锯掉了。周医生很懊恼，一直说，怪我，怪我，那天我约了要去看房，时间太急了，我没有仔细看，我那天时间来不及了，我要是时间来得及，不会这样粗心的。

其实真不算什么大事，人家也没有计较他，因为开始确实就是一道小裂口，大仙也不知道后来会那样的，可是周医生自己看得太重，想不开，就得了抑郁症，后来更严重了，不能上班了。他指了指梅新的位子，这原来就是周医生的了。

那个咳嗽的老人又咳了起来，边咳边说，你不要瞎说，周医生是外科，这个位置不是周医生的，是顾医生的。

那老师没有理睬咳嗽老人，他还在喋喋不休，说，早知道这样，还不如给她泡了，说不定反而不会得抑郁症了。

梅新说，那个，她急着量血压，要去赶车？

赶个魂车，赶火葬场的车吧——她要买彩票。

咳嗽的老人一边咳嗽，一边还忍不住插嘴说，买彩票急什么急呀，到晚上也可以买的。

那老师说，医生，你不知道她的，她强迫症，她买彩票，必须在自己规定的时间里买，十点十分，才会有好运气。

那她中过吗？

魂——十点十分，买彩票热昏。

咳嗽老人又咳了，边咳边抗议，你们是看病还是嚼蛆呀？其实刚才他自己也参与了嚼蛆。

老师说，哦哟，张阿爹你急得来，急着去上班啊？

张阿爹虽然咳得厉害，嘴巴仍然蛮凶，说，难道不上班的人，就不要时间了吗？

老师说，好了好了，不和你说时间了，人都这么老了，还时间时间的——医生，医生你姓梅，梅医生，你给我开舒乐安定吧。

梅新点了点头，说，你除了吃安定，再试试其他办法。

老师说，我知道的，数羊，数数，想开心事，喝牛奶，喝豆浆，莲子粥，香蕉，龙眼，蜂蜜枸杞，开窗通风，梳头，棉花塞耳朵，针灸，推拿，泡脚，醋洗脚，生姜擦脚，香薰精油熏鼻子，用什么什么什么，统统都不起作用——医生，你多开点吧，我隔三岔五就要来看医生，时间都浪费在这上面了。

梅新说，开安眠药是有规定的，不能多开，你是老病人了，这个肯定知道的。

老师说，我知道，是怕我吃安眠药自杀，是不是，是不是，医生？

梅新不会回答他的。

其实，要自杀也不一定非要吃安眠药自杀，办法多的是，河上没有盖子，楼顶没有栏杆，上吊的绳子我也买得起，农药现在虽然难买一点，但也不是买不到，割腕就算了，血淋嗒嘀，卖相太难看。

咳嗽老人想说话，但是一阵剧烈的咳嗽让他说不出话来，差一点闭过气去。

那个后来才进来的一声不吭的老太太撇了撇嘴说，割腕血淋嗒嘀卖相不好？你楼上跳下来好看？你河里淹死喝一肚子水四脚朝天你卖相好？你上吊，喏，这样喏——老太太吐出舌头。

老师笑着说，还是吃安眠药卖相好，其实就是睡着了，像天使一样的——药不够呢，可以慢慢攒，积少成多，只要不是急着死，总有攒够的一天，攒够的那一天，时间也就停止了。

梅新不听他废话，她始终面无表情，把药方交给老师，老师拿着药方出去配药了，咳嗽的老人就挨着坐过来，说，医生，我要蛇胆川贝枇杷膏，我要蒲地蓝口服液，我要——他一边咳一边笑了起来，说，唉，久病成医，我也不要你看病，做你这样的医生太省力了。

老太太在旁边嘀咕说，你这样的，不用来麻烦医生，自己到药店拿医保卡就可以了，来医院还耽误别人的时间。

咳嗽老人说，老太，你不懂的，这是处方药，药店只肯卖一种。

咳嗽老人走后，那老太太并不走过来，她仍然坐在长椅上，手指着自己的耳朵说，医生，我这个耳朵，烂了——

梅新说，哦，你应该去五官科。

老太太说，我不看五官科，我才不看五官科，我已经看了十几个医院的五官科，治了一年多时间了，一点用也没有，我只好改内科了。

梅新哭笑不得，她想问问小金怎么回事，她朝外面看看，可是老太太说，医生，你不用问她，她什么也不懂，白痴。

一个年轻的妇女抱着个孩子进来了，梅新说，儿科在对面那个房间。

那女子笑了笑，说，不是小孩看病，是我自己看病。

老太太说，本来我耳朵是聋了，可是后来耳朵烂了，反而不聋了，听得清清楚楚，稀奇。

那女子多嘴说，老太你厉害。

老太太说，不光能听到你们说话，我还能听到那边的声音呢。

梅新心里忽然“怦”地一跳，那边？哪边？

老太太嘻开嘴笑了笑，说，医生，你不要瞎想，不是阴间那边，是时间那边。

时间那边？梅新不能理解这个意思，时间那边是哪边？

老太太指了指自己的耳朵说，我听得见，时间就是一根线，我们在这边，有人在那边。

那个带孩子进来的女子说，这有什么稀奇，就是电线罢，电话线就是这样的，现在都不用线了，都是无线，信号、网络什么的。

老太太说，你不懂的，你耳朵又没有烂，你怎么会听得到。

那女子说，老太，你要是没什么大事，就别在这里说话了，现在都几点了？我动作要快一点，我看过病，要上班。

老太太对梅新说，你不要听她的，她瞎咋呼，她上什么班，她又不在单位做，自己的小铺子，早一点晚一点无所谓的，着什么急呀。

那女子不高兴了，说，怎么无所谓，怎么无所谓？你一个老太太，还知道要医生快点帮你看，我怎么就不能着急一点，你别管我上什么班，我上什么班，也不要把时间浪费在医院里。

她们都觉得自己的时间很紧，却又啰啰唆唆说了半天，最后又都急急忙忙地走了。

梅新对那老太太的情况，有些吃不准，她出来跟小金说，那个烂耳的老太太，我让她去五官科查一下，她不愿意。

小金说，她是个聋子。

梅新说，她不聋，我说的话，她都能听见，她自己也说，她的耳聋好了。

小金说，梅医生，你上当了，她就是个聋子，百分之百的聋子。

梅新奇怪地说，那她怎么能跟我对话呢？我问的话，她都能答出来，而且，刚才有其他病人说话，她都能插嘴的。

小金说，哎哟，梅医生，你不知道啦，这里的病人，一个比一个奇葩，这个老太太，老妖怪，她看看你的神态，再看看你的嘴巴，就能猜到你们在说什么呢，厉害吧？

梅新愣了片刻，有些无语，她回自己的诊室，听到外面那个带孩子的妇女配了药，叽叽咕咕说来不及了什么的，好像赶紧要走了，却又停下来问小金，金护士，这个新来的医生，面孔板板的，干什么，很了不起吗？

小金说，大医院下来的，当然了不起。

可是，她不会笑吗？

小金口气呛呛地说，她干吗要笑？有什么好笑的？

那女子“哦”了一声，说，我知道了，肯定是出医疗事故了，搞下来了，难怪不笑。

嘘——小金责怪女病人说，去去去，没有医疗事故，你不是很忙吗？有时间在这里废话。

确实没有医疗事故。那一天梅新和科室主任丁医生一起值夜班，晚上八点十分，她给丈夫打个电话，问他接到人没有，丈夫的手机里却传过来电视机里的声音，丈夫“咦”了一声，随口说，现在几点了？

那时候是八点十分，她跟丈夫说定的，让他八点二十到地铁出口接她的妹妹，妹妹从外地来，下火车坐地铁，她估算了一下，八点二十到达地铁出口。

时间已经八点十分了，丈夫居然还没有出门，她立刻就生气了，你怎么回事，居然还没有出门？

丈夫“呵呵”说，你不是说八点二十吗？我看着时间呢，不会错过的。

她气得说，我是说八点二十左右，万一妹妹早一点到了呢？更何况，你从家里开车过去，不用时间吗？

丈夫又“呵呵”说，不会早到的，现在一般都只会迟——

她顿时火冒三丈，气急败坏地说，算了算了，不用你去了！

挂断电话，和丁主任打个招呼，她就火急火燎跑出去，开车到地铁口，结果妹妹果然比她估算的迟了二十分钟才到。她接了妹妹，把妹妹送到开会的宾馆，再返回医院。

就在这短短的时间内，丁主任主治的一个病人病危、抢救、死亡，等她回到医院，家属已经在号啕大哭了。

抢救无效，没有医疗事故，和梅新更没有什么直接的关系，但是偏偏当时她脱离了岗位，医院不能容忍这样的事情。恰好需要轮派医生去社区医院支持工作，但像她这样的骨干派下去，也就是不处分的处分了。

只是事后想想，真有那么急吗？

只是接个人而已，妹妹又不是小孩子，何况妹妹从小脾气温和，就算在地铁出口处等一下下，也不会生气的。

她也知道自己对于时间的想法太过顶真，太过计较，而丈夫偏偏是个典型的拖延症患者，磨合了二十年，也无法走得稍近一点，一个依然是时间为上，一个依然是拖延不止。

无论怎样，一切都已经发生了。

中午休息的时候，梅新趴在桌子上睡了一会儿，就听到有人喊她，梅医生，梅医生，上班了。

抬头一看，上午来过的那个患阿尔兹海默症的老人，又由小保姆陪着来了，直接走进诊室。小金在后面追进来说，咦，咦，你们干什么，看病不挂号不排队啊？

小保姆说，金护士，我们不看病，爷爷说表不见了。一边说一边又赶紧解释，不是我要带他来的哦，是他家里人叫我带他来的。

小金来火了,说,什么呀,什么呀,他什么情况他们不知道吗?他的话你们也信?

小保姆说,可是他闹死了,不来不行呀。

那老人说,我的表坏了。

小金说,你看看,你看看,一会儿说不见了,一会儿说坏了,有准头吗?

老人说,表坏了就没有时间了,没有时间我就不知道时间了。医生,现在几点了?

小金说,你要知道时间干吗?

小保姆说,嘻嘻,他总是问几点了几点了,好像忙得不得了。

小金也无奈了,对梅新说,梅医生,你有水平的,我们都知道,你劝劝他吧,他老是要时间干什么呢?

老人重新坐到了梅新的桌子前面,跟梅新说,医生,现在几点了?我的表坏了,时间找不到了,你能不能帮我修修表?

小金说,喂,梅医生是医生,不是修表的。

老人并不知道小金在说什么,他只是对着梅新说,你帮我修修表吧,否则我看不到时间,时间就没有了。

梅新不知如何应对了,老人从口袋里取出一张纸,塞到梅新手里，说，时间在这里。

梅新低头一看，是一张发了黄的纸单，没来得及细看，小金就不耐烦地赶人了，哎哟哎哟，下午的门诊马上就开始了，外面好多病人都在排队挂号了，小英子，你带他走吧。

老人死死盯着梅新捏在手里的纸单，梅新不知道他要她干什么，想了一想，将它塞到自己的上衣口袋里，老人这才松了一口气，脸色也缓和多了，由小保姆搀扶着，走了出去。

梅新正想把那个奇怪的纸单掏出来看看到底是什么，就听到有人咳嗽了一声，把她惊醒了。

原来是个梦。

正如梦中的情形，下午的门诊确实就要开始了。诊室的长椅上已经坐了两个病人，正无声而又焦急地看着她。

社区医院的工作，就这样在梅新的时间里展开了。

一个休息日，梅新在家里整理衣物，无意中触摸到一件很久未穿的旧衣服的口袋——里面好像有一张纸，取出来一看，顿时惊呆了。

她想起了那天中午的那个梦，这明明是梦里的一张纸单，怎么会真的出现在口袋里？

难道那天中午没有睡觉，不是做梦？梅新赶紧给小金打电话，问她记不记得那天下午那个老人和小保姆有没有再来。

小金有些糊涂，她记不清时间，哪天？梅医生，你说的那天，是哪天呢？

梅新说，就是我上班的第一天，他上午来过，下午有没有再来？

小金说，梅医生，你上班的第一天，那是哪天呀，我有点记不清了，你别怪我，我这个人，没有时间概念的。不过，那个老人的情况我知道，一般说来，如果上午来过，下午不会再来的，他是有规律的，除非有特殊情况——梅新赶紧问，什么算是特殊情况？

小金还是回答不出，只是哼哼哈哈地应付，说，哎哟，反正，他那个病，除非人走丢了，其他也不会有什么特殊情况的，对吧？梅医生。

梅新挂了电话，把那张纸单小心地展开来一看，这是一张修理钟表的取货单，上面有钟表店的店名和地址：梅林钟表行　梅长镇梅里街十一号。

梅长镇。

怎么会是梅长镇？梅长镇是梅新的老家，她小时候在那里住过几年，后来全家搬到城里来了，前几年母亲去世以后，年老的父亲一个人回老家生活了。

梅新决定回一趟梅长镇，看看父亲。

她问父亲，记不记得梅里街上有个梅林钟表店。

父亲说，有呀，从前我们都是在那里修钟表的，镇上也只有这一家钟表店，还记得那个修表的老师傅姓林，带的徒弟，就是他自己的儿子，可是他的儿子一直不安心，不想待在小镇上修钟表，想出去，后来不知道出去没有。

梅新把取货单给父亲看，她有些疑惑，取货单留在家里，是不是当时修了钟表，忘记取回来了？

父亲没看取货单，也没有说取没取回来，他只是告诉梅新，这是家里祖传的一块怀表，时间老是走不准，修了好几次，还是有误差。那个林师傅，虽然开个钟表店，却好像不怎么会修钟表，父亲说，最后一次送去修的时候，我的身体已经不好了。

下晚，梅新离开梅长镇时，特意绕到了梅里街，正如她所猜测，梅里街已经不是原先的梅里街了，虽然门牌号还都在，但是十一号不再是钟表店，而是梅里街居委会。

梅新问了居委会的一位办事员，办事员太年轻了，不知道从前的事情。她说，我只知道现在居委会的房子，是老房子拆了重建的，以前的老房子，是不是钟表店，那个我不知道呀。

梅新想，时间过去这么久了，不知道从前，那是正常的。

梅新正要离去，忽然听到里边有人说，咦，你好像是那个谁？

梅新朝里一看，是一位五十多岁的大叔，胸前挂着工作卡片，姓林，也是居委会的干部。大叔高兴地说，果然的，果然的，我认出你来了，你是梅老师的女儿，大女儿，我记得你叫梅新，对吧，你还有个妹妹，叫梅芸，对吧？

梅新点了点头。

那大叔说，好久没见你回来了，好像你父亲去世以后，你就没有回来过？

梅新心里一惊。

那大叔又说，梅老师是我的小学老师，他教我们数学的，梅长小学，就数梅老师有水平。

梅新觉得哪里不太对劲，按这个人的年纪，他上小学的时候，父亲还没有回到老家呢。

梅新犹豫着说，你是不是记错了，你说我爸是你的小学老师，时间上好像对不起来。

大叔却安慰她说，没关系的，没关系的，时间没关系的——从前我爸爸给人家修钟表，老是修不好，顾客不高兴,总是抱怨说修不好钟表,时间就吃不准。我爸爸就说,没关系的没关系的,就算没有钟表,时间也总归是在的——呵呵,他大概在给自己修不好找理由呢。

梅新不由问道,后来呢?

大叔笑了起来,说,后来,后来他就老了,再后来,他就老去了,但是时间果然还在呀。

梅新忽然意识到,这大概又是一个梦,梦是荒诞的,她应该从梦中醒来。

可是她一直没有醒来,或者,这不是在梦里。

一直到她开车从梅里镇回到家,她也没有醒来。

第二天上班,那个患阿尔兹海默症的老人又准时来了,他坐下来,手臂搁在梅新的桌子上,梅新以为他又要问几点了,不过这回他换了个思路,问:

你是梅医生吗?

梅新说,是的。

老人又问,你是梅医生吗?

梅新说,是的。

你是梅医生吗?

是的。

梅新实在忍不住,笑了起来。她主动伸手到老人衣袋里，拿出那块怀表，交到老人手里。

老人也开心地笑了，我的表修好了，我有时间了，你是梅医生吗？

我是。

你是梅医生吗？

我是。

梅医生，现在几点了？

子　川

谁的钟表坏了？
——读《现在几点了》

现在几点了？寻常语境一句寻常问话，被提溜起来做了小说题目，竟生发出一种化腐朽为神奇的张力。2019年1期《雨花》杂志尚未出印刷厂，我就在朱辉的微信上读了小说《现在几点了》的电子版。线上匆匆读过，通过微信转给了几个文友，事情似乎还没做完。就又把小说下载到电脑，用Word文档打开，再细读一遍。小说的故事看似简单，读了却有点化不开，真所谓篇制不长，张力不小。

小说用“现在几点了”这句话做引子：

“老人坐了下来，手臂搁在桌子上，她以为他要开始诉说自己的病情，等了一会儿，老人说了一句，现在几点了？”

“她回答的时候，看了老人一眼，她是有经验的，所以已经有了一点预感。果然，老人又说，现在几点了。”

现在几点了？明明是一个关于时间刻度的问题。作为一个有经验的医生梅新“基本判断出来了，老人其实并不是在提问，或者说，他并不知道自己在问什么”。

“阿尔兹海默症。”梅新医生以确诊口吻表述老人的征兆。确实，阿尔兹海默症会导致病人出现时间定向障碍。“老人指着自己的胸口，明天我这里有点闷。”“前天会不会下雨。”很显然，“时间概念已经完全混淆或者丢失了”，根据梅新的判断：“这至少是到了中期的病症了。”

小说开始于对时间刻度的询问，然后又通过提问者的“阿尔兹海默症”消解了询问的意义项。时间作为小说揭示的主题，始终在小说情节线中显现，似乎有一些潜在意识，带着一些不太明晰的意义项。

“老人皱着眉，十分焦虑地说，我来不及了，我来不及了，我没有时间了。”一个八十岁的阿尔兹海默症患者有此症兆，不奇怪。在语义项层面，“没有时间了”符合一个八十岁老人的逻辑。

接下来，护士小金也为时间纠结：“她们正说着话，手机响了，小金一看来电，还没接电话就叫嚷起来，哎哎呀，我差点忘了——哎呀呀，现在几点了？”

这还不算，小说中轮番出场的人物，几乎都在时间节点打绊儿：

“排在第一个的是一个面带怒气的中年男人，他正在嚷嚷，医生也不看看现在几点了，跑到外面瞎聊天，浪费我们时——”“她赶紧说，让我先看吧，我马上要去什么什么什么哇啦哇啦哇啦——我时间来不及了——”“那妇女说，你不是心疼时间吗，你要是死了，时间就全没了——她忽然叫喊了起来，啊呀，现在几点了？啊呀呀，我不量血压了，我来不及了！”

“周医生很懊恼，一直说，怪我，怪我，那天我约了要去看房，时间太急了，我没有仔细看，我那天时间来不及了，我要是时间来得及，不会这样粗心的。”

“老太太在旁边嘀咕说，你这样的，不用来麻烦医生，自己到药店拿医保卡就可以了，来医院还耽误别人的时间。”

小说读到这里，才知道原来作者想说的并不是“阿尔兹海默症”，或者“阿尔兹海默症”只是一个影子。影子周遭，渗透的全是时间，时间。不同年龄、不同性别、不同环境下，时间，时间，仿佛冬日危机，四处呈现。

汉斯·梅耶霍夫曾经说过：“问人是什么，永远等于问时间是什么。”(《文学中之时间》)的确，生命在时间中展开，生命其实是一些不同的时间刻度，而且是一些可以消耗殆尽的刻度。小说中“现在几点了”，不再是一句简单问话，它似乎还多出几个意义项：(1) 时间不多，已进入临界状态。(2) 时间所剩无几，再不什么什么就要来不及。(3) 一种与时间相关的焦虑普遍存在着。

如果用四季划分生命的时间刻度，冬日应当是生命的最后一个时间段。现在几点了？在一个“阿尔兹海默症”患者那里，语义层面已无意义，但在生命周期上，这一提问的潜在意识是对所剩无几的时间有难以言表的焦灼。

因此，一个小说未提及的字词出现了：时间焦虑！小说中这样一些对话，让人时时感受到这种焦虑：

“老师说，哦哟，张阿爹你急得来，急着去上班啊？”

“张阿爹虽然咳得厉害，嘴巴仍然蛮凶，说，难道不上班的人，就不要时间了吗？”

“老师说，好了好了，不和你说时间了，人都这么老了，还时间时间的——”

“脾气不好的男人又不高兴了，说，你时间来不及？就你忙？现在谁不忙？再忙也有个先来后到，不要不讲规矩。”

再看看这组对话：

“梅新说，那个，她急着量血压，要去赶车？”

“赶个魂车,赶火葬场的车吧——她要买彩票。”

“咳嗽的老人一边咳嗽,一边还忍不住插嘴说,买彩票急什么急呀,到晚上也可以买的。”

结论是:“她们都觉得自己的时间很紧”。

梅新医生之所以从大医院降职到社区医院,也与时间有关。她要去接外地过来的妹妹,而她先生的时间概念有瑕疵,据她估算,妹妹八点二十到达地铁出口。可时间已经八点十分,丈夫居然还没有出门。于是,她只好自己请假去接人,而偏偏这个时间里,工作岗位不能离人。小说写到“丈夫的手机里却传过来电视机里的声音,丈夫‘咦’了一声,随口说,现在几点了?”

“现在几点了?”在这个短篇小说中被不同的人重复使用。

小说中,时间焦虑并非阿尔兹海默症患者的单一症候,当出现的人和事都与时间挂上钩,时间焦虑似乎已经是一个全民性症候。

这病始发何时?病根是什么?小说家没有说。小说家不是医生,虽然她写到了医生与病人。这里留有大片空白,这里的空白由读者自己去填写。

笔者在读小说时,突然闪回幼年的生活。那时,大人们经常“早上皮包水，晚上水包皮”，轻轻松松谋生活。如果要说当时的人不如今天的人进取，似乎也不能让人信服。别人且不说，仅我父亲早年也就是做个三分利的小生意，竟可为八个子女挣下八处房产，用时下流行语去形容，还真是够拼的。可他依旧能痴迷于琴棋书画，优哉游哉过日脚。后来，时代所迫，琴棋书画不起来了，他干脆给我二哥四个小孩起名：张琴张棋张书张画。当年也并非他一个人如此，印象中，街坊邻居大都这样从容、写意地生活着。

为何到后来就一个个疲于奔命了？不好深究。也不是所谓“现代化并发症”，与现代不现代似乎毫无关系。去国外旅行，看瑞士、丹麦、芬兰这些国家，周末商场无一例外关门休假。街面上，许多地方看不到人，唯有咖啡馆、休闲场所满座。时间上，这些国外的人群与我们同处一个刻度；空间上，我们的前人与我们同处同一纬度，为何他们都能很悠闲地生活，我们却不能？！

难道今天记载时间的钟表真出了问题？

小说安排了两个似梦非梦的梦境，来讨论钟表。应当说这是小说最值得注意的细节！

“老人重新坐到了梅新的桌子前面，跟梅新说，医生，现在几点了？我的表坏了，时间找不到了……”似乎是写实。

只是后来,“老人从口袋里取出一张纸,塞到梅新手里,说,时间在这里”。让人觉得有点梦幻。再后来,“梅新正想把那个奇怪的纸单掏出来看看到底是什么,就听到有人咳嗽了一声,把她惊醒了”。

“原来是个梦”,却又好像非梦。

一个周末,在家里整理衣物的梅新,无意中在很久未穿的旧衣服口袋里发现“一张修理钟表的取货单,上面有钟表店的店名和地址:梅林钟表行　梅长镇梅里街十一号”。

“她想起了那天中午的那个梦,这明明是梦里的一张纸单,怎么会真的出现在口袋里?”

接下来是梅新回家乡梅长镇,去看望父亲,去找梅林钟表行。“正如她所猜测,梅里街已经不是原先的梅里街了,虽然门牌号还都在,但是十一号不再是钟表店,而是梅里街居委会”。

遇到的年轻人都不知道这个钟表行所在。有一个大叔似乎认识她,但一说话她又觉得不对,“那大叔说,好久没见你回来了,好像你父亲去世以后,你就没有回来过?”

“梅新忽然意识到,这大概又是一个梦,梦是荒诞的,她应该从梦中醒来。”

其实,似梦非梦只是作者想用一种模糊方式来表达:表坏了。表坏了,没有修好或修好了没能取回。

什么表坏了?让人们在时间面前变得不那么对付。而事实上人的生命始终与时间相关,时间刻度不对,人的生存质量与生活品位就都出了问题。

或许与社会价值取向有关。当时间就是金钱,效率就是生命。时间与金钱,效率与生命,画上等号,等号后的答案是什么就不言而喻了。病根应该出在文化上,如同自然植被被破坏会造成沙尘暴与雾霾,文化植被遭到破坏,社会环境自然就出现若干的文化症候。时间焦虑是其中一种。

那么,文化上的问题又出在哪里?《管子·小匡》:“士农工商四民者,国之石民也。”管子的“四民”划分,与后来的“万般皆下品,唯有读书高”一样,都是在价值取向上向务虚层面倾斜。为何要把最能直接产生经济效益的“商”排在末位?为什么要去强调“百无一用”的读书人?这里其实有一个精神高于物质的价值本旨,而这本旨始于“以人为本”的理念。的确,如果没有精神了,人还是人吗?

以人为本还是以别的什么为本,一定意义上直接影响人们的人生观与价值观。在《管子·霸言》中,管仲对齐桓公陈述霸王之业,有这么一段言论:“夫霸王之所始也,以人为本。本理则国固,本乱则国危。”以人为本,就是强调人的尊严和价值。传统文化是这么说,大体也是这么做,于是我们在能读到的历史典籍中,读不到“商”人什么事,包括那些挣快钱的人,急于功用的那些人。不能说社会发展和进步与他们没有关系,但最终钱与物质都是生命的附加值,人的尊严、人格和个性才是价值本身。今天社会价值取向怎样(不展开评说),只看所谓“上流社会”有多少老板即知。

事实上,人的尊严和价值,人格和个性发展,都不是金钱所能换取。当“一切向钱看”了,当“时间就是金钱”了,确实有一个钟表坏掉了。“现在几点了?”是小说中的提问,小说外也有一个令人心颤的疑问:谁的表坏了?

还是回到小说。根据医生梅新的判断:“这至少是到了中期的病症了。”

还是那个“阿尔兹海默症”患者。“老人重新坐到了梅新的桌子前面,跟梅新说,医生,现在几点了? ……你能不能帮我修修表?”

医生,能不能帮我们修修表!

范小青

哪年夏天在海边

去年夏天在海边我和何丽云一见钟情地好上了。

我们算是同事,又不算同事,我们都供职于一家大型国企,从这一点说,我们是同事。但是国企的总部在北京,我们不在北京,而在各自不同省份的分公司,这么说起来,我们又不是同事,在去年夏天到海边之前,我们根本就不认识,甚至不知道对方的存在。但我们之间有一点是相同的,我们都是各自公司里的精英、佼佼者,要不然,我们就不可能享受去年夏天总部分配给每个分公司的海边休假的待遇。

就这样,去年夏天在海边我们相遇了。

其他诸省分公司的人,明明将我们的事情看在眼里,但他们不会说三道四,他们和我们一样,都是有素质的人,更何况，也许他们自己也有着类似的情况呢。毕竟谁都无法否认，夏天，海边，休假，这是催生婚外情的最合适的因素。

我们虽然如胶似漆地度过了这个假期，但是我们心里都明白，只有这十天时间是属于我们的，十天以后，我们就分道扬镳，从此天各一方，很可能一辈子都不再见面。这是我们相爱的前提。因为我们都是有家室的人，都有优秀的配偶和孩子，都有体面的、光鲜的家庭和事业。我们都不会因为一次露水情而毁了自己辛苦打拼多年才得到的一切。

可是，许多事情不由人的意志为转移，到了分手的前夜，我们才发现，我们已经无法分手了。我们又不是机器人，可以随意开关。机器人有时还不听指挥呢。

那天晚上，我们静静地躺着，开始是何丽云低低地抽泣，我无言。后来何丽云给我说了一个故事，是她的母亲讲给她听的。有一位女子，从年轻的时候开始，每年秋天到远离家乡的一个小镇的小旅馆，和情人相会三天，然后回到自己的生活中，一年中没有任何联系，明年再来。这样的日子一直延续到她老去。老年的她，仍然每年去那个小镇，他也同样。直到有一年，他没有再来。她并没有去打听他的情况，仍然每年都去。虽然没有了他的到来，但她仍然像从前一样度过每年完全属于自己的三天。

说了这个故事后，她沉默了，我也沉默了。最后我问她，是你妈妈的故事吗？她说不是，是母亲读过的一个外国小说。

于是我们决定，照着别人的小说展开自己的故事。

为了等待明年的这一天，为了不影响我们现在所拥有的一切，我们一起删除了对方的所有联系方式，手机号码、单位电话、电子邮箱、通信地址等等。也就是说，在明年的这一天之前，我找不到她，她也找不到我。

今天就是这一天。

今天的一切都是那么顺利，订机票，打的三折，出发去机场一路是少有的畅通，好像今天红灯全部关闭、绿灯全部为我开放了。飞行过程也很好，没遇上什么气流，飞机不颠簸，机上的午餐也比往日可口。下飞机打车到宾馆，司机开得又稳又快，据他自己说，只用了平时一半的时间。

虽然时隔一年，但我记忆犹新，熟门熟路到总台，事先预订了房间，不会有问题，我想要入住 517 房，给我的就是 517 房。

拿到钥匙后，我没有急着去房间，在总台前稍站了一会儿后，然后忍不住问了一下，515 房间有没有客人入住？

值班员到电脑上一查，冲我笑了一笑说，入住了。

我脸上一热，好像她知道我的来意，知道 517 和 515 的故事。

其实是不可能的，那是在我自己心底里埋了一年的秘密。

我没有再打听 515 房间的情况。

上电梯，进走廊，到 517 房，先要经过 515 房，我的心一下子提了起来，我没有去敲她的门，赶紧进了隔壁的 517 房。

放下简单的行李，我去卫生间刮胡子，其实出门时已经刮过胡子，我又重新刮了一下，洗了脸，换了衣服。

这是去年来海边时穿的衣服，这一年中，我都没再穿它，小心地将它叠在衣橱里，一直到今天出门来海边。

一切的准备，在无声的激动中完成了，我按捺住心情，走出 517，过去敲 515 的门。

无声无息，门却迅速地打开了，和我的脸色一样，开门的女士一脸的惊喜，但也就是在这一瞬间里，我们俩的脸色都变了。

她不是何丽云。

很明显，我也不是她正在焦急等候的那个人，一眼看清了我的模样后，她的笑容顿时凝冻住了，眼睛里尽是失望和落寞。

说实在的，我被她的眼神伤着了，我知道，其实我的眼神也一样伤着了她。我有点尴尬，赶紧往后退了一步，说，对不起，对不起，我敲错门了。

女士礼貌地点了点头，也往后退了一步，关上门。

我回到自己房间，心思一时无处着落，阳台的门敞开着，微风吹进屋来，阳台上有藤椅，我想坐到阳台上去，可是我的阳台和 515 的阳台是连在一起的，中间只有一道矮矮的隔栏，如果 515 那位女士也上阳台，我们就会碰见。

我不想碰见她，所以没有上阳台，只是到靠近阳台的沙发上坐下，点了一支烟，望着远处的大海，慢慢沉静下来。

515 房间住的不是何丽云，并不意味着何丽云就不来了。我有一个星期的假期，我有耐心等她，也有信心等她。

在这苦苦守候的一年中，我们双方音讯全无。我有好多次想打听她的消息，但最终还是忍住了。她也和我一样，严守诺言，始终没有来找我，我们一起努力工作，等待着今年的这一天。

今年是我们的头一个年头，我相信她会来。

我特意提前了一点到了餐厅，去预订去年我们常坐的那个位子，结果发现，住在 515 房间的女士已经先占了那个座，我犹豫了一下，没好意思提出换座，挑了旁边的一个双人座。

看得出来，那位女士也在等人。

用餐的人人渐渐多起来，不一会儿餐厅就满员了，有人站在那里到处张望找位子，服务生忙碌地穿梭着，四处打量，看到我和515那位女士的双人座上都空着一个位子，过来和我们商量，想请我们合并为一桌。

我和那位女士不约而同地说，不行，这个位子有人。

我们像是相约好了似的，继续等待，又像是约好了似的，一直都没有等到。服务生来了又走，走了又来，始终彬彬有礼，一点也没有不耐烦，最后倒是我不好意思了，只得招呼服务生点菜。

我点了何丽云最喜欢的海鲜套餐，这期间，我下意识地瞥了515那位女士一眼，发现她也在点餐了，她点的是牛肉套餐。

牛肉套餐是我最喜欢的套餐。

她也和我一样，在等一个人，这个人和我一样，也喜欢牛肉套餐。

我们都点了别人喜欢的菜，但是喜欢吃这道菜的人，最终也没有来。

我吃掉了为何丽云点的晚餐后，有些落寞地到海滩去散步，又遇见了515的女士，也是一个人在散步。

两个人的行动如出一辙。

既然躲不开，我上前和她打个招呼，她也落落大方，朝我笑了笑，说，我们住隔壁。我说，我姓曾，叫曾见一。她说，我姓林，叫林秀。

和和气气的，我们擦肩而过了。

虽然心怀失落，却是一夜无梦，早晨醒来的时候，更有些沮丧，心想，竟然连个梦也不给，够小气的。

我没有去餐厅吃早餐，叫了送餐，二十分钟后，早餐送来了，我开了门，看到一辆送餐小车停在门口，车上还有另一份早餐，餐牌上写着515房间。我好奇地看了一下那位林秀女士要的早餐，一份麦片粥，一杯热牛奶，一份煎鸡蛋，一小盘水果。和去年何丽云要的早餐完全一样，我目睹服务员将早餐送进了515房，心里的疑惑像发了芽的种子，渐渐地长了起来。

上午是下海游泳的最佳时间，不晒人，我到沙滩的时候，林秀已经来了，不过她没有换泳衣，只是坐在遮阳伞下，也没戴墨镜。在这样的沙滩上，不戴墨镜的人非常少。

何丽云也不戴墨镜。去年夏天在这里，我走过的时候，看到她独自坐在遮阳伞下，一个人静静地望着大海，可能就是因为她的与众不同我才开始注意她的。

我走过来问林秀，你不下水？林秀脸微微一红，嘴里嘟哝了一句什么，我没有听清楚，但是她的神态和表情与去年在海边的何丽云实在太像了。我下海后，几次回头朝沙滩上看，林秀就一直静静地坐在那里，看着在大海里游泳的人。连她端坐的姿态也和何丽云十分相像。

可她为什么不是我朝思暮想牵肠挂肚等了整整一年的何丽云，而是一个陌生的女人？

下午，我忍不住坐到自己的阳台上去了，我感觉林秀也会在那里。出去的时候，她还没在，我刚刚在藤椅上坐下，她就出来了，看到我在阳台上，她并不惊讶，好像预感我会在那儿，我们互相笑了一下，隔着矮矮的漏空的围杆，两个人就像在一个屋子里。

我开始说话，从昨天晚餐以后，我就开始酝酿了，现在我终于要说出来了，我把自己去年夏天在海边的故事，把自己和何丽云的故事，从头到尾地点滴不漏地说给林秀听。

林秀一直静静地听着，没有打断我，也一直没动声色，一直到我说完了，她仍然一动不动地坐着。

完了，我想。

可就在这一瞬间，我忽然看到她的五官都变了样，她的表情夸张到令我感到恐惧，身上竟然起了一层鸡皮疙瘩。

她忽地站了起来，她的柔和的声音变得十分尖利。

你是谁？

你怎么知道这件事情？

你为什么要打听我的私事？

起先我被她突如其来的质问搞得一头雾水，手足无措，但是很快我反应过来了，理清了思路，一旦思路清晰了，我立刻被更大的恐惧制住了。

林秀并不需要我的回答，她说，我知道了，是他的太太让你来的。

虽然她的话没头没脑，但是我能听懂，我心里很清楚，她碰到的事情和我碰到的事情一模一样。

林秀没有给我更多的时间思考，她开始说话了。

她细说了自己一年来的思念。她说自去年夏天在海边发生了婚外情以后，这整整一年的日子，都是为了这一天。可是最后他却没有来。

我虽然没有像她那样跳起来，但是她讲述的一切，无论是事情的过程，还是心理的历程，都与我完全吻合。

我和林秀，素不相识的，狭路相逢的，两个陌生人，合作完成了同一个故事，一个完整的故事，我讲的是上半段，她讲了下半段，配合得天衣无缝。

我再也坐不住了，回到房间，立刻拨通了管伟的手机，管伟那边声音嘈杂，只听得他大声说，你等等，我出来接。

我把这个事情尽可能简单地告诉了管伟，管伟听了一半，就“啊哈”了一声，说，你下手快嘛，一次休假就钓上了。我没有心思说笑，说，你马上帮我去打听一下何丽云到底在哪里。管伟说，你这位何丽云是哪个分公司的？我说，四川分公司的，你现在就打电话。管伟说，曾哥，你在海边享受得昏头了吧，今天是周日，哪里找得到人？你以为我是中央情报局啊。话虽是这么轻飘飘的，但管伟毕竟是我的铁哥们，哪能不知道我着急，又赶紧说，你放心，明天一上班我就替你找，今天晚上，你就安心地享受月光沙滩海浪仙人掌吧。

管伟果然给力，第二天上午九点刚过，电话就来了，可惜他的消息不给力，告诉我，四川分公司根本就没有何丽云这个人。我说不可能，我怀疑你根本就没有去打听！管伟说，曾哥，这可是人品问题。我又问，你托谁去打听的，这个人可靠吗？管伟说，吕同，可靠吧？我说，吕同怎么和四川分公司有往来？管伟说，你不知道了吧，他和那边总办的姐儿们有意思，哦，对了，据说也是哪年夏天在海边度假钩上的，凭这么密切的关系，就错不了。

我说，你马上找吕同要那姐儿们的电话告诉我。管伟说，早知道你会来这一招，早替你要来了，你自己找去吧。于是，他报了那个办公室女士的号码和名字，最后嘀咕一句，什么夏天在海边，蒙谁啊。我说，你说什么，你什么意思？管伟说，我没什么意思，联系方式你也有了，有本事你自己找去吧。

我让自己冷静了一会儿，才把电话拨过去，听到一个爽朗的女声说，哪位？我说，我是吕同的同事，我叫曾见一。那姐儿们笑了起来，说，今天怎么了，吕同和他的同事排了队来找我。我说，无论是吕同还是管伟，都是我请他们帮忙的。那姐儿们说，我已经知道了，你要找一个叫何丽云的，可是我们分公司确实没有这个人啊。我说，去年夏天，总部给每个分公司一个去海边休假的名额，你们四川分公司是何丽云去的。那姐儿们怀疑说，不会吧，我查了近三年的公司人员名单，没有何丽云——这姐儿们是个热情的人，知道我心急如焚，又赶紧说，这样吧，你稍等一等，我再到人事部替你仔细查一下，等会儿再回你电话。

通话戛然而止，四处一点声音也没有，夏天的海边真安静。接下去又是等待，是再等待。其实我不再抱有希望，我几乎彻底失望了。去年夏天在海边的那个人、那个何丽云，到底是怎么回事呢？是假的，是骗子，或者根本就没有这个人，是我自己的幻想？无论真相是怎样的，我都想要丢开它了。

偏偏那边的电话很快就回过来了，那姐儿们告诉我，四川分公司从前确实有个何丽云，但是三年前出车祸去世了。我惊愕不已，愣了半天，才结结巴巴问道，她，那个何、何丽云，去世前，公司有没有安排她到海边度过假。那姐儿们说，这个我也问了，是有过的，就是度假回来不久就遇上了车祸。那姐儿们很善解人意，料定我还会追问，主动说，她走得突然，一句话也没有留下。我再也说不出一句话来，和她走的时候一样，太突然，一句话也没有。

我觉得自己快要疯了。我要联系何丽云，无论是死是活，我都要联系上她。可是我早已经去除了关于她的一切联系，一切可能找到她的方法都被我自己丢弃了。当初我们相信爱情，相信时间，把一切交给了时间，但是最后时间却无情地抛弃了我们，残害了我们。

我跑到阳台上，林秀不在，我隔着阳台喊了一声，林秀应声出来，我们两个面对面地站着，我劈面就说，你认得我。

林秀笑了一笑说，我现在是认得你了，你叫曾见一，是我隔壁的517房间的客人——但是准确地说，两天前我才头一次见到你。我急了，说，你不叫林秀，你就是何丽云！林秀说，你什么意思，谁是何丽云？我说，你为什么要骗我？你是不是整了容？你为什么要整容？林秀又笑了起来，她揉了揉自己的脸皮，说，我整容，你从哪里看出来我整容了？见我不说话，她回屋去拿了一张身份证出来，朝我扬了扬，说，这是我好多年前拍的照片，你看看，我有没有整容？又说，有个韩国电影，妻子为了考验丈夫是不是真心爱她，去整了容，回来丈夫不认识她，她说出了真相，丈夫却不再爱她了。

我逃离了阳台，逃出了517房间，一路往海滩跑，路上我看到一个摄影师正在冲着我微笑，我在疑惑中隐约感觉到什么，赶紧问他，你为什么冲我笑，你认得我吗？摄影师说，不能说认得你，只能说见过你，去年夏天在海边，我给你和你太太拍过一张照片——当然，是在你们不知情的情况下。我说，我和我太太？摄影师说，也许，她不是你太太，是女友吧，总之是一位优雅的女士。我像落水的人抓到了最后一根稻草，追问说，是去年夏天吗，你确定是去年夏天吗？摄影师说，应该确定的吧，总之是夏天，是在海边，这错不了。我说,照片呢?把你拍的照片给我看看。摄影师说,一年前拍的照片,我不可能随身带着,我回去找找看。我却无法再等待,迫不及待地问,你说的,我的那位太太,或者女友,她长得什么样子?摄影师笑了起来,说,奇怪了,你自己带着的女人你不知道她的长相吗?再说了,我一年要给多少人拍照,怎么可能全都记住他们的长相呢。我说,你既然记得住我,为什么记不住她呢?摄影师说,我只对比较特殊的事情有特殊的记忆,比如说,长得比较特殊的人,我才会过目不忘。我不解,说,我长得特殊吗?摄影师说,你的长相并不特殊,但是你的眼睛和别人不一样,特别不一样,所以我记住了你。我不知道自己的眼睛有什么与众不同,但此时此刻我只能相信摄影师的话,别无选择,我要从他那儿探出哪怕是点滴的信息。我说,你不征求本人的意见就给人家拍照?摄影师说,我只是拍照而已,又不拿出去展览,不商用,更不出卖给别人,虽说是有一点侵犯隐私,但是不会造成严重后果,不会伤害人的。他停顿一下,又说,其实我也不想这样,我看到美的画面就想拍,但是大部分人是不会同意我拍他们的,因为,因为——他笑了一下,因为什么你应该知道。

我当然知道。

摄影师最后感叹了一声，说，更何况从艺术的角度看，只有在不知情的情况下，拍出来的效果才是最真实美丽的。

摄影师说得没错，可是在我这里，却出了差错，最真最美的东西消失了，现在唯一的希望就在摄影师的照片上了。摄影师说，你放心，我回去就找，如果我找到了，明天上午我会放在总台上。我说，你知道我住哪个酒店？摄影师说，嘿，时间长了，能够分辨出来。你住的那个酒店，我也替好多人拍过照片，都寄放在总台上，大部分人都将照片取走了。

我回到宾馆，昏昏沉沉正要睡去，我的导师吴教授忽然推门进来了，我一见导师，喜出望外，赶紧说，导师，导师，你帮帮我。我的导师淡然地朝我看了看，说，你出问题了。我说，我是出问题了，可我不知道问题出在哪里。我导师说，你的程序出差错了。我摸不着头脑，诧异地问导师，我的程序？我的什么程序？我导师说，三年前，是我给你设计的程序，我太过自信，还以为是世界一流的程序呢，方方面面都考虑了，却在“婚外恋”这一块上马失前蹄，我只给你设计了一次婚外恋，你超出这一次婚外恋，程序就不够用了，就错乱了——这也不能完全怪你，是为师三年前的远见不够，现在看来，我们的预测远远赶不上社会的发展速度啊。我委屈地叫喊起来，没有，没有，我只有一次，就是何丽云，可是，可是她却——我的导师打断我说，你不用辩解，你的错乱，足以证明你突破了设定的程序，而且还是程度相当严重的突破，这套程序有自我修复的能力，如果是一般程度的混乱，它完全能够自我调整。我越听越觉得不可思议，大声抗议说，导师，一定是你搞错了，我又不是机器人，我怎么会有程序？我导师微微一笑，说，你去看看你的眼睛就知道了。我想起那个摄影师也说过我的眼睛奇特，我赶紧去照镜子，结果把自己吓了一跳，我问导师，我的眼睛怎么有这么多颜色，而且不断变化，一会儿红，一会儿绿，一会儿蓝，一会儿又五彩缤纷。我的导师也不回答我的问题，坐到电脑前捣鼓了一番，重新设计了程序。我的导师回头问我，现在，新的三年开始了，你是清零以后重新开始新三年呢，还是在前三年的基础上延续第二个三年？我想了想，说，还是不要清零吧，我总得把那些搞乱了的事情想起来才好。我的导师说，当然，各有各的好处和坏处，你不清零，就得背负着前三年的种种痛苦、后悔、迷茫等等，当然也有幸福、快乐、成就等等。如果从零开始，虽然一身轻松，但是什么积累也没有，你想好了？我说我想好了。我的导师果断地敲了一下回车键——“咔嗒”一声巨响，把我惊醒过来了，外面电闪雷鸣，才知道是做了一个白日梦。

我忍不住去敲隔壁515的房门，林秀开了门，我朝里一看，她正在准备行李，我说，你要走了？林秀还没来得及回答，房门就被撞开了，冲进来一群穿白大褂的人，上前摁住林秀就绑，林秀也不挣扎，很镇定地任凭他们摆布。倒是我看不过去了，上前阻挡说，你们干什么？你们找错人了。那些人也没把我放在眼里，说，抓的就是她，谁也别想从精神病院逃走。林秀朝我笑了笑，说，他们没搞错，抓的就是我。我急道，错了错了。医生说，错不了，烧成灰也认得她。我嘀嘀咕咕说，她没有病，她，她是，她是——她到底是什么，我到底也没说得出来。

那些人听到我嘟哝，都回头看我，其中一个说，怎么会有这么多精神病跑到海边来了。另一个说，不是从我们那里逃出来的，不关我们的事。

他们带着林秀走了。

我回到自己房间，开始收拾行装，意外地发现在自己的行李里有一块标着号码的牌子，我不知道这是怎么回事，打电话叫来一个服务员，服务员是个爱笑的女孩，拿起那块牌子看了看，笑着说，好像是附近一家精神病院的工牌。我说，怎么会在我的箱子里？那女孩只管朝我笑，不回答。我说，你误会了，我不是逃出来的精神病人。那女孩又笑，说，从精神病院出来的，不一定都是病人，也可能是医生哦。

退房的时候，我抱着最后一线希望向大堂值班经理打听有没有照片留给他，值班经理说没有。我说，海边的那位摄影师没有来过吗？值班经理说，海边的摄影师早就离开了。我说，是那个喜欢拍情侣照的摄影师吗？经理说，是呀，几年前他拍了一个女孩和情人的照片，结果被跟踪而来的情人太太发现了，抓到了证据，女孩跳海自杀了，摄影师从此就失踪了。

我顾不得惊讶，赶紧跳上出租车往机场飞奔而去。

在飞机上，我随手翻了翻画报，看到一条信息，标题是：人的大脑有无限的潜能吗？内容如下：人类大脑未开发的部分达80%至90%。化学药品能够激发大脑进行记忆和处理信息的功能，或令思维变得更加敏捷。喝咖啡和能量饮料的人清楚这一点。

我正在喝咖啡，但是我知道，它不能告诉我，到底是哪年夏天在海边。

飞机颠簸起来，遇上气流了。

子　川

海天一如昨日

——读《哪年夏天在海边》

在电脑里敲出“哪年”二字，我已经没有了最初的恍惚。第一次读范小青《哪年夏天在海边》是哪年？记不清确切时间了。印象中，这篇小说我当时是在《收获》杂志上读到的。

小说开头便说：“去年夏天在海边我和何丽云一见钟情地好上了。”这里，“去年夏天在海边”，其确凿时间坐标是“去年”，而非不确定的“哪年”。为什么小说题目是“哪年夏天在海边”？肯定不是笔误或刊误。作为一个老文字编辑我太清楚，作者与编者不可能把“哪”与“那”用错地方。如果没有“哪年”的恍惚，把“夏天”与“海边”标上时空坐标图会很清晰。当然，如果小说题目是《那年夏天在海边》，那便是另一种写法了。

哪年，这一恍惚，让接下来的夏天与海边一起恍惚起来。

在小说主人公"我"的叙述中，今年，这个夏天，对应去年今日：那个夏天。那个夏天，我和何丽云"如胶似漆地度过了这个假期"。今天，这个夏天，海天一如昨日。515 与 517 房间，住着似乎是同一个女人、同一个男人，他们也似乎为延续一个浪漫故事而来。然而，我和何丽云却丢失了。字面上的准确表述，应该是何丽云被丢失，515 房间今天出现的女人的名字叫林秀。而 517 房间的"我"，作为小说叙说人似乎不容丢失。

在去年夏天男女主人公约定的时间，"今天就是这一天"。515 房间住进一个女人，在"我"的观察中，她与去年的何丽云的行为几乎一模一样。比如，她占了我和何丽云约定的订餐席位，点出"我"最喜欢的牛肉套餐，以何丽云的姿态散步、守坐海边，"两个人的行动如出一辙"。小说叙述人"我"疑问："可她为什么不是我朝思暮想牵肠挂肚等了整整一年的何丽云，而是一个陌生的女人？"

"我"疑问，读者也疑问。小说没有停留在回忆中印证，在印证中质疑。"我开始说话，从昨天晚餐以后，我就开始酝酿了，现在我终于要说出来了，我把自己去年夏天在海边的故事，把自己和何丽云的故事，从头到尾地点滴不漏地说给林秀听。”

那么，这个貌似何丽云的女人是什么反应：

“她忽地站了起来，她的柔和的声音变得十分尖利。”

“你是谁？”

“你怎么知道这件事情？”

“你为什么要打听我的私事？”

这些细节印证了：“虽然她的话没头没脑，但是我能听懂，我心里很清楚，她碰到的事情和我碰到的事情一模一样。”

接下来，“林秀没有给我更多的时间思考，她开始说话了”。

“她细说了自己一年来的思念。她说自去年夏天在海边发生了婚外情以后，这整整一年的日子，都是为了这一天。可是最后他却没有来。”显而易见，在515女人那里，517的男人还是丢失了。如果说，今年夏天515房间的女士，延续的是去年何丽云的故事，那么在她的眼中，517房间的男人也丢失了。

“我虽然没有像她那样跳起来，但是她讲述的一切，无论是事情的过程，还是心理的历程，都与我完全吻合。”

小说似乎揭开了扣着的底牌：“我和林秀，素不相识的，狭路相逢的，两个陌生人，合作完成了同一个故事，一个完整的故事，我讲的是上半段，她讲了下半段，配合得天衣无缝。”

小说进展到这里，许多恍惚并没有因为诸多印证而被澄清，却似乎变得更恍惚了。还不仅是恍惚，还有点绕人，让人找不到北。

简要梳理一下故事线索：去年夏天在海边，一个男人和一个女人，偶然的机遇，发生了一个短暂而又狂热的浪漫故事。当然，浪漫不是生活的全部。在近乎疯狂的短暂假期过后，何丽云和我，必须回到生活中去。他们相约：明年，每年，这个时间，这个酒店，这两个房间，等等。这个约定很浪漫。一年之后，夏天，海边，还是两个人，彼此似乎守着同一个约定。只是今年夏天不是去年夏天，今年夏天两个陌生人叙说着似乎同一件事。小说中，几乎所有事情都对得上，只有人对不上。

小说的前半部分收在这里。线索是清楚了，答案却没有。其实，没有答案也是答案，张力很大，可以填充许多东西。

不同人遇上相同事，这个不难理解。天底下男男女女的事，抽象出来，原本大同小异。问题是小说不是论文，小说中的抽象得寓身于具象。因此,小说中去年的何丽云,今年被丢了,今年夏天,原该出现何丽云的场景,冒出一个举止行为与其几乎一模一样的林秀,这些都需要一个合理的交代。

接下来,小说情节线的推进似乎被置放于一个悬念下:何丽云哪去了?到底有没有何丽云这个人?

“我”通过种种社会关系寻找何丽云。按理,情人之间应当不需要外在的联系通道。关键在于“为了等待明年的这一天,为了不影响我们现在所拥有的一切,我们一起删除了对方的所有联系方式,手机号码、单位电话、电子邮箱、通信地址等等”。主人公的行为略有点荒唐,从浪漫的角度也说得通。

终于找到何丽云的所在单位。人事部门的答复却是:“查了近三年的公司人员名单,没有何丽云——”这自然是不能让人信服的答案。去年夏天出现在海边的人,所在单位近三年的名录中竟然会查无此人?

“去年夏天在海边的那个人、那个何丽云,到底是怎么回事呢?是假的,是骗子,或者根本就没有这个人,是我自己的幻想?无论真相是怎样的,我都想要丢开它了。”电话那边,在继续深入查询后又来电话:“四川分公司从前确实有个何丽云，但是三年前出车祸去世了。”

三年前的死亡与“去年”的艳遇，时间对不上呀。“我惊愕不已，愣了半天，才结结巴巴问道，她，那个何、何丽云，去世前，公司有没有安排她到海边度过假。那姐儿们说，这个我也问了，是有过的，就是度假回来不久就遇上了车祸。”

这样说来，寻来寻去的结果是：何丽云三年前从海边度假回来后，死于一场车祸。因当事人三年前已死亡这一事实，已不能印证去年夏天的人和事。难怪小说标题要用“哪年”。何丽云哪去了？再想想何丽云这名字起的：“何”来的“丽云”？似乎暗示原本就没有这个人。那么“我”的名字曾见一呢？既然“何丽云”可以理解成“何来的丽云”，那么“曾见一”是不是也可以读作“曾经一见”或“何曾一见”？细心的读者，或可通过人名联想作者安排小说情节的用心。

小说还安排了一个梦境：“我导师说，你的程序出差错了。”程序。梦中。导师说：“我只给你设计了一次婚外恋，你超出这一次婚外恋，程序就不够用了”。“我”哪有？导师又说，“是为师三年前的远见不够，现在看来，我们的预测远远赶不上社会的发展速度啊。”

去年“何曾一见”的“何来的丽云”，他们，又到底在哪年曾经一见？还有，今年在场的林秀呢，林秀又是谁？

还是梦。“我的导师也不回答我的问题,坐到电脑前捣鼓了一番,重新设计了程序。我的导师回头问我,现在,新的三年开始了,你是清零以后重新开始新三年呢,还是在前三年的基础上延续第二个三年?”

好了,终于清零了。然而,梦醒。

所有困扰俱在。

到了医护人员出场,把逃出精神病院的林秀捉回医院,再到“我”的身上也发现了精神病院的号牌。故事情节似乎越来越离奇,小说中发生的、似乎原本有过的人与事,竟一一被证伪。

清零,清零吧!

我还记得,当我看完这个小说,掩卷寂坐良久。

海天一如昨日。永恒不变的背景与始终不确定的基调,一个似乎是爱的故事,在这个背景和基调下演化和推进。

不确定,是这篇小说的叙述基调。细想一下,小说中不确定的还不只是时间节点、人物的名与实,还有爱情故事本身。如同作者其他关注现代性的小说,这个爱情故事也一样,只是在这个爱情故事中,爱的古典意义已丧失,主人公却试图用古典意义来设置当下人对爱的认知。换言之,在这个爱情故事中，出现了不可辨识之物，它已经不再是单纯的爱，性与爱的边界也不清晰甚或错位。这有点像阿兰·巴迪欧在《存在与事件》中说的："我们生活在一个复杂，甚至有些混乱的时代中，彼此交织在一起的断裂和连续不能仅仅用一个词来理解。"

夏天，海边，男女，可以极自然地裸露，很容易让异性之间多出一些生理层面的蠢动。毫无疑问，让男女之间生出点事情，夏天与海边是最理想的季节与环境。而性的勃发，容易忽略精神层面的东西，也会让人误解成爱与浪漫。

小说主人公的浪漫约定，显然是为古典式爱情背书，515 和 517，他们都感动于这一约定，读者想必也一样。然而，真是这样吗？小说写道："十天以后，我们就分道扬镳，从此天各一方，很可能一辈子都不再见面。"并把它作为"这是我们相爱的前提"。这一前提，其实与古典式爱情是相悖的，具有显著的当下特色。当下人对爱情的态度，已不再古典，不再纯粹。一生只爱一个人差不多成了神话。小说中这样描述："因为我们都是有家室的人，都有优秀的配偶和孩子，都有体面的、光鲜的家庭和事业。我们都不会因为一次露水情而毁了自己辛苦打拼多年才得到的一切。"这是当下人对待爱或性的真实态度。这里所说的"露水情"与古典意义上的爱情，应该关系不大。然而，他们(当事人)又向往何丽云母亲讲给女儿听的爱情故事："有一位女子，从年轻的时候开始，每年秋天到远离家乡的一个小镇的小旅馆，和情人相会三天，然后回到自己的生活中，一年中没有任何联系，明年再来。这样的日子一直延续到她老去。"这是一种古典式的爱情。

现实的、形而下的，浪漫的、形而上的，这两组内容在现实生活中，在当事人那里，始终处于撕掳状态，正如人的一生，"人与人的动物性"始终在拉锯状态中。这种始终的撕掳状态，是当下人的真实情态。小说是这样形容当事人的纠结："可是，许多事情不由人的意志为转移，到了分手的前夜，我们才发现，我们已经无法分手了。我们又不是机器人，可以随意开关。机器人有时还不听指挥呢。"无休止的变量，无休止的纠结，找不到边界。不可辨识之物，是现代人无法摆脱的困扰。

这样一想，作者绝非为了给我们讲一个曲折离奇、令人恍惚的故事，小说中种种不确定其实是服务于爱情主题的不确定。而这种不确定又来自当下人对一个婚外情事件不清晰的辨识度，陷于浪漫与现实的纠结与撕掳。

那么，515 与 517 之间到底发生了什么样的爱？是爱还是性？这个问题有点严峻，却又无法确定边界。或许在古典主义那里，爱总是大于性，而在现代主义这里，性也可能大于等于爱。这种表述有点逻辑上的小矛盾，如同我们无法确定人的边界一样。阿甘本说："人与动物的区分并不在人与动物之间，不在人之外。"(《敞开：人与动物》)阿甘本接着说，"倘若真的如此"，"必须用一种新的方式提出对人的追问"。那么，在人的内部"人与动物"怎么区分与分布？如果人的内部始终存在着这一分布与变量，那么什么才算是人？这些"对人的追问"，同样存在逻辑上的疑问。往深处想，无论对人还是对爱，似乎都存在这么一个有着疑问的逻辑关系。在小说中，事还是那事，人却不是那人，或者说那人与那事对不上。一个不确定的"哪"字，其实是不确定的隐喻：人非人，事非事，是一种不确定，而爱非爱，性非性，也是一种不确定。

海天一如昨日。天之下，海之滨，人与人，性与爱。始终是一个变数，如果这变数在生命长度的刻度中未能显现，我们也可将其描述为"永恒"。由于时代的变迁，节奏的加快，价值取向和思维方式的改变，"流动的现代性"(齐格蒙特・鲍曼语)让诸多变数在生命长度内不止一次地显现，且始终处于流动状态。这是现实的悲哀，始终处在变量的情势状态，如保罗·瓦累利所说“实然中断、前后矛盾和出其不意，是我们生活中的普遍情况”，我又想到巴迪欧的“空集”概念：空集是一个无法安置的点，它说明了其所展现出来的东西在呈现中以抽离于计数的方式到处游荡。人，有时就是这样一个空集。

这大约也是作者最后用精神病院的逃逸者来收编爱的幻想者，同时也是现实主义者林秀（何丽云）和“我”的一种考虑吧。小说写道：“那女孩又笑，说，从精神病院出来的，不一定都是病人。”

小说从一开始就在找人，找呀找，人没有找到，找人的人却成了精神病人。这是一个悖论，也是一个隐喻：当我们想找到自己，我们已非正常人。

我还想，小说最后以精神病院的逃逸者来破局或以此为故事的结局，作者的心情是不是也像我此时的心情，有点难过。

“飞机颠簸起来，遇上气流了。”小说用这句话结尾。

范小青

城乡简史

自清喜欢买书。买书是好事情，可是到后来就渐渐地有了许多不便之处，主要是家里的书越来越多。本来书是人买来的，人是书的主人，结果书太多了，事情就反过来了，书挤占了人的空间，人在书的缝隙中艰难栖息，人成了书的奴隶。在书的世界里，人越来越渺小，越来越压抑，最后人要夺回自己的地位，就得对书下手了。怎么下手？当然是把书处理掉一部分，让它还出位置来。这位置本来是人的。

自清的家属特别兴奋，她等了许多年终于等到了这一天，对于家里摆满了的书，她早就欲除它们而后快。在自清的决心将下未下、犹犹豫豫的这些日子里，她没有少费口舌，也没有少花心思，总之是变着法子说尽书的坏话。家里的其他大小事情，一概是她做主的，但唯一在书的问题上，自清不肯让步，所以她也只能以理服他，再以事实说话。她拿出一些毛料的衣服给他看，毛料衣服上有一些被虫子蛀的洞，这些虫子，就是从书里爬出来的，是银灰色的，大约有1厘米长短，细细的身子，滑起来又快又溜，像一道道细小的闪电，它们不怕樟脑，也不怕敌杀死，什么也不怕，有时候还成群结队、大摇大摆地在地板上经过，好像是展示实力。后来自清的家属还看到报纸上有一个说法，一个家庭如果书太多，家庭里的人常年呼吸在书的空气里，对小孩子的身体不好，容易患呼吸道疾病，自清认为这种说法没有科学性，但也不敢拿孩子的身体来开玩笑。就这样，日积月累，家属的说服工作，终于见到了成效。自清说，好吧，该处理的，就处理掉，屋里也实在放不下了。

处理书的方法有许多种，卖掉，送给亲戚朋友，甚至扔掉。但扔掉是舍不得的，其中有许多书，自清当年是费了许多心思和精力才弄到手的，比如有一本薄薄的书，他是特意坐火车跑到浙江的一个小镇上去觅来的，这本书印数很少，又不是什么畅销书，专业性比较强，这么多年下来，自清从来没有在别的地方看到过它，现在它也和其他要被处理的书躺在了一起。自清看到了，又舍不得，又随手捡了回来，他的家属说，你这本也要捡回来那本也要捡回来，最后是一本也处理不掉的，家属的话说得不错，自清又将它丢回去，但心里有依依惜别、隐隐疼痛的感觉。这些书曾经是他的宝贝，是他的精神支柱，一些年过去了，他竟要将它们扔掉？自清下不了这样的手。家属说，你舍不得扔掉，那就卖吧，多少也值一点钱。可是卖旧书是三钱不值两钱的，说是卖，几乎就是送，尤其现在新书的书价一翻再翻，卖旧书却仍然按斤论两，更显出旧书的贱，再加上收旧货的人可能还会克扣分量，还会用不标准的秤砣来坑蒙欺骗。一想到这些书像被捆扎了前往屠宰场的猪一样，而且还是被堵住了嘴不许嚎叫的猪，自清心里就有说不出的难过，算了算了，他说，卖它干什么，还是送送人吧。可是谁要这些书呢，自清的小舅子说，我一张光盘就抵你十个书屋了，我要书干什么？也有一个和他一样喜欢书的人，看着也眼馋，家里也有地方，他倒是想要了，但他的老婆跟自清的家属不和，说，我们家不见得穷得要拣人家丢掉的破烂。结果自清忍痛割爱的这些书，竟然没个去处。

正好这时候，政府发动大家向贫困地区的学校捐赠书籍或其他物资，自清清理出来的书，正好有了去处，捆扎了几麻袋，专门雇了一辆人力车，拖到扶贫办公室去，领回了一张荣誉证书。

时隔不久，自清发现他的一本账本不见了。自清有记账的习惯，从很早的时候就开始了，许多年坚持下来，每年都有一本账本，记着家里的各项收入和开支。本来记账也不是一件很特别的事，许多家庭里都会有一个人负责记账，也是长年累月坚持不变的。但自清的记账可能和其他人家还有所不同，别人记账，无非就是这个月里买了什么东西，用了多少钱，再细致一点的，写上具体的日期就算是比较认真的记法了。总之，家庭记账一般就是单纯地记下家庭的收入和开销，但自清的账本，有时候会超出账本的内容，也超出了单纯记账的意义，基本上像是一本日记了，他不仅像大家一样记下购买的东西和价钱，记下日期，还会详细写下购买这件东西的前因后果、时代背景、周边的环境、当时的心情，甚至去那个商店，是怎么去的，走去的，还是坐公交车，或者是打的，都要记一笔，天气怎么样，也是要写清楚的，淋没淋着雨，晒没晒着太阳，路上有没有堵车，都有记载，甚至在购物时发生的一些与他无关、与他购物也无关的别人的小故事，他也会记下来，比如某年某月某日的一次，他记下了这样的内容：下午五时二十五分，在鱼龙菜场买鱼，两条鲫鱼已经过秤，被扔进他的菜篮子，这时候一个巨大的霹雷临空而降突然炸响，吓得鱼贩子夺路而逃，也不要收鱼钱了，一直等到雷雨过后，鱼贩子不知从哪里冒了出来，自清再将鱼钱付清，以为鱼贩子会感动，却不料鱼贩子说，你这个人，顶真得来。好像他们两个人的角色是倒过来的，好像自清是鱼贩子，而鱼贩子是自清。这样的账本早已经离题万里了，但自清不会忘记本来的宗旨，最后记下：购买鲫鱼两条，重六两，单价：5 元/斤，总价：3 元。这样的账本，有点喧宾夺主的意思，记账的内容少，账外的内容多，当然也有单纯记账的，只是写下，某年某月某日某时在某某街某某杂货店购买塑料脸盆一只，蓝底绿花，荷花。价格：1 元 3 角 5 分。

自清的账本，虽然内容多一些杂一些，却又是比较随意的，想多记就多记一点，想少写就少写一点，心情好又有时间就多记几笔，情绪不高、时间不够就简单一点，也有简单到只有自己能够看得懂的，比如，手：175 元。这是记的缴纳的手机费，换一个人，哪怕是他的家属，恐怕也是看不懂的。甚至还有过了几年后连他自己都看不懂的内容，比如，南吃：97 元。这个“南吃”，其实和许许多多的账本上的许许多多内容一样，过了这一年，就沉睡下去了，也许永远也不会再见世面的，但偏偏自清有个习惯，过一段时间，他会把老账本再翻出来看看，并没有什么目的，也没有什么意义，甚至谈不上是忆旧什么的，只是看看而已，当他看到“南吃”两个字的时候，就停顿下来，想回忆起隐藏在这两个字背后的历史，但是这一小片历史躲藏起来了，就躲藏在“南吃”两个字的背后，怎么也不肯出来，自清就根据这两个字的含义去推理，南吃，“吃”，一般说来肯定和吃东西有关，那么这个“南”呢，是指在本城的南某饭店吃饭？这本账本是五年前的账本，自清就沿着这条线去搜索，五年前，本城有哪些南某饭店，他自己可能去过其中的哪些？但这一条路没有走通，现在的饭店开得快也关得快，五年前的饭店现在已经没有人记得清楚了，再说了，自清一般出去吃饭都是别人请他，他自己掏钱请人吃饭的次数并不多，所以自清基本上否定了这一种可能性。那么“南吃”两字是不是指的在带有“南”字的外地城乡吃饭，比如南京，比如南浔，比如南方，比如南亚，比如南非，等等，采取排除法，很快又否定了这些可能性，因为自清根本就没有去过那些地方，他只去过一个叫南塘湾的乡镇，也是别人请他去的，不可能让他买单吃饭。自清的思路阻塞了，他的儿子说，大概是你自己写了错别字，是难吃吧？这也是一条思路，可能有一天吃了一顿很难吃的饭，所以记下了？但无论怎么想，都只能是推测和猜想，已经没有任何的记忆，更没有任何的实物来证明“南吃”

到底是什么，这 90 多块钱，到底是用在了什么地方。好在这样的事情并不多，总的说来，自清的记账还是认真负责的。

自清的账本里有许多账目以外的内容，但说到底，就算是这样的账本，也并没有什么重大的意义，甚至也没有什么实际的作用。自清的初衷，也许是想用记账的形式来约束自己的开销花费，因为早些年大家的经济都比较拮据，总是要想尽一切办法节约用钱，记账就是办法之一，许多人家都这么办。而实际上是起不到多大的作用的，该记的账照记，该花的钱还是照花，不会因为这笔钱花了要记账，就不花它了。所以，很多年过去了，该花的钱也花了，甚至不该花的也花了不少，账本一本一本地叠起来，倒也壮观，唯一的用处就是在自清有闲心的时候，会随手抽出其中一本，看到是某某年的，他的思绪便飞回这个某某年，但是他已经记不清某某年的许多情形了。这时候，账本就帮助他回忆，从账本上的内容，他可以想起当年的一些事情，比如有一次他拿了 1986 年的账本出来，他先回想 1986 年是一个什么样的年头，但脑子里已经没有具体的印象了，账本上写着，86 年 2 月，支出部分。2 月 3 日支出：16 元 2 角（酒：2 元，肉皮：1 元，韭菜：8 角，点心：1 元，蜜枣：1 元 3 角，油面筋：4 角，素鸡:8角,花生:5角,盆子:8元4角。)在收入部分记着:1月9日,自清月工资:64元。

当年的账本还记得比较简单,光是记账,但只是看看这样的账,当年的许多事情就慢慢地回来了,所以,当自清打开旧账本的时候,总是一种淡淡的个人化的享受。

如果一定要找出一点实际的作用,在自清想来,也就是对下一代进行一点传统教育,跟小孩子说,你看看,从前我们是怎么过日子的,你看看,从前我们过个年,就花这一点钱。但对自清的孩子来说,似乎接受不了这样的教育,他几乎没有钱的概念,就更没有节约用钱的想法,你跟他讲过去的事情,他虽然点着头,但是目光迷离,你就知道他根本没有听进去。

自清开始的时候可能是因为经济条件差,收入低,为了控制支出才想到记账的,后来条件好起来,而且越来越好,自清夫妻俩的工作都不错,家庭年收入节节攀升,孩子虽然在上高中,但一路过来学习都很好,肯定属于那种替父母扒分的孩子,以后读大学或者出国学习之类都不用父母支付大笔的费用。家里新房子也有了,还买了一辆车,由家属开着,条件真的不错,完全没有必要再记账。更何况,这些账本既没有什么实际的用处,却又一年一年地多起来,也是占地方的，自清也曾想停止记账这一种习惯，但也只是想想而已，他做不到，别说做不到不记账，就算只是想一想，也觉得不行。一想到从此以后就再也没有账本了，心里就立刻会觉得空荡荡的，好像丢失了什么，好像无依无靠了，自清知道，这是习惯成自然。习惯，真是一种很厉害的力量。

那就继续记账吧。于是日子就这样一年一年地过去了，账本又一本一本地增加出来，每年年终的那一天，自清就将这一年的账本加入无数个年头汇聚起来的账本中，按年份将它们排好，放在书橱里下层的柜子里，这是不要公示于外人的，是自己的东西。不像那些买来的书，是放在书橱的玻璃门里面的格子上，是可以给任何人看的，还是一种无言无声的炫耀。大家看了会说，哇，老蒋，十大藏书家，名不虚传。

现在自清打开书橱下面的柜门，就发现少了一本账本，少的就是最新的一本账本。年刚刚过去，新账本还刚刚开始使用，去年的那本还揣着温度的鲜活的账本就不见了。自清找了又找，想了又想，最后他想到会不会是夹在旧书里捐给了贫困地区。

如果是捐给了贫困地区，这本账本最后就和其他书籍一样，到了某个贫困乡村的学校里，学校是将这些捐赠的书统一放在学校，还是分到每个学生手上，这个自清是不知道的。但是自清想，这本账本对贫困地区的孩子来说，是没有用处的，它又不是书，又没有任何的教育作用，也没有什么知识可以让人家学的，更没有乐趣可言，人家拿去了也不一定要看，何况自清记账的方式比较特别，写的又是比较潦草的字，乡下的小孩子不一定看得懂，就算他们看得懂，对他们也没有意义，因为与他们的生活和人生根本是不搭界的。最后，他们很可能就随手扔掉了那本账本。

但是对于自清来说，事情就不一样了，少了这本账本，自清的生活并不受影响，但他的心里却一阵一阵地空荡起来，就觉得心脏那里少了一块什么，像得了心脏病的感觉，整天心慌慌意乱乱。开始家属和亲友还都以为他心脏出了毛病，去医院看了，医生说，心脏没有病，但是心脏不舒服是真的，不是自清的臆想，是心因反映。心因反应虽然不是气质性病变，但是人到中年，有些情绪性的东西，如果不加以控制和调节，也可能转变成具体的真实的病灶。

自清坐不住了，他要找回那本丢失的账本，把心里的缺口填上。第二天自清就到扶贫办公室去，他希望书还没有送走，但是书已经送走了。幸好办公室工作细致，造有花名册，记有捐书人的单位和名字，但因为捐赠物物多量大，不仅有书，还有衣物和其他物品，光造出来的花名册就堆了半房间。办公室的同志问自清误捐了什么重要的东西，自清没有敢说实话，因为工作人员都很忙，如果知道是找一本家庭的记账本，他们会觉得自清没事找事，给他们添麻烦。所以自清含糊地说，是一本重要的笔记本，记着很重要的内容。工作人员耐心地从无数的花名册中替他寻找，最后总算找到了蒋自清的名字。自清还希望能有更细致的记录，就是每个捐赠者捐赠物品的细目，如果有这个细目，如果能够记下每一本书的书名，自清就能知道账本在不在这里，但工作人员告诉他，这是不可能的，其实就算他们不说，自清也已经认识到这一点。也就是说，自清在花名册上找到自己的名字，名字后面的备注里写着“捐书一百五十二册”，就是这件事情的结局了。至于自清的书，最后到了哪里，因为没有记录，没人能说清楚。但是大方向是知道的，那一批捐赠物资，运往了甘肃省，还有一点也是可以肯定的，自清的书和其他许许多多的捐赠物品一样，被捆扎在麻袋里，塞上火车，然后从火车上被拖下来，又上了汽车，也许还会转上其他运输工具，最后到了乡间的某个小学或中学里，在这个过程中，它们的命运是不可知、不确定的，麻袋与麻袋堆在一起，并没有谁规定这一袋往这边走那一袋往那边走，搬运过程中的偶然性，就是它们的命运，最后它们到了哪里，只是那一头的人知道，这一头的人，似乎永远是不能知道的。

其实这中间是有一条必然之路的，虽然分拖麻袋的时候会有各种可能性，但每一个麻袋毕竟是有它的去向的，自清的麻袋也一定是走在它自己的路上，路并没有走到头。如果自清能够沿着这条路再往前走，他会走到一个叫小王庄的地方。这个地方在甘肃省西部，后来小王庄小学一个叫王小才的学生，拿到了自清的账本，带回家去了。

王才认得几个字，也就中小那点水平，但在村子里也算是高学历了，他这一茬年龄的男人，大多数不认得字，王才就特别光荣，所以他更要督促王小才好好念书。王才对别人说，我们老王家，要通过王小才的念书，改变命运。

捐赠的书到达学校的那一天，并没有分发下来，王小才回来告诉王才，说学校来了许多书。王才说，放在学校里，到最后肯定都不知去向，还不如分给大家回家看，小孩可以看，大人也可以看。人家说，你家大人可以看，我们家大人都不识字，看什么看。但是最后校长的想法跟王才的想法是一致的，他说，以前捐来的那些书，到现在一本也没有了，与其这样，还不如分给你们大家带回去，如果愿意多看几本书，你们就互相交换着看吧。至于这些书应该怎么分，校长也是有办法的，将每本书贴上标号，然后学生抽号，抽到哪本就带走哪本，结果王小才抽到了自清的那本账本。账本是黑色的硬纸封皮，谁也没有发现这不是一本书，一直到王小才高高兴兴地把账本带回家去，交给王才的时候，王才翻开来一看，说，错了，这不是书。王才拿着账本到学校去找校长，校长说，虽然这不是一本书，但它是作为书捐赠来的，我们也把它当作书分发下去的，你们不要，就退回来，换一本是不可能的，因为学校已经没有可以和你们交换的书了，除非你找到别的学生和他们的家长愿意跟你们换的，你们可以自由处理。但是谁会要一本账本呢？书是有标价的，几块，十几块，甚至有更厚更贵重的书，书上的字都是印出来的，可账本是一个人用钢笔写出来的，连个标价都没有，没人要。王才最后闹到乡的教育办，教育办也不好处理，最后拿出他们办公室自留的一本《浅论乡村小学教育》，王才这才心满意足回家去。

那本账本本来王才是放在乡教育办的，但教育办的同志说，这东西我们也没有用，放在这里算什么，你还是拿走吧。王才说，那你们不是亏了吗，等于白送我一本书了。教育办的同志说，我们的工作都是为了学生，只要学生喜欢，你尽管拿去就是。王才这才将书和账本一起带了回来。

可教育办的这本书王才和王小才是看不懂的，它里边谈的都是些理论问题，比如说，乡村小学教育的出路，说是先要搞清楚基础教育的问题，但什么是基础教育问题，王才和王小才都不知道，所以王才和王小才不具备看这本书的先决条件。虽然看不懂，但王才并不泄气，他对王小才说，放着，好好地放着，总有你看得懂的一天。丢开了《浅论乡村小学教育》，就剩下那本账本了。王才本来是觉得占了便宜的，还觉得有点对不住乡教育办，但现在心情沮丧起来，觉得还是吃了亏，拿了一本看不懂的书，再加上一本没有用的城里人记的账本，两本加起来，也不及隔壁老徐家那本合算，老徐家的孩子小徐，手气真好，一摸就摸到一本大作家写的人生之旅，跟着人家走南闯北，等于免费周游了一趟世界。王才生气之下，把自清的账本提过来，把王小才也提过来，说，你看看，你看看，你什么臭手，什么霉运？王小才知道自己犯了错，垂落着脑袋，但他的眼睛却斜着看那本被翻开的账本，他看到了一个他认得出来却不知其意的词：香薰精油。王小才说，什么叫香薰精油？王才愣了一愣，也朝账本那地方看了一眼，他也看到了那个词：香薰精油。

王才就沿着这个“香薰精油”看下去了，他无论如何也想不到，他这一看，就对这本账本产生了强烈的兴趣，因为账本上的内容，对他来说，实在太离奇，实在太神奇——

我们先跟着王才看一看这一页账本上的内容，这是2004年的某一天中的某一笔开支：午饭后毓秀说她皮肤干燥，去美容院做测试，美容院推荐了一款香薰精油，7毫升，价格：679元。毓秀有美容院的白金卡，打七折，为475元。拿回来一看，是拇指大的一瓶东西，应该是洗过脸后滴几滴出来按在脸上，能保湿，滋润皮肤。大家都说，现在两种人的钱好骗，女人和小人，看起来是不假。

王才看了三遍，也没太弄清楚这件事情，他和王小才商榷，说，你说这是个什么东西。王小才说，是香薰精油。王才说，我知道是香薰精油。他竖起拇指，又说，这么大个东西，475块钱？它是人民币吗？王小才说，475块钱，你和妈妈种一年地也种不出来。王才生气了，说，王小才，你是嫌你娘老子没有本事？王小才说，不是的，我是说这东西太贵了，我们用不起。王才说，呸你的，你还用不起呢？你有条件看到这四个字，就算你福分了。王小才说，我想看看475块的大拇指。王才还要继续批评王小才，王才的老婆来喊他们吃饭了，她先喂了猪，身上还围着喂猪的围裙，手里拿着猪用的勺子，就来喊他们吃饭，她对王才和王小才有意见，她一个人忙着猪又忙着人，他们父子俩却在这里瞎白话。王才说,你不懂的,我们不是在瞎白话,我们在研究城里人的生活。

王才叫王小才去向校长借了一本字典,但是字典里没有“香薰精油”,只有香蕉香肠香瓜香菇这些东西,王才咽了一口口水,生气地说,别念了,什么字典,连香薰精油也没有。王小才说,校长说,这是今年的最新版本。王才说,贼日的,城里人过的什么日子啊,城里人过的日子连字典上都没有。王小才说,我好好念书,以后上初中,再上高中,再上大学,大学毕业,我就接你们到城里去住。王才说,那要等到哪一年?王小才掰了掰手指头,说,我今年五年级,还有十一年。王才说,还要我等十一年啊?到那时候,香薰精油都变成臭薰精油了。王小才说,那我就更加好好地念书,跳级。王才说,你跳级,你跳得起来吗?你跳得了级,我也念得了大学了。其实王才对王小才一直抱有很大希望的,王小才至少到五年级的时候,还没有辜负王才的希望,王才也一直是以王小才为荣的,但是因为出现了这本账本,将王才的心弄乱了,他看着站在他面前拖着两条鼻涕的王小才,忽然就觉得,这小子靠不上,要靠自己。

王才决定举家迁往城里去生活,也就是现在大家说的进城打工,只是别人家更多的是先由男人一个人出去,混得好了，再回来带妻子儿子。也有的人，混得好了，就不回来了，甚至在城里另外有了妻子儿子，也有的人，混得不好，自己就回来了。但王才与他们不同，他不是去试水探路的，他就是去城里生活的，他决定要做城里人了。

说起来也太不可思议，就是因为账本上的那四个字"香薰精油"，王才想，贼日的，我枉做了半辈子的人，连什么叫"香薰精油"都不知道，我要到城里去看一看"香薰精油"。王才的老婆不同意王才的决定，她觉得王才发疯了。但是在乡下老婆是做不了男人的主的，别说男人要带她进城，就是男人要带她进牢房下地狱，她也不好多说什么。王小才的态度呢，一直很暧昧，他只觉得心里慌慌的、乱乱的，最后他发出的声音像老鼠那样吱吱吱的，他说，我不要去，我不要去。可是王才不会听他的意见，没有他说话的余地。

王才说走就走，第二天他家的门上就上了一把大铁锁，还贴了一张纸条，欠谁谁谁 3 块钱，欠谁谁谁 5 块钱，都不会赖的，有朝一日衣锦还乡时一定如数加倍奉还，至于谁谁谁欠王才的几块钱，就一笔勾销，算是王才离开家乡送给乡亲们的一点心意。王才贴纸头的时候，王小才说，如数加倍是什么意思？王才说，如数就是欠多少还多少，加倍呢？就是欠多少再加倍多还一点。王小才说，那到底是欠多少还多少，还是加倍地还呢？王才说，你不懂的，你看看人家的账本，你就会懂一点事了。其实王小才还应该提出王才的另一些错误，比如他将一笔勾销的“销”写成了“消”，但王小才没有这个水平，他连“一笔勾消”这四个字还是第一次见到。

除了衣服之外，王才一家没有带多余的东西，他们家也没有什么多余的东西，只有自清的那本账本，王才是要随身带着的，现在王才每天都要看账本，他看得很慢，因为里边有些字他不认得，也有一些字是认得的，但意思搞不懂，就像香薰精油，王才到现在还不知道它是什么。

在车上王才看到这么一段：“周日，快过年了，街上的人都行色匆匆，但精神振奋，面带喜气。下午去花鸟市场，虽天寒地冻，仍有很多人。在诸多的种类中，一眼就看中了蝴蝶兰，开价 800 元，还到 600 元，买回来，毓秀和蒋小冬都喜欢。搁在客厅的沙发茶几上，活如几只蝴蝶在飞舞，将一个家舞得生动起来。”

后来王才在车上睡着了，他做了一个梦，梦见一只蝴蝶对他说，王才，王才，你快起来。王才急了，说，蝴蝶不会说话的，蝴蝶不会说话的，你不是蝴蝶。蝴蝶就笑起来，王才给吓醒了，醒来后好半天心还在乱跳，最后他忍不住问王小才，你说蝴蝶会说话吗？王小才想了想，说，我没有听到过。

这时候，他们坐的车已经到了一个火车小站，在这里他们要去买火车票，然后坐火车往南，往东，再往南，再往东，到一个很远的城市去。中国的城市很多，从来没有出过门的王才，连东南西北也搞不清的王才，怎么知道自己要到哪个城市呢？毫无疑问，是自清的账本指引了王才，在自清的账本的扉页上，不仅记有年份，还工工整整地写着他们生活的城市的名称。他写道：自清于某某年记于某某市。

在这里停靠的火车都是慢车，它们来得很慢，在等候火车到来的时候，王才又看账本了，他想看看这个记账的人有没有关于火车的记载，但是翻来翻去也没有看到，最后王才啪地打了一下自己的嘴巴，说，你真蠢，人家是城里人，坐火车干什么？乡下人才要坐火车进城。

其实自清最后还是去了一趟甘肃。他和王才一家走的是反道，他先坐火车，再坐汽车，再坐残疾车，再坐驴车，最后在甘肃省的西部找到了小王庄，也找到了小王庄小学，最后也知道了自己的账本确实是到了小王庄小学，是分到了一个叫王小才的学生手里，王小才的家长还对此有意见，还跑到学校来论理，最后还在乡教育办拿了另一本书作补偿。自清这一趟远行虽然曲折却有收获，可是他来晚了一步，王小才的父亲带着他们全家进城去了。他们坐的开往火车站的汽车与自清坐的开往乡下的汽车,擦肩而过。会车的时候,王才正在看自清的账本,而自清呢,正在车上构思当天账本的记录内容。但他在车上的所有构思和最后写下的已经不是一回事了,因为在车上的时候,他还没有到达小王庄。

这一天晚上,自清在小旅馆里,借着昏暗的灯火,写下了以下的内容:“初春的西部乡村,开阔,一切是那么的宁静悠远,站在这片土地上,把喧嚣混杂的城市扔开,静静地享受这珍贵的平和。我到小王庄小学的时候,校长不在学校,他正在法庭上,他是被告,学校去年抢修危房的一笔工程款,他拿不出来,一直拖欠着。校长当校长第四个年头,已经第七次成为被告。中午时分,校长回来了,笑眯眯地对我说,对不起,蒋同志,让你等了。他好像不是从法庭上下来。平静,也许是因为无奈,也许是因为穷困,才平静。我说,校长,听说你们欠了工程款。校长说,本来我们有教育附加费,就一直寅吃卯粮,就这么挪下去,撑下去,现在取消了教育附加费,挪不着了,就撑不下去了。我说,撑不下去怎么办?校长说,其实还是要撑下去的,学校总是要办的,学生总是要上学的,学校不会关门的,蒋同志你说对不对?面对贫困的这种坦然心态，在日新月异的城市里是很难见着的。今天的开支：旅馆住宿费：3 元，残疾车往：5 元（开价 2 元），驴车返：5 元（开价 1 元），早饭：2 角。玉米饼两块，吃下一块，另一块送给残疾车主吃了。晚饭：5 角。光面三两。午饭：5 角（校长说不要付钱，他请客，还是坚持付了，想多付一点，校长坚决不收），和小学生一起吃，白米饭加青菜，还有青菜汤。王小才平时也在这里吃，今天他走了，不知道今天中午他在哪里吃，吃的什么。”

自清最后在王小才家的门上，看到了那张纸条，字写得歪歪扭扭，自清以为就是那个分到他的账本的小学生写的，却不知道这字是小学生的爸爸写的，虽然王小才已经念到五年级，他的爸爸王才才四年级的水平，平时家里的文字工作，都是由王小才承担的，但这一回不同了，王才似乎觉得王小才承担不起这件事情，所以由他出面做了。

自清最终也没有找回自己丢失的账本，但是他的失落的心情却在艰难的长途旅行中渐渐地排除掉了。当他站到那座低矮的土屋前，看到“一笔勾消”这四个字的时候，他的心情忽然就开朗起来，所有的疙疙瘩瘩，似乎一瞬间就被勾销掉了，他彻底地丢掉了账本，也丢掉了神魂颠倒、坐卧不宁的日子。

自清从大西北回来，看到他家隔壁邻居的车库里住进了一户外来的农民工家庭。在自清住的这个小区里，家家都有车库，有些人家并没有买车，也或者车是有的，但那是公车，接送上下班后，车就走了，不停在他家，这样车库就空了出来，有的人家就将车库出租给外来的人住。

这个农民工就是王才。王才做的是收旧货的工作，所以他和小区里的人很快就熟悉起来。天气渐渐地热了，有一天自清经过车库门口，看到王才和他的妻子在太阳底下捆扎收购来的旧货，他们满头大汗，破衣烂衫都湿透了。小区里有一只宠物狗在冲着他们叫喊，小狗的主人要把小狗牵走，还骂了它，王才说，不要骂它，它又不懂的。狗主人说，不懂道理的狗东西。王才说，没事的，它跟我们不熟，熟了就不叫了，狗都是这样的。下晚的时候，自清又经过这里，他看到他们住的车库里，堆满了收来的旧货，密不透风，自清忍不住说，师傅，车库里没有窗，晚上热吧？王才说，不热的。他伸手将一根绳线一拉，一架吊扇就转起来了，呼呼作响。王才说，你猜多少钱买的？自清猜不出来。王才笑了，说，告诉你吧，我拣来的，到底还是城里好，电扇都有得拣。自清想说什么却没有说得出来，王才又说，城里真是好啊，要是我们不到城里来，哪里知道城里有这么好，菜场里有好多青菜叶子可以捡回来吃，都不要出钱买的。王才的老婆平时不大肯说话的，这时候她忽然说，我还拣到一条鱼，是活的，就是小一点，鱼贩子就扔掉了。自清说，可是在乡下你们可以自己种菜吃。王才说，我们那地方，尽是沙土，也没有水，长不出粮食，蔬菜也长不出来，就算有菜，也没得油炒。自清从他们说话的口音中，感觉出他们是西部的人，但他没有问他们是哪里人。他只是在想，从前老话都说，金窝银窝，不如自家的狗窝，但是现在的人不这么想了，现在背井离乡的人越来越多了。

王才和自清说话的时候，是尽量用普通话说的，虽然不标准，但至少让人家能听懂大概的意思，如果他们说自己的家乡话，自清是听不懂的。后来他们自己就用家乡话交流了，王小才从民工子弟学校放学回来的时候，王才跟王小才说，我叫你到学校查字典你查了没有？王小才说，我查了，学校的大字典有这么大，这么厚，我都拿不动。王才说，蝴蝶兰是什么呢？王小才说，蝴蝶兰就是一种花。王才说，贼日的，一朵花也能卖这么多钱，城里到底还是比乡下好啊。

这些话，自清都没有听懂，但他听出了他们对生活的满意。后来他们还说到了他的账本，他们感谢这本账本改变了他们的生活，让他们从贫穷的一无所有的乡下来到繁华的样样都有的城市。自清也一样没有听懂,他也不知道现在王才每天晚上空闲下来,就要看他的账本,而且王才不仅看自清的账本,王才自己也渐渐地养成了记账的习惯,王才记道:“收旧书35斤,每斤支出5角,卖到废品收购站,每斤9角,一出一进,净赚4角×35斤,等于14元整。到底城里比乡下好。这些旧书是住在楼上那个戴眼镜的人卖的,听说他家的书多得都放不下了,肯定还会再卖。我要跟他搞好关系,下次把秤打得高一点。”

一个星期天,王小才跟着王才上街,他们经过一家美容店,在美容店的玻璃橱窗里,王才和王小才看到了香薰精油,王小才一看之下,高兴地喊了起来,哎嘿,哎嘿,这个便宜哎,降价了哎,这瓶10毫升的,是407块钱。王才说,你懂什么,牌子不一样,价格也不一样,便宜个屁,这种东西,只会越来越贵。王小才,我告诉你,你乡下人,不懂就不要乱说啊。

子　川

蝴蝶不会说话

——读《城乡简史》

《城乡简史》我读了不止一遍，读下几遍来却迟迟未动手写，是一种想写又怕写不好的心情。《城乡简史》让我看到早年的范小青。范小青早年的小说什么样子？早年，我曾在不同场合跟不同人说起过。记得当时我这样概括：浮在未来洋面上的岛屿。听我这么说的人有多少人信我的话？我不知道。从那时到今天差不多30年过去了，范小青的小说越写越好是不争的事实。

当年在《钟山》工作期间，我经常跟范小天坐在一起讨论小说。范小青的小说也是我跟范小天经常讨论的内容，我和他常常为讨论小说发生争执。印象中，小天认为小青的小说太中规中矩。这好理解。20世纪80年代，在先锋小说风头正盛的历史时段，作为关注先锋小说的《钟山》杂志的主要参与者和后来的实际掌门人，小天说的“中规中矩”是一种理解，我也有另一种理解，在人人都争着画鬼的时候，画人尤其不易。画鬼是花活，画人需要真功夫。20世纪90年代初，我曾跟几个作家朋友聊过范小青的小说，我认为她那种实实在在、不管不顾、一步一个脚印的写法，坚持下去其实很可怕。因为，很少有人愿意这样花力气去写小说。

小天比小青大，亲兄妹。范小天又是一个强势的人，想必他们兄妹当年为小说争论不少。我无缘参与他们之间的争论，但也不是完全缺席，毕竟我经常跟小天谈小说，也谈小青的小说。

然而，范小青自有她的韧性在，似乎范小天再怎么说也不能改变她对小说的理解，不能影响到她的小说写作。而我，也许为了更有说服力地与范小天争论，我对范小青的小说读得特别细。读得细就会读出粗粗一读往往看不到的东西，尤其是面对一种貌似中正的小说文本。心情一旦潦草，许多东西会被忽略。不过，我与范小天的争论，一定意义上只是辩者角度不同、着力点不同，我们对范小青小说的认同并没有什么不同。

《城乡简史》是范小青小说转型期的一部重要作品。

《城乡简史》发在2006年1期的《山花》杂志上，后来得了第四届鲁迅文学奖短篇小说奖。毫无疑问，能于众多短篇小说中夺得这一奖项殊非易事。我记得，那一年《城乡简史》在五个获奖短篇小说中排名第一。这么一说，那么多专家评委自是充分看好这部作品，才能有这样的结果。因此，论起这篇小说，应当有一个专家的视角与评价。

只是，从写作发生学的角度，相对于接受者，文本有许多参与创造的空间在等待读者。这里的读者自然包括小说评论家这样的专业读者，也包括我这样的爱好者。因此，当我最终决定写这篇《城乡简史》的读后感，我只是作为一个喜爱并跟踪阅读范小青小说的普通读者。

先从《城乡简史》的叙事说起。范小青早年的小说叙事，是那种逸逸当当、不紧不慢、从容道来的风格。这是最难，也最见功力的写法。你想想，很长很长的句子，张家长李家短，鸡毛蒜皮，有时写上几百字才舍得用一个句号。能这样写小说的人要不是太自信，就是太任性。然而，早年范小青打动我的也正是在这地方。写小说不是拳击比赛，按说不大好用抗击打能力来做比喻。可是，写诗写文章，对作者来说，敢于步步紧逼、不管不顾、始终向前，而不去管读者的阅读承受，还真有点像实力拳手强大的抗击打能力。许多时候，不是读者，很多是作者首先经受不了自己的从容不迫，承受不了不乏冗闷的叙事。慢，慢一点，这话谁都会说，可要是真的慢下来，着实不容易。作者自己经受得住，然后还身形不乱、浓淡疏密、布局得当。是真功夫。我没有统计过写到《城乡简史》，范小青已经写过多少字，那应当是一个惊人的数字。范小天和我，都曾经不止一次建议她少写一点，少写一点，她有时也会点点头，回过头来说一句，实际上做不到。用这种实实在在的写法，用始终不停的速度、进度在写。练家子的说法该叫“拳不离手”。拳不离手的范小青，写了大几百万字的小说，写到了《城乡简史》，得到专家们的一致认同。

打开《城乡简史》，首先看到的是那些不乏琐碎的长句子：“自清的书和其他许许多多的捐赠物品一样，被捆扎在麻袋里，塞上火车，然后从火车上被拖下来，又上了汽车，也许还会转上其他运输工具，最后到了乡间的某个小学或中学里，在这个过程中，它们的命运是不可知、不确定的，麻袋与麻袋堆在一起，并没有谁规定这一袋往这边走那一袋往那边走，搬运过程中的偶然性，就是它们的命运，最后它们到了哪里，只是那一头的人知道，这一头的人，似乎永远是不能知道的。”这是个近两百字的长句子。不乏琐碎地叙述，却极精警地让“偶然性，不可知，命运”这些远大于琐碎的哲思，平中见奇地溢出。这种句式，在这篇小说中算是短的。我略略归纳一下，《城乡简史》中，100字以上才用一个句号的句子有36个之多，最长的一个句号里有252个字。当然，相比起小青早期的小说，这些句子还不算长。我看了看发表在1996年的小说《失踪》，有一个自然段750字只用了一个句号。想一想，写到700字以上，才舍得用一个句号的人，她的“抗击打能力”得有多强。

那么，这么长的让人几乎喘不过气来的句式，为什么这么多专家读过并不觉得气闷，反而给予一致好评？我以为，这里面至少有这么几个原因：

首先是写实叙事的本领。到发表《城乡简史》为止，范小青有近30年的小说写作实践，她一直坚持的写实叙事，训练出她超乎常人的文字功夫。文字功夫这东西，不太好表述。反正写10万字与写100万字不同，写100万字与写1 000万字也不同。日积月累，水滴石穿，这些成语或可用来阐释什么叫“文字功夫”。显然，对于小说家而言，叙事本领还只是一个基本的东西，它的最大作用在于简洁地再现形而下的生活本身，使之感动读者。《城乡简史》中化腐朽为神奇的地方，是读者在臣服于作者的写实叙事本领的同时，竟发现有许多形而上的东西在故事上方摇曳。

先从小说的故事说起。故事梗概很简单，按段落大概也就四段：

第一段写了东部城市一个叫自清的喜欢买书读书的城里人，他在清理旧书时无意中丢掉了一个记账本。这账本的特别之处，是记账之外又杂七杂八记下诸多不确定的内容，比如“他不仅像大家一样记下购买的东西和价钱，记下日期，还会详细写下购买这件东西的前因后果、时代背景、周边的环境、当时的心情，甚至去那个商店，是怎么去的，走去的，还是坐公交车，或者是打的，都要记一笔，天气怎么样，也是要写清楚的”，这就近乎日记。真是日记倒也罢了，偏偏这个自清又是个喜欢沉湎往事的角儿，喜欢有事没事打开“日记”找一找生命的痕迹。于是，这不是个事的事就成了个事。

自清无疑还是个认死理的人。“少了这本账本，自清的生活并不受影响，但他心里却一阵一阵地空荡起来，就觉得心脏那里少了一块什么，像得了心脏病的感觉，整天心慌慌意乱乱。”这一段前半部分写丢失了账本，后半部分写自清认乎其真、如此这般的寻找这个账本。账本没找到，线索找到了。小说第一段落戛然而止，我统计了一下，这一段落大约 5 600 个字。

第二段开始，小说写到了西部的乡村，一个叫王才的识得几个字的乡下人。他儿子叫王小才，在乡村小学读书。毫不相关的场景，八竿子够不着的地方。直到学校来了一批城里捐赠的书，王小才和他识字的父亲王才，这才因为夹在书堆的记账本，一下子接通那个东部城市。这在电影术语中，应该叫作叙事蒙太奇吧。

这个硬面的像书籍一样的记账本，到达王小才手中也是偶然中的偶然。学校在分配这些捐赠书籍时"将每本书贴上标号，然后学生抽号，抽到哪本就带走哪本，结果王小才抽到了自清的那本账本"。识字的王才"生气之下，把自清的账本提过来，把王小才也提过来，说，你看看，你看看，你什么臭手，什么霉运？王小才知道自己犯了错，垂落着脑袋，但他的眼睛却斜着看那本被翻开的账本，他看到了一个他认得出来却不知其意的词：香薰精油"。

"王才就沿着这个'香薰精油'看下去了，他无论如何也想不到，他这一看，就对这本账本产生了强烈的兴趣，因为账本上的内容，对他来说，实在太离奇，实在太神奇——"香薰精油是城里人自清家买的美容化妆品，找字典查也查不着。费了九牛二虎之力，王才和王小才这才弄明白，"他竖起拇指，又说，这么大个东西，475 块钱？它是人民币吗？王小才说，475 块钱，你和妈妈种一年地也种不出来”。

天价的香薰精油所显示的城里人生活，震动了王才父子。“王才说，贼日的，城里人过的什么日子啊，城里人过的日子连字典上都没有。王小才说，我好好念书，以后上初中，再上高中，再上大学，大学毕业，我就接你们到城里去住。”王才对王小才读书一直抱有很大希望。“因为出现了这本账本，将王才的心弄乱了，他看着站在他面前拖着两条鼻涕的王小才，忽然就觉得，这小子靠不上，要靠自己。”

“王才决定举家迁往城里去生活”。“王才说走就走，第二天他家的门上就上了一把大铁锁，还贴了一张纸条，欠谁谁谁 3 块钱，欠谁谁谁 5 块钱，都不会赖的，有朝一日衣锦还乡时一定如数加倍奉还，至于谁谁谁欠王才的几块钱，就一笔勾销，算是王才离开家乡送给乡亲们的一点心意”。

小说第二段落结尾处，“这时候，他们坐的车已经到了一个火车小站，在这里他们要去买火车票，然后坐火车往南，往东，再往南，再往东，到一个很远的城市去”。在车上，王才继续翻看账本（看城里人的账本已经成为王才的必修功课），又看到城里人自清买花“在诸多的种类中，一眼就看中了蝴蝶兰，开价 800 元，还到 600 元”。“后来王才在车上睡着了，他做了一个梦，梦见一只蝴蝶对他说，王才，王才，你快起来。王才急了，说，蝴蝶不会说话的，蝴蝶不会说话的，你不是蝴蝶”。

第三段和第四段字数不多，加起来才 2 000 多字，第三段写“自清最后还是去了一趟甘肃”。为了寻账本的下落，“他先坐火车，再坐汽车，再坐残疾车，再坐驴车，最后在甘肃省的西部找到了小王庄”。他还是“来晚了一步，王小才的父亲带着他们全家进城去了”。自清为何这么放不下，为一个记账的本本？他不知道。他更不会知道，他的那个丢失的记账本竟成了王才父子离乡的缘由。“自清最后在王小才家的门上，看到了那张纸条……当他站到那座低矮的土屋前，看到‘一笔勾消’这四个字的时候，他的心情忽然就开朗起来，所有的疙疙瘩瘩，似乎一瞬间就被勾消掉了，他彻底地丢掉了账本，也丢掉了神魂颠倒、坐卧不宁的日子”。

第四段开头写道：“自清从大西北回来，看到他家隔壁邻居的车库里住进了一户外来的农民工家庭。”读到这里，我们都知道了，“这个农民工就是王才。王才做的是收旧货的工作，所以他和小区里的人很快就熟悉起来”。小说中，自清与王才在这个院子里有交集，却没有让他们彼此对得上。自清与王才还有几段不相干的对话。“下晚的时候，自清又经过这里，他看到他们住的车库里，堆满了收来的旧货，密不透风，自清忍不住说，师傅，车库里没有窗，晚上热吧？王才说，不热的。他伸手将一根绳线一拉，一架吊扇就转起来了，呼呼作响。王才说，你猜多少钱买的？自清猜不出来。王才笑了，说，告诉你吧，我拣来的，到底还是城里好，电扇都有得拣。”“自清说，可是在乡下你们可以自己种菜吃。”

小说最后写道：“一个星期天，王小才跟着王才上街，他们经过一家美容店，在美容店的玻璃橱窗里，王才和王小才看到了香薰精油，王小才一看之下，高兴地喊了起来，哎嘿，哎嘿，这个便宜哎，降价了哎，这瓶 10 毫升的，是 407 块钱。”

一个城里人和一个乡下人的故事说完了。说这是故事也不算精准，如同范小青同时期的其他小说，这个小说同样不注重故事性。写来写去，是一些寻常或不寻常的平民生活。怎么就叫“城乡简史”？也太简单了吧。事实上，已经发生的事情就是历史，历史有时也简单。

城与乡，各自有各自的坐标，各自有各自的循环，有时几百年也不变，有时也不好说。翻开历史的册页，会看到许多城乡的变迁。战乱，灾荒，有时还因为统治者的需要，城与乡的距离与差异并不是一种恒定关系。这是历史的真实,可以举出许多史实印证:比如永嘉之乱、安史之乱、靖康之耻,还有下南洋、走西口、闯关东等等。即如作者居住的苏州,竟是成千上万苏北人的故土,自元末明初几百年来,苏北乡下人的祖祖辈辈都说,他们来自苏州阊门。民国《续修盐城县志》载:“元末张士诚据有吴门,明主百计不能下,及士诚兵败身虏,明主积怨,遂驱逐苏民实淮扬二郡。”据《昭阳(兴化)郑氏族谱》记载,郑板桥的始祖也是在明洪武年间迁自苏州阊门。

这是大的历史事实,其实城乡的改变有时也并非全因为大事而造成的。范小青近乎琐碎的小说叙事,小说中细微生活的人和同样细小的变故——这变故对城乡发展似乎无任何影响,却影响到王才父子一家。王才父子自西部乡村来到东部城市的缘由,竟是自清夹在废书堆中的一个记账本。

如果这账本是缘起。这缘起,竟有那么多不可预设,也不能预知的环节。首先是城里人自清得下狠心清理自己的书堆,然后是舍不得丢弃自己的书,“他的家属说,你这本也要捡回来那本也要捡回来,最后是一本也处理不掉的”,就这样拣来拣去,账本不见了。捐书还是卖旧书,也是一个重要环节。捐书才可能有痕迹，有了痕迹自清才能知道“这个地方在甘肃省西部，后来小王庄小学一个叫王小才的学生，拿到了自清的账本，带回家去了”。在乡下人那里，首先是那个装有捐赠书籍的麻袋要被拉到这里来，然后要被王才儿子王小才抽签抽到，这还不算，还得有王小才父亲这个识得几个字的乡下人。还有，账本中出现的连字典也查不到的“香薰精油”，拇指大小的香薰精油，竟然有着“你和妈妈种一年地也种不出来”的价格：475 块钱。

偶然的东西太多，偶然中有必然。首先是大环境变了，这个小说揭示的历史时段是 20 世纪的后一二十年，准确说应当在 20 世纪 80 年代的中后期到 90 年代的初期，这时城乡人员的流动（主要指乡下人往城里流动）已经不再受制于旧体制。其次是文化的作用力。城里人自清，显然是一个有情怀、有表达意愿的读书人，正因为如此，他才会把一个普通记账本写成类似笔记的文字，如果只是单纯干巴的价格与数字，也不能拨动王才他们的心绪。而识得几个字的王才“也就中小那点水平，但在村子里也算是高学历了”才可能与这个账本发生关系，并最终提前改变命运。王才曾想“通过王小才的念书，改变命运”。

这样一来，篇幅不长、情节不复杂的《城乡简史》，其实已经不动声色地写到了时代，写到了文化的作用与意义，还有“人往高处走”这一基本欲念。尽管对高处的指认，不同时代会有不同的坐标。显而易见，王才、王小才他们所面对的时代已经是一个物质化的时代。读书，直接扑到城里，其实是表达他们向往“高处”的诉求。

小说中有两个地方用到“一笔勾销”，其实也可以是“一笔勾消”。一笔真能勾销吗？城里人自清看到“一笔勾销”，犹如暗示，他丢失账本的种种纠结终于如释重负。王才和王小才，却不能也无法让昨天一笔勾销。它们还在，正如小说的结尾：“王才说，你懂什么，牌子不一样，价格也不一样，便宜个屁，这种东西，只会越来越贵。王小才，我告诉你，你乡下人，不懂就不要乱说啊。”

还有这一笔：“后来王才在车上睡着了，他做了一个梦，梦见一只蝴蝶对他说，王才，王才，你快起来。王才急了，说，蝴蝶不会说话的，蝴蝶不会说话的，你不是蝴蝶。”蝴蝶会让人联想到庄生梦蝶。其实，这里还是隐喻，蝶是蛹化物，蛰伏在土里的蛹，终于幻化成蝶，飞起来，飞向远方。

其实，对于一个写作者，艰辛的创作过程也是一个蛹变过程，小说是一只飞起来的蝴蝶。我突然明白自己为何过了十五年才来写范小青的《城乡简史》。《城乡简史》之后，范小青对自己的写实叙事能力有了更多的节制，与此同时，是小说中形而上的内容得到更充分的强调。作为一个长期跟踪阅读的读者，近年来，高强度写作、高产的范小青，她那一个个选点不同、切入不同，关注当代社会、溢出现代意识的小说，不时让人眼前一亮，犹如一只只翩飞的五彩缤纷的蝶。我又想到当年言辞犀利、锋芒毕露的范小天，我相信范小青后来小说的转型与蜕变，与范小天始终的现代意识，也与他们兄妹始终不断的关于小说的争执和辩论相关。

蝴蝶不会说话，作品也一样。作品是呈现，作品一旦完成，就是一个独立于作者的生命体。正如奥登所说，“一个献身于特定职能的人，对于艺术作品而言，其个人存在是附属的”。当我把《城乡简史》视作范小青小说转型期的重要作品，作品没有说话，作者也没有说话。那么，我有没有说错话呢？小说结尾写道：“你乡下人，不懂就不要乱说啊。”一笑。

范小青

长篇小说《香火》节选

第十五章

娘被小师傅抢走，香火始终不曾甘心，骂过狗母子后，又骂那主任，恨他早先是跑了一趟又一趟，等出了问题后，却再也不显现了，情急之下，便想道："我且找上门去，看他怎么说，我怕他个鸟？"

进了城，到了烈士陵园，瞧见那儿也变了样，修了新房子，放眼一看，周围竟然山清水秀，奇怪当年跟着那主任来时，怎么到处灰溜溜的，难道那时候眼睛上又长了翳。

遂找了一间办公室，进去说道："我找主任。"

办公室里众人朝他瞧瞧，瞧不出个所以然，一人开口问道："你找哪个主任？"

香火想了想，说："从前的那个。"

那人又道："从前的主任有好多个，到底是哪个？姓什么？"

香火又想了想，依稀记起那主任好像说过自己姓蒋，还是姜，搞不清了，且说道："姓蒋。"

那人认真地想了想，其他人也认真地想了想，说没有姓蒋的主任。

香火又说："姓姜。"

又想，还是没有。

香火又想出个"江"来，但还是没有。香火急了，说："无论你们说有没有，那主任是肯定有的。"

众人也不跟他计较，也不跟他认真，只是笑道："你连那主任姓什么都不知道，你还来找什么主任。"

香火说："我虽不知道他姓什么，但是我认得他个人。"

众人道："你认得他个人，他是怎么个人，多大年纪，长什么样子？"

香火虽能说得出主任的长相年纪，但众人听了，仍是没头没脑，一无所用，全想不起这个主任来，香火又说："他那时候一直在找他的儿子。"

众人更不可知了，琢磨了半天，有一个说："那恐怕是很先前的主任了，我们恐怕都不知道了，不如找老刘来问问。”

遂将那刘姓老人请了来，这老刘很早以前就在陵园工作，后来年纪大了，该退休了，却死活不肯离开，硬是留下来看大门，听说有人找从前的主任，那主任是什么什么情况，老刘也始终没有想起来有这么个主任，一直到香火说出那主任许多年总是在找儿子，老刘才醒悟过来，肯定地说：“是有这么一个主任的，姓什么不记得了。”

香火泄气道：“姓什么你都不记得了，你怎么知道我找的是他。”

那老刘说：“你不是说他一直在找儿子吗，难道一个单位还会有几个主任一直在找儿子吗？”

这一说，香火也认了，说：“那就是他，那就是他，他在哪里？”

老刘说：“你到现在才来，人早死啦。”

香火一急说：“早死了，有多早？”

那老刘想了想，说：“很早啦，恐怕都有几十年了，以前那时候就已经不在了，造反派还掘了他的坟。”

香火说：“那不对，不是他，我找的那主任，前些时我还见着他的。”

老刘说：“你在哪里见着他？”

香火道："在我大师傅的坟头上。"

那老刘没地打一寒战，不说话了，众人也噤了声，香火却不甘心，追说道："先不问死活，我只问你，那主任是不是一直找儿子？"

老刘说："那倒是的，不过他找的并不是他的亲生儿子，他是代别人找儿子的。"

香火说："这就对了，他是为烈士找儿子的，那个烈士是个女的，叫董玉叶。"

众人倒来了兴致，问道："那他后来找到了烈士的儿子吗？"

香火说："找到了，就是我，我就站在这里，你们清清楚楚看得见我，那还能假？"

众人倍觉惊讶，遂领着香火来到董玉叶的墓碑前，香火跪下来磕了头，心里默念道："我不知道该不该喊你一声娘，但是小师傅把我的娘抢走了，我也只能来拜你为娘了。"

那老刘更觉离奇，说："这就奇了，这就奇了，那主任明明早不在世了，怎么过了这么多年，他找的人反而出现了，无缘无故就冒出来了。"

香火不乐说："怎么是无缘无故冒出来，我又不是个水泡泡。"

老刘道："我想起来了，那个主任，很早的时候，就到乡下去找儿子，摆渡的时候，渡船翻了，听说同船淹死的还不止他一个呢，连船工都死了。"

说完了，别人还没搭上话，他自己倒在那儿发了愣，过了一会儿，挠了挠头皮说："咦，不对呀，不对呀，怎么听说是那时候死掉的，他如果早就淹死了，怎么还会出来保护烈士的墓碑，人家要砸那墓碑，他扑上去护住，结果就把他砸死了。"

听众都笑起来，一人道："哪有一个人死了两次的。"

另一人道："那就是说，那时候保护烈士墓碑的是他的鬼噢。"

那老刘不挠头了，拍着头说："我这个脑子，咳咳，我这个脑子——咦，还是不对，我怎么又想起来了，他不是淹死的，也不是砸死的，是后来病死的。"

香火赶紧道："他生了病，生的什么病？"

那老刘恍恍惚惚道："也说不准，好像是精神上的问题，是精神病，后来，后来就不知道了。"

众人道："想必是找儿子找不到，急疯了。"

那老刘仍说不出个所以然，犹犹豫豫，支支吾吾，欲说还休，最后还是香火自认倒霉，代他总结说："总之，那主任下落不明，生死不知，是吧。”

那老刘这才干脆利索地点头道：“正是正是。”

香火回来的路上，又惦记上爹了，可是自从爹被小师傅气晕过去后，就一直病怏怏的，也不来看他了，一直走到村口了，爹也没来，香火又想生爹的气，又不忍心生爹的气，暗自道：“爹啊，爹，不来看我也罢，可是你得告诉我，从前明明有一个烈士陵园的主任来找儿子，三番几次地来过，只有你都看在眼里的，你得给我说清楚。”

爹听不见他的念叨，香火重新再念道：“爹，你要是爬不起来看我，你就托个梦给我也好。”

当即就坐在路边，闭上眼睛，等爹来托梦，闭了半天，眼皮子直跳，爹也没有来。香火又道：“爹，莫不是你病得重了，连到我梦里这点路你都走不动了？”又着急道：“爹，你要是不给我说清楚，我就不知道到底有没有那个主任，我不知道有没有那个主任，我就不知道有没有我，我就不知道我是谁，我也不知道我到底是死的还是活的。”

正胡乱念叨，香火听到了汽车声音，睁开眼睛一看，原来是二珠的轿车回来了，到村口停下。香火赶紧上前去，才看到随二珠一起从轿车上下来的，还有一个人，正是自己的儿子，名叫新瓦，从旅游学校毕业后，在城里当导游，不知怎么跟上他二叔回来了。

香火上前待要发问，那新瓦就先说了："爹，我回来和二叔一起干。"

香火着急说："你回来有什么可干的？"

新瓦道："爹，有你太平寺给我们撑场子，我们可干的事情太多啦。"

香火朝二珠瞧瞧，二珠说："你别瞧我，主意全是新瓦出的，我不及他点子多，他到底是你的儿子。"

香火更急道："你们想拿太平寺干什么？卖钱？"

新瓦笑道："爹，怎么会拿太平寺卖钱，谁敢？我们是给太平寺添钱。"

香火想必他们是不怀好意，赶紧道："不要，不要，我不要你们给太平寺添钱。"

那新瓦说："要不要也由不得你，今后我们的金银岗发展起来，人人都要来你太平寺烧一支高香，难道你要把香客赶走，难道你不要他们往你的功德箱里行善积德？"

香火疑道："你有什么金银岗，哪里来的金银岗？"

那叔侄两个相视一笑，就听得长平河边轰隆一声响，新瓦说："开工了。"

二珠说："大桥一通，金银岗就起来了。"

原来却是这叔侄俩商议一番，把生意做到阴阳岗坟地上去了，给阴阳岗改名叫个金银岗，将村里祖坟地改成豪华的公墓，让城里人都到这里来，和乡下人睡在一起。

香火暗自道："干吗要叫个金银岗，难道死了他们还想着金银，这是个什么道理？"

又想道："也是道理，他们虽死了，也许用不着金银，可他们的小辈在，他们的小辈用得着金银。"

再想道："还是不算个道理，叫个金银，就真有金银吗？"

再又想道："还别说了，叫个什么，还真的是个什么呢，比如这二珠吧，叫个珠，命中还真有珍珠宝贝。那球就不行，虽然念了大学，还是个球，不留在城里工作，却回来走那言老师的老路，算个球老师。又比如爹吧，叫个孔常灵，还真的说灵就灵，常常灵。再说这新瓦，如果叫个旧瓦，就是一般盖盖房子了，他叫个新瓦，竟然不盖房子盖起了公墓，真够新的。"

那叔侄两个说说笑笑往阴阳岗去，香火呆呆地站了半天，心里不受用，想回太平寺，两只脚却不由自主地跟着朝着阴阳岗去，走了一段，才发现又迷了道，却是与阴阳岗背道而去了。心下甚觉稀奇，从前他是出不得太平寺的，一出太平寺就迷道，一迷道必就迷到阴阳岗去，现在倒好，心里想着往阴阳岗去，那两只脚又不听话，又让他背着阴阳岗越走越远。

心下正不得其解，遇上了三官，香火告状说："三官，你怎么可以让二珠卖掉祖坟，你和当年的孔万虎也差不多了。"

三官说："那可不一样，孔万虎扒祖坟，什么也没给我们，二珠和新瓦建公墓，村里家家有钱赚。"

香火气道："三官，你太老了，你老昏了头，你老缺了德，你是不是已经老死了，死了你还同意他们卖祖宗？"

三官说："这个你不要问我，就算我不同意他们也能建，他们有上面的批文，用不着我同意。你家新瓦说，我爹的太平寺里有个财神，你们不想发财都不可能哦。"

香火见三官拿新瓦挡出来，无人可怨，又怨到爹那儿去："爹啊，爹，你不是我爹，你若是我爹，当初我给他取名叫个新瓦的时候，你怎么不指点指点我。"又道，"爹啊，爹，当年孔万虎作孽，你还拱个孔绝子出来和他作个对——"话说至此，才发现又想差了，倘若当年是孔绝子出来反对孔万虎，那么今天就应该谁出来阻挡新瓦呢？就此打住念头，也没脸再埋怨爹了，闷闷不乐回太平寺去，却见到一起喜庆的事情——有一队人进了太平寺，这一队是妇女，只有那领头的是个男的，看起来年纪也不小了，动作有些迟钝，他们进了院子，先御下身上的行装，打开来一看，尽是些表演的服装和乐器，一一穿将起来，打扮一番，腰里扎上红腰带，乐器也摆弄起来，守在大殿门口，铿铿锵锵地给菩萨表演节目。

香火也没嫌他们水平低，五音不全、步调不一，心想道：“总算也有人想着点菩萨了，从前个个都是求菩萨办事，从来也没有人想一想菩萨要什么，菩萨喜欢什么。现在有人来唱唱跳跳，虽然菩萨未必喜欢，但毕竟有人在替菩萨做点事了。”

那一曲完了，又是一曲，引得香客游人驻足观看，十分喜庆，一直到他们歇下来，香火才有机会看仔细了，这一仔细，才发现了奇巧，打头的那人，竟是个老熟人。

香火惊奇道：“咦，咦，是你，你是孔万虎。”

孔万虎摇头说：“我不是孔万虎。”

香火说：“你欺我年老眼花？你比我还老，凭什么欺我，你明明就是孔万虎，你磨成灰我也认得你。”

那孔万虎道：“我叫释——”

香火“啊哈”笑道：“你也改姓湿了，你跟着我二师傅姓了。”

孔万虎道：“不是跟你二师傅姓，是跟着佛祖姓了，姓释，名小虎，释小虎。”

香火颇觉有意思，笑道：“孔万虎，释小虎，还是个虎。”

那孔万虎道：“这虎非那虎也。”

香火道：“你又是孔万虎，又是释小虎，我到底喊你什么呢？”想了一想，说：“对了，喊你个孔万释小虎吧，前言后语都有了。”

那孔万释小虎也不计较，说：“随你喊便是了。”

香火又道：“听说你吃官司的时候，不好好改造，就念个阿弥陀佛，想冒充和尚？”

那孔万释小虎道：“这就说来话长，当初抓我的时候，那天早晨他们是从我的办公室直接带我走的，什么东西也没来得及准备，我就随手拿了一套书，就是你拿来行贿的那个《释氏十三经》，抓我的人拿去看了看，没觉得那书有什么名堂，就随我带上了。”

香火道：“你喜欢看经书啊？”

那孔万释小虎说道：“我哪里喜欢看经书，可坐在牢里头，没别的看头，就看那‘十三经’，看着看着，竟看了出了名堂。”

香火说：“看出了什么名堂？”

那孔万释小虎说：“看出了我姓释。”

香火说:“后来呢?”

孔万释小虎说:“后来我出来了,头一件事情,就是把那包东西还给了法来寺。”

香火立刻想了起来,恍然说:“原来那法来寺的庙产,是你偷走了,你倒让我背黑锅。”

孔万释小虎笑道:“你也不能算是背黑锅,确是你先从二师傅床底下偷走的,我又从你大师傅坟头上偷了。”

香火道:“你偷便偷了,还换上水泥石灰糊弄我。”

两个一起笑了笑,那孔万释小虎又道:“我见到你小师傅,在佛学院当院长,我去听他讲课,听他一节课,胜读十年书。”

香火撇嘴道:“他抢了娘去,自然有的讲头。”

那孔万释小虎笑道:“听说是你主动把娘送给他的哦,你把他领到你娘跟前,他们就认了母子。”

香火“呸”到嘴边,没的心头一动,收了回去,想道:“这个结果其实也不错,我有爹有娘,他没爹没娘,我送个娘给他,我还有个爹,扯平了,我还是不要太贪心,连佛祖都说,愿将双手常垂下,磨得人心一样平。”

那孔万释小虎见他只暗自思忖,且不作声,又感叹道:“香火啊,谁不知道你是个‘和尚要钱,木鱼敲穿’的香火,现在你竟然连老娘都肯送予他人，谁能想得到啊，佛祖在天，阿弥陀佛。”说罢，又回头招呼那些老妇女说：“歇过了，开始吧。”

锃锃锵锵又开始第二轮的慰问演出，妇女站成方队，孔万释小虎打头，一个人站着前边，面朝大殿，面朝菩萨，他们边歌边舞道：“暂时来到贵乡村，山歌未敢乱开声，砻糠打墙空好看，月亮底下提灯空挂名。”反复几遍，又换了一个：“做天难做四月天，蚕要温润麦要寒，秧要日头麻要雨，采桑娘子要晴干。”

香火道：“且跳且唱的，真是喜庆。”一喜庆了，就想到了爹，念道：“爹，你好久不来看我了，你是不是老得走不动了，你是不是病得要死了，你是不是也不要我这个儿子了。”

正念叨自己的爹，又进来一群人，由新瓦陪着，给太平寺鼓吹说：“这地方风水好，这太平寺的菩萨可灵啦。”

问怎么个灵法，那新瓦说：“从前我爷爷，死都死了，还丢不下太平寺，还回来拜佛呢。”

众人高兴，说：“连死人都要来拜，那是和活人抢菩萨。”

又说：“活人总是比死人便利多了，就更应该拜了。”

新瓦又道：“还有我那老爹，打小就进了太平寺，竟有了特异功能。”

问怎么个特异，新瓦说："他能和死人说上话，全仗了太平寺烟火的薰烘。"

众人于是喜道："原来这太平寺不仅灵，还妖呢。"

又说："这不是妖，是神哦。"

那香火在一旁听了，好生生气，又舍不得骂儿子，只有拍打自己耳光骂自己道："你前世缺了德，今生不积德，你生个儿子，为了赚钱，竟然又咒爷爷又咒爹。"想到了自己的爹，心里不由疼了起来，念叨道："爹，爹，你好久也不来看我，爹，爹，你别计较我儿子，你要计较就计较你儿子吧。"

这么讨了饶，爹必定会来原谅他的，抬眼一瞧，怎么不是，爹已经到了，站在当院，却不到他面前来，香火再朝院子一瞧，爹正站在一口缸旁边，香火吓得大喊起来："爹，爹，你不是要学我大师傅吧，大师傅就是到缸里去往生的。"

爹也不应答他，却像那大师傅一样，身子飘起来，轻轻落到缸沿上，又轻轻地飘进缸里，香火急赶过去，爹已经双目紧闭，香火顿时急火攻心，晕了过去。

爹死了，香火伤心不已，一病不起，躺在禅房里，老婆和女儿来带他回家，他却不回，说："爹都死了，我还回去干吗？"

那老婆说："你爹早死了，你到这时候才抽筋？"

香火说:“我要跟着爹去了。”

老婆说:“胡说,他又不是你爹,你跟他去做甚?”

香火说:“他就是我爹。”

老婆说:“他如果是你爹,就会保佑你,让你别去见他。”

香火说:“不是他要见我,是我要见他。”

老婆说:“你要见他做甚?”

香火气道:“你个狗娘贼婆子,亏你问得出来,我要见他做甚?他是我爹,我不见他见谁?”

无论老婆再说什么,他只翻白眼,不着一言,这娘儿俩也拿他没办法,留下些药和食物,女儿拿出一面镜子,搁在桌上,跟他说:“爹,这是我特意给你买的,一个人没有镜子,怎么活啊,对自己什么也不知道,你照照镜子,就知道自己了。”

这话香火倒听得进去,应了声,说:“等我病好了起来看吧。”

这天晚上香火做了一个梦,梦见发了大水,太平寺竟然在水上漂了起来,他自己站在岸边,看到二师傅在水上随着太平寺移动,香火又急又奇,大声喊二师傅,二师傅听到了他的喊声,朝他又是招手又是摆手,香火也不知是什么意思,心里又惦记着爹,赶紧再问二师傅:“二师傅,我爹呢,我爹呢，你看到我爹了吗？”二师傅没回话，随着庙房漂远去了。

早晨醒来，心怦怦跳，以为太平寺不在了，睁眼一看，还好，自己还躺在太平寺的禅房里，桌上搁着女儿留下的镜子，香火拿来一看，顿时生了气，呸道：“什么妖镜子，我有这么老吗？”

香火老了以后，眼睛看不太清，耳朵却灵，这天他在庙里，听到有两个年轻的村干部来了，但没有进庙，他们站在庙外面说话，说的是农村城市化的事情，后来他们就说到了庙。

一个村干部说：“这个庙怎么办？”

另一个村干部似乎没有听明白，反问道：“什么庙怎么办？”

先前说话的那个道：“庙要不要拆？”

回答的这个说：“当然要拆，村民房子都拆了，庙怎么可能留下？”

先前那干部又犹豫了一下，支吾道：“原来你是这样想的？”

这干部似乎听出了什么，又似乎什么也没听出来，疑虑道："我这样想不对吗，那你是怎么想的呢？"

那干部停了下来，半天没有说话。

这干部倒急了，说："你说呀，你明明是有什么想法，为什么不说出来？"

那干部这才说道："你难道，不相信那些什么？"

这干部说："什么那些什么？那些什么是什么？你什么意思？"

那干部说："没什么意思，就是那个什么。"

这干部说："哈哈，就是那个什么吧，哈哈。"干笑了几声，突然停了，不笑了，也不说了。

两个干部都沉默了一会儿，又接着开始说，一个说："要不，那庙就不拆，留下？"

那个说："恐怕也不行，开发商不会留下的。"

这个又说："是呀，周围搞房地产开发，建花园洋房，中间有个庙，不好。"

香火心想："你们年纪轻轻，倒也信这个。"且听他们往下说。

那两个继续讨论说："那怎么办，拆庙？这庙你敢拆吗？"

这个说："那怎么办，城市化不要了，上面能同意吗？好好的机会,农民变市民,农村变城镇,难道放弃吗?"

那个说:"就算我们放弃,上面也不会让我们放弃的,就算上面也愿意放弃,开发商也不会放弃的。"

"那有什么两全其美的办法呢?"

"我没有办法。"

"那怎么办呢?"

"有一个人,你可以去问问他。"

"谁?在哪里?"

"他叫香火,是个老香火,在太平寺做了几十年香火,什么都知道。"

"终于提到我了。"香火想。

那个却怀疑说:"香火吗,哪来的老香火?从前听说有个小香火的,早就死了嘛。"

这个也怀疑说:"怎么会呢?我前几天还遇见他的呢,是很老了嘛。你说他早就死了,那是什么时候死的呢?"

那个说:"我也不太清楚,小时候听家里大人说过庙里的香火怎么怎么,也不知道是不是说的他。"

这个说:"说他什么呢?"

那个说:"说他调戏女知青死鬼,被死鬼带走了。"

这个笑了笑,说:"嘿嘿,那是什么年代的事情了。"

那个说:“也有说不是女知青带走的,是庙塌了,压下来砸死的。”

这个说:“庙塌了? 就是这个太平寺庙吗,从前塌过吗?”

那个说:“从前什么事情都可能发生过哦。”

这个说:“那倒是的。”

两个又停下来,互相点了根烟,一抽烟,又想起事情来了,这个说:“我想起来了,那个老香火,俗名叫个孔大宝,他爹叫个孔常灵,他爹是淹死的。”

那个说:“你搞什么搞,孔常灵家的孔大宝,是和他爹一起淹死的,古时候的时候,那孔大宝吃了棺材里的青蛙,得了怪病。”

这个又问道:“什么怪病?”

那个说:“满嘴胡诌,他大字不识得几个,手拿一张白纸,竟能念出观音签来,你说怪是不怪?”

这个不信,说:“这怎么可能?”

那个笑道:“这是传说嘛。”

这个说:“后来呢?”

那个说:“后来他爹领着他到处看病,上了摆渡船,碰上大风大雨,摆渡船翻了,船上的人都淹死了。”

这个说："咦，这就奇怪了，太平寺里那个香火到底是谁呢？难道是他孔大宝的鬼魂？"

那个说："我也不清楚，不如你自己去庙里看看就知道了。"

这个说："我们一起去看看吧。"

两个就朝太平寺来了，香火赶紧逃走，但他不敢走正山门，怕给他们撞上了，纠缠他说那些事情，他说不清楚，他老了，说不清了。遂往后门去，从前太平寺是没有后门的，后来开了后门，可后门也有人守着，防着那些不买票就进来烧香的人。

香火朝围墙看看，想翻墙走，可自己这么老了，怎么翻得上去，犹豫着想："要不试试罢。"就往起一跳，这一跳，竟然轻飘飘地就上了墙头，又一跳，就轻飘飘落到墙外，感觉自己像只蝴蝶哦。

忽然就想起往事了，大师傅往生的时候，轻飘飘跳到缸上，又轻飘飘落到缸里坐定，也是这样，他当时还说大师傅像猢狲，怎么就没有想到蝴蝶，蝴蝶多好啊。

想到大师傅，香火心里顿时一惊，大师傅那时候是要往生了，身子才轻起来，难道我也是要往生了吗？赶紧"呸"自己一口，骂道："死脑筋，只管往哪里想。"

香火逃走了，一直往前逃啊逃啊，等到抬头一看，已经逃到了阴阳岗。

阴阳岗的规模比从前大多了，四下尽是墓碑，一座比着一座，一排连着一排，香火看到有个墓碑上字模糊了，用衣袖去擦擦，将那名字擦了出来，一看，并不认得。又往前走几步，又擦出一个名字，还是不认得，心里奇怪："怎么阴阳岗的人我一个也不认得？"依稀想起来，从前有一个烈士陵园的主任，说无论有没有见过一个人，但只要看到这个人的名字，就可以去想这个人的长相，时间长了，这个人就像活了似的。香火就冲着墓碑上的名字仔细地看，却怎么也看不出这个人的长相来，更看不出他活过来了，于是对那主任心生佩服，说道："你倒神了，你还能从名字上看出个人来。"

这话一说，有人搭讪说："这有什么神的，没名没姓也照样能看出他个人样来。"

回头一看，这人面目有些模糊，再凑近了一看，竟是老屁，颇觉奇怪，问老屁说："又不是清明日，又不是冬至日，你一大早来这里干什么？"

老屁见到他更惊讶，说："你是香火？你是香火吗？你还活着？"

香火来气："我怎么不活着，你比我老那么多你还活着?”

老屁怀疑说:“我见鬼了吗?”

香火说:“我才见鬼了呢。”甚觉晦气,吐了几口唾沫,说道:“我来找我爹,怎么就偏偏见到了你。”说到了爹,心气也温顺多了,改口道:“老屁,你见着我爹了吗?”

老屁却来气,说:“呸你个臭嘴,你爹凭什么我要见到他?”

香火道:“咦,你死了,我爹也死了,你们两个在一个村子里,想必总是低头不见抬头见吧。”

老屁被香火说昏了头,又慌又乱,挠着脑袋想了半天,才镇定了一点,努力反击说:“香火,我想起来了,那时候你就已经死了。”

香火见他执拗得很,故意问道:“那你说说,我是怎么死的?”

老屁不敢再逞强,慌不择路地逃走了。

香火好生惊异,说话说得好好的,怎么拍了屁股就逃跑呢?难道真的见鬼了,难道老屁真的死了,刚才这老屁是个鬼?否则这道理说不通啊,从前老屁说话,可是字字句句都带屁的,可这会儿他一气说了这么多话,竟连一个屁也没夹,这叫人好生疑惑。

又想："如果老屁不是鬼，难道我是鬼吗？"遂用手摸摸自己的脸，他的手很粗，摸不出脸上有没有皱纹，真想撒泡尿照照自己，一时半会儿却又没有尿意，又朝干巴巴的地上瞧了瞧，想道："即使尿了出来，尿也会被泥土吸干，照不见的。"

香火想了一阵子，觉得头脑好累，懒得再想，谁知道谁是鬼呢？到底谁是鬼，到底谁是谁，只有佛祖知道，且由他老人家管着吧。

新瓦带着几个他不认得的人，有男有女过来了，香火正想上前，有人一把拉住了他，回头一看，是爹，香火大喜，说："爹，爹，真的是你吗？"

爹说："是我呀，你怎么啦，不认得我啦？"

香火急道："认得认得，你烧成灰我都认得你。"

爹笑道："嘿嘿，你是我儿。"

香火发嗲说："爹，爹，他们都说你死了，我偏不信，果真的，爹，你果真没死。"

新瓦和那些男女说话，爹"嘘"了香火一声，说："听他们说话。"

爷儿俩静下来，且看新瓦他们干什么，新瓦往前走，众人跟着，香火和爹也跟着，走到一处，仍是坟墓，两座挨在一起，比旁边的那些坟大一些，那新瓦说："近水楼如先得月，我总要给自家祖宗做大一点，不然他们要骂我的。"

那些人问道："这是你家祖宗?"

那新瓦指了指说："这是我爷爷的，这是我爹的。"遂上前鞠躬，点上香烛，燃了纸钱，供起来。

香火又惊又气，欲上前责问，爹拉住了他，说："你看看，他还是蛮孝顺的，给我们送了这么多钱，你仔细瞧瞧，这好像不是人民币哎。"

香火眼尖，早瞧清楚了，说："这是美元。"

爹说："美元比人民币值钱哦?"

香火说："从前是的，现在不知道怎样，我好久没听他们说汇率的事情了。"

子　川

穿越生死边界的一脉香火

——《香火》的文化图像

香火的本义:祭祀用的线香与蜡烛。引申为祭祀,再引申为祭祀祖先者,就有了子孙、后裔、继承人的意思。依照此引申义,所谓香火其实是穿越生死的一种文化图像,是每一个活人的血液中流淌着的先人的遗传基因与文化传承。

在范小青长篇小说《香火》(太阳鸟文学年选“2011 中国最佳长篇小说卷”)中,香火(孔大宝)是太平寺里管香火的人,其社会身份是一个级别低于和尚、不需要通晓佛理的寺庙里的勤杂人员。

两个不同的香火。一个是必须受限于生存处境的现实中的人,一个是可以不受时空限制的文化图像,一个实,一个虚。如果让二者的关联仅停留在象征意义上,即“显示中潜藏着讲述”(布斯语),这在我的阅读经验中,还属于让我保持常规姿态的一次阅读。而《香火》恰恰是一个让我从根本上改变了阅读姿态的小说,感觉有点像坐过山车,意想不到的人物关系及它们之间似乎不对称的位置与组合,一次次,搅得我几乎有点转向,有时甚至感觉到一种被颠覆的感觉,又转回来,那车仍在轨道中。

小说《香火》通过怎样的叙述技巧与章法,来改变其单纯的象征意味,缩短其价值上的距离?即生活中的香火与作为文化图像的香火,在小说中是怎样一分为二,又合二为一?

这里不能不提到一个贯穿小说始终的人物:香火爹(孔常灵)。当读者从小说进程中渐渐读出这个始终在场的重要人物,竟然是一个已故世多年的人。在常规世界中,一个已故去的人,是无法直接介入当下生活并对其产生影响的,二者之间有一条不可逾越的生死边界。而在小说《香火》中,从开头到结尾,在与当下生活的交流互动中,香火爹似乎始终在场。比如小说的开头部分:

刚要拔腿,猛地听到有人敲庙门,喊:“香火!香火!”

香火听出来正是他爹,心头一喜,胆子来了,赶紧去开了庙门,说:“爹,是不是有事情了。”

爹奇怪地看看香火说："香火，你怎么知道？"

香火得意说："我就知道有事情了。"

很显然，当读到这样的对话，你一定不会意识到香火的爹是一个逝者，如果香火此时还是生者，你也一定不会觉得对话双方之间隔有一道不可逾越的生死边界。

沿着小说的进程，细细品读，人们会发现，所有场景中香火爹的出现、介入与参与，只体现在香火的眼里与耳中，而在场的那些人都没有与其直接对话与互动。这就是说，香火爹的一言一行，有可能仅是香火的幻视幻听，而不是一种真实的存在。

有意味的是，在香火这种幻视幻听（如果真是如此）中，香火爹的言行其指向竟有一种文化的根性：当历史潮流在某个阶段出现阻碍与回流，自有一股内在的力量推动它最终绕过阻碍、改变回流并使之重新流入既有的河床。这也就是说，香火爹非常规地出现在香火的视听中，并非荒诞、无意义甚至非逻辑的片段。在保护太平寺菩萨、抢救"十三经"、挽救祖坟被铲除等情节中，香火爹的一系列行为以及对诸社会事件的评判，某种意义上，均具有规范人类社会历史进程的文化意义。

也正是在这些地方，孔常灵（香火爹）这个名字的象征意蕴，尤显得意味深长。在中华文化中，以孔子为代表在其发展中杂糅释、道等因子的儒家文化，在不同历史时期始终体现某种文化的根性，而这种根性不易被改变，所以才“孔常灵”。

不仅如此，小说中那个起初毁庙宇、砸菩萨、扒祖坟的造反派，后来的大队革委会主任，再后来的县长，最后皈依的孔万虎，以及那个决意要改名为孔绝子的对孔万虎行径深恶痛绝的孔万虎的父亲等人，也从另一个侧面展示了文化根性的顽强的力量。

如前所说，作为文化图像的香火是没有生死边界的。而现实生存就不同，现实世界可以有多种分类，唯独不可能出现这样的分类：死者与生者出现在同一个时空场景且产生互动交流，因为他们属于“间断的历史”（福柯语）。也就是说，如果香火爹是个死去的人，他就不该与活着的香火以及香火所生活的现场发生关系。因为谁都知道，把生者与死者混放位置是一种荒谬。然而，非常有趣的是，当《香火》把生与死从各自位置抽取，再置放到似乎不可能的时空位置中，人们竟惊奇地发现，反倒是许多现实的荒谬，比如毁庙、砸菩萨、掘祖坟等行为，在人们的文化判断中被纠正。

这是一种悖反。从存在的意义，模糊以致打破生死边界是荒谬的。而从文化的意义，每一个活人的身上，都落满逝者的影子。换一个叙说角度，也可以说活着的人只是载体，“替一个个逝者留下影子”。因此，把小说里这些事件与场景，仅仅看成存在意义的事件与场景，也许是一种误读。

伽达默尔说：“只有理解者顺利带进他自己的假设，理解才是可能的。”（《解释学》）这是从接受角度说的话，从发生角度，其实有一个如何让阅读者顺利带进“他自己的假设”这么一个现实问题。一个好的小说，它在表现手法上应当很注意这种东西，就是说，它必须布下或埋设一些线头，让阅读者经由这些线索“顺利带入”他自己的假设。

在小说现实中，跨越生死的边界是一个难题。虽有魔幻现实主义小说在前，有穿越小说在后，它们在穿越或跨越生死边界的问题上做出了一些尝试，然而不管是哪一种，其生死边界始终清晰。由此可见，《香火》与我们习见的魔幻小说的最大不同是它改变了常规分类，让生者与死者的坐标轴交叉、重合甚至互动。《香火》也不同于那些穿越小说，在后者那里，时空的移位始终是确定的、已知的。越界、穿越时空、架空历史这样一些概念，是类型小说的支点。在那些小说中，虽然可以颠倒时空、混淆生死，但生死的边界始终很明晰。《香火》不是一部单纯打破或跨越生死边界的小说，而是一部根本找不到生死边界的小说。

显然，生死没有了边界的设定是一个颠覆性的设定。福柯也说，“异位移植是扰乱人心的”。当穿越小说实现了人物关系的异位，它的前提条件是人们都知道（小说中的人物和小说外的读者）这种人物关系是错位，是出于某种考虑设置出来的。而《香火》中的香火、香火爹、那个始终在寻找（烈士遗孤）过程中的陵园主任，他们对自己的生死处境并不自知，相关人物也陷于对他们的生死处境的困扰中。同样，读者也会为这里的人物关系发怵。显然，无界的困扰是大于“异位移植”的，没有了边界，怎么来界定“异位”？

在小说的结尾处，关于香火与他爹这两个在小说场景与各种事件中不断进进出出的重要人物，还有这样的一段描写：

新瓦带着几个他不认得的人，有男有女过来了，香火正想上前，有人一把拉住了他，回头一看，是爹，香火大喜，说：“爹，爹，真的是你吗？”

爹说：“是我呀，你怎么啦，不认得我啦？”

香火急道：“认得认得，你烧成灰我都认得你。”

爹笑道：“嘿嘿，你是我儿。”

香火发嗲说："爹，爹，他们都说你死了，我偏不信，果真的，爹，你果真没死。"

新瓦和那些男女说话，爹"嘘"了香火一声，说："听他们说话。"

爷儿俩静下来，且看新瓦他们干什么，新瓦往前走，众人跟着，香火和爹也跟着，走到一处，仍是坟墓，两座挨在一起，比旁边的那些坟大一些，那新瓦说："近水楼台先得月，我总要给自家祖宗做大一点，不然他们要骂我的。"

那些人问道："这是你家祖宗？"

那新瓦指了指说："这是我爷爷的，这是我爹的。"遂上前鞠躬，点上香烛，燃了纸钱，供起来。

香火又惊又气，欲上前责问，爹拉住了他，说："你看看，他还是蛮孝顺的，给我们送了这么多钱，你仔细瞧瞧，这好像不是人民币哎。"

香火眼尖，早瞧清楚了，说："这是美元。"

爹说："美元比人民币值钱哦？"

香火说："从前是的，现在不知道怎样，我好久没听他们说汇率的事情了。"

新瓦是香火的儿子，是香火爹的孙子，这里的人物关系很清楚，新瓦来给爹和爷爷上坟的行为描述得也很清楚。不那么清楚的是香火，他好像依旧不自觉自己到底是生者还是逝者。香火的不自觉还表现在他对他爹的生死状态始终不明了，“香火发嗲说：‘爹，爹，他们都说你死了，我偏不信，果真的，爹，你果真没死。’”这里可以看出，香火不但认为自己没有死，而且认为他爹也没有死。事实上，根据前后文，这时的香火与他爹，都是死人，他们的儿孙新瓦正在给他们上坟祭奠。

香火在小说最后部分表现出来的对生与死的不自觉，以及“两个年轻村干部”在对话中对香火到底是活人还是早就死去提出疑问，一下子使小说现场中若隐若现的生死边界，变得更加模糊不清。

一部看似无数真人活动于其中却找不到真切生死边界的小说，其形而上的意义是：取存在的角度，死对生，似乎不能产生直接影响。而取文化的角度，死与生，从来都是一体的，倒是对生没有影响的死，才是荒谬的。也正是从这个高度，小说才设计出这样一个没有了生死边界的存在与感知，让香火（孔大宝）成为沟通过去与后来的“使者”，让昨天对今天产生影响，让死对生有意义。从文化意义上理解生者与死者，其实可以把死者的行为与评判视作一种隐喻，是我们身上源自过去的某些文化品性。

展开香火的文化图像，其内在张力远大于事件的当下性。而且，严格来说香火之传承也并不狭义地体现在直接的血缘关系上，从小说的演进过程，我们知道香火爹（孔常灵）与香火之间其实没有直接的血缘关系，这一断档让孔新瓦（香火儿子）与孔常灵之间血脉承续的合法性受到质疑。显然，作为文化图像的一脉香火，并不简单地与血缘发生关系。

不仅如此，香火的传承还应当有更广阔的文化指向。关于这一点，《香火》对“十三经”的“误”用，最能说明问题。在《香火》中“十三经”作为一种佛学经典频被引用：从香火爹卷着“十三经”想藏到阴阳岗（坟地），再从饥饿的和尚背着“十三经”讨饭，到香火捧着“十三经”到县长孔万虎那里行贿借以争取批文来修复太平寺，再到孔万虎借助“十三经”皈依释教成为信徒。

事实上，有两个“十三经”：一个是儒家的，指的是十三部经书，另一个是《佛教十三经》。逻辑关系上，加了“佛教”定语的十三经，相对于“十三经”显然是一个小概念，它与通常知识范畴的“十三经”不在同一层级。因而，把“十三经”当成“佛教十三经”来引用，应当是一种不精确的引用或误引。

当小说一而再、再而三地强调了没加定语的"十三经"，我就敏感地意识到这里并不是一个错误的引用，而是作者故意埋设的一个线头。也就是说，小说里关于十三经的引用绝非误引，而是作者的精心安排。

当我们从文化的角度来解读小说，就能明白小说里面所说的寺庙、佛教并非实指宗教，它们有更大的隐喻空间，标示着更阔大的文化空间。在这样的文化空间，佛教、菩萨、祖坟等其实仅是一种指事或会意，包括"孔常灵"的象征义。

还有，掘祖坟的隐喻也有两层含义。现实意义中的掘祖坟很好理解，而文化意义上的掘祖坟则需要带入更多的历史思考。

掘祖坟事件，随着所谓的"破旧立新"成为往事。谁也没有能真正破掉"旧"，没有。今天，人们会看到许多当年被破的东西一一复辟回来，只是有一些东西仍处于被毁坏状态，一时半会儿还回不来。这是令人遗憾的事，这是文化的悲哀，也是香火作为文化图像的隐喻所在。

从文化的角度阐释小说，我们还可以看到许多悖反：从卑贱者最聪明，到高贵者最愚蠢。从奸险的人坐天下，心存忠厚的人自刎乌江。从肉食者鄙……

前面说过，寺庙里的香火与和尚级别不同，一是主业，一是打杂，而“香火”的传承偏偏是一个不通佛理的打杂的人在做。当寺庙历经毁建的磨难，太平寺里正经八百的僧人：大师傅借往生逃遁，二师傅被迫还俗，小师傅从开始到最后似乎总游离在事外。反倒是一个不通佛理，甚至愚顽无知的寺庙勤杂人员——香火，在香火爹（一个已亡故的人）与一些看似愚昧的乡民协助下，心系着寺庙存亡，香火还斗胆闯进县政府找到县长索要修复寺庙的批文，并不惜变卖传家的宝物用以修复寺庙。

真正的“香火”就这样传承下来。宗教、文化乃至一个民族的精神，有时恰恰是这些固执甚至愚顽的人，他们使之历经周折，坚持下来，并延续下去。

范小青

长篇小说《灭籍记》节选

3. 老宅惊魂

交班后，我就回家了，我到家时，我爸已经起床了，可我爸起床后抓紧时间吃过早饭，又躺下了，只不过是换了个地方，从床上挪到一张旧藤椅上。

我推门进去，他闭着眼睛，没听见。当然他是假装没听见，我不相信他睡了一晚上这会儿又睡着了，他只是当作没有我这个人吧。

现在应该换成我睡觉了，我上夜班，白天就是用来睡觉的。

可我睡得着吗？看我爸那死样，我来气呀，我着急呀，要是平时，你当我不存在也就算了，我也可以同样当你不存在，可现在不一样啦，现在的我，出大事了。

我要结婚。

我在哪里结婚。

爷爷奶奶的房间大一点，可以做我们的新房，可是林姑娘怕怕，不敢住。其实我爷爷奶奶走了有好几年了，林姑娘是去年才来的，她和他们没打过照面，不存在害怕不害怕的问题，女孩儿就是造作，说房间里爷爷奶奶的遗像瘆人，她不敢看他们的脸和眼睛，一看就会哆嗦。

是个胆小的孩子，不怕她今后撒野，但这点小事得听她的，把爷爷奶奶那儿简单打扫一下，由我爸去住。原来我爸的房间次之，就勉强做我们的新房。幸好我爸还没死，否则林姑娘又怕怕，那就只能拿我的那个小披间做新房了，那可是太寒碜了，哪里像一个大学生娶另一个大学生，现在一个农民娶另一个农民，另一个农民还要求有小车小房（别墅）小婆婆（年轻婆婆好使唤）这“三小”呢。瞧人家农民，咋不上天哩。

还是来说我的新房吧。自打我妈去世以后，我爸就没有打扫过房间，我要做的事情，就是把我爸的房间打理得像一个新房，那就得把爸房间里的东西，倒腾到爷爷奶奶房间里去，那还先得把爷爷奶奶房间里的东西倒腾出来，扔掉。

现在我站在爷爷奶奶的房门口想了一想，就觉得不对，不对呀，这件事情，无论怎么说，也应该是我爸的事情呀。

我爸才不会赞成我的意见，他闭着眼睛很不客气地说，干什么？我才不。

我是有理的，我理直气壮，我说，爸，你搞清楚啊，这是你住进去，又不是我住进去，当然应该是你进去打扫。

可是我爸更加理直气壮，我爸说，儿，你搞清楚啊，是你要我住进去，又不是我自己要住进去。

我服。

你厉害，你老大。

我还是自己动手吧。

我推开爷爷奶奶房间的门，门铰都已经生锈了，吱嘎吱嘎响着，一股灰尘腾起来，呛得我直咳嗽，流出来的鼻涕都是灰色的。从前听老人说笑话，矿工的老婆小便是黑的，这个可以相信。

故事在这里似乎有了一点破绽，既然我家住房蛮紧张，可爷爷奶奶去世后，我们为什么不马上占用他们的房间呢。这个破绽我是后来才补上的，那时候我在外地上大学，雄心壮志地以为自己一定不会再回故乡，老家的事情在我看来，都是些小破事，由我妈折腾就行啦。后来我听说，我妈确实是迫不及待地想搬腾到大房间去的，可是她一进去，站在那两幅遗像前就透不过气来，到医院一查，竟然得病了。

所以我妈临终前告诉我父亲，不到万不得已，就别动那房间了。

可是现在真是到万不得已的时候了。

我一边咳呛，一边朝爷爷奶奶的遗像鞠躬作揖，我说，爷爷啊，奶奶啊，不是你们的真孙要来占你们的地盘，是你们的假子要占你们的地盘，你们要生气就生他的气吧，你们要收拾就收拾他吧，他到底是个假子，到底是假子不亲啊。

我这么说了一遍，心里就没有像我妈那样憋屈得透不过气来，倒是觉得蛮松快，只是我没想到爷爷奶奶房间里的旧货竟这么多，好像老两口一辈子都在收破烂似的。

我把街巷里收旧货的大哥叫来了，我本来是想让他白拣去的，权当找人替我打扫卫生了，可是大哥误会了，他以为我是要卖旧货，就跟我斤斤计较，他一计较，我反倒不想便宜他了，也跟他锱铢必较，最后卖了几十块钱。

一个收了钱，一个收了货，两清。

其实我心里还是挺感激这收旧货的，因为他一走，我才发现，我爷爷奶奶房间原来也可以是那么清爽简洁的，我刚要感叹一声，就听到天井里有人大喊一声，喂，你出来！

只有一个“喂”字，谁知道是喊谁的呢，我懒得应声，这小天地里，虽然有我，但还有我爸呢。

只是，我若不吱声，我爸也绝不会吱声。那个人又喊，喂，你出来！

我肯定拼不过我爸，只得从窗户里探头看看，却是那个收旧货的大哥，手里提着一小捆书，一脸愤怒要打官司的样子。

我奇怪说，咦，大哥，你怎么回头了？

大哥把那捆东西往地上一扔，说，还大哥呢，被你个好兄弟骗了，这不是书。

我朝那堆东西看了一下，用一根绳子捆扎着几本，怎么不是书呢？

那旧货大哥弯腰从一捆中抽出一本，朝我扬了一扬，书吗？这是书吗？这是一堆废纸，你自己看看——他走近窗口把那东西塞到我手里，我勉强自己看了一眼，这明明是有字的嘛，怎么不是书？那大哥说，你欺我外地人不识字吗？书上的字是印上去的，你这个是写上去的，只能算废纸。

我真服了大哥，他连印的字和写的字都能分得清。

那本子上的字，确实是写上去的，这确实不能算书，它只是一本笔记本，我不能否认事实，但也不想跟他纠缠，就退还他几个钱了事。那大哥大概以为我会跟他纠缠一番，没想到我这么大方，倒有点不好意思了，讪讪地说，下次你多凑一点，可以当废纸卖。

大哥你真是太小瞧我了。虽然我未来老婆的名字就叫个穷，可我还没穷得要卖废纸。我把那本不是书的书往地下一扔，不蒸馒头争口气，我说，不卖。

就在那个本子扔出去的片刻间，有一张纸从本子里飘了出来，比起那个破旧的本子，这张纸更加、更加——反正更加没法说了。那张发了黄的破纸飘落到旧货大哥的脚下，他低头一看，眼神不差，说，是两个字。

我都懒得探出脑袋去看看所谓的两个字是什么字，我知道肯定不会是"馅饼"那两个字。

难道我就不能有一点想象，有一点理想吗？

当然没有。

正如大伙儿深切体会的那样，理想曾经来过，徒留一地悲伤。

可是这旧货大哥分明是闲得蛋疼，他不仅说了两个字，他还念了起来：契约，立字人——什么什么，这是什么字，繁体字哦。

他拿出手机说，我来"百度"一下，一收旧货的，还跟人炫技，我哼哼说，这用得着“度”吗？那旧货大哥说，“百度”太方便了，不度白不度。

这事虽然和我一毛钱关系也没有，但我也不想让一个收旧货的占了先，一伸手，破纸条到了我手里，我瞧了一眼那一连串竖着排的繁体字，立刻像看到亲人似的心潮澎湃起来，拜魔兽世界所赐，让我们这些半文盲大学生都认得了繁体字。

我一眼先认出个“鄭”字，就是姓郑的郑，知道这个立字人叫鄭見橋，另外还有一个立字人的名字，葉蘭鄉，这也难不倒我。可那旧货大哥也是不服，还是想炫出他的风采，他兴奋地说，度出来了度出来了，“葉蘭”就是“叶兰”，有人名字叫叶兰，也有一种兰花叫叶兰。

其实他口气里还是有一点失望，可能原来以为有多神奇，不料也是普通到不能再普通，只不过笔画多一点而已。他意犹未尽又嚷嚷，我度一个“鄉”字，结果出来“乡村爱情”“乡村艳妇”“乡土”“乡巴佬”“乡愁”，嘿嘿嘿嘿。

我才知道，人不可相貌，一个收旧货的，竟也这么专业，搞得跟考古专家似的。

旧货大哥看了看我，解释说，你以为我是没事找事吧，我告诉你，干我们这一行的，靠的就是没事找事，有一次我把一只臭球鞋掏了一下，掏出了什么，你猜？

我说，银行存折？金镏子？

那大哥撇嘴说，兄弟，你真没有想象力，是一只烂袜子。

我嘿嘿说，烂袜子好呀，烂袜子臭鞋子，绝配。

大哥道，哎，你还别说，我捏了一下烂袜子，感觉里边有东西，是什么，你猜？

我说，大哥，拜托别让我猜了，我脑子里只有一个字。

那大哥也嘿嘿了，说，我就知道你肯定又猜是存折，哈，你又错了，是另一只烂袜子。

我气得说，你烦不烦人。

那大哥说，就是要烦，烦才能烦出花样经来，花样经是什么？你不知道的，花样经就是惊喜，就是一番新气象。

一个收旧货的，还蛮会用词的。会用词的大哥接着说，即使我看到一只已经踩瘪了的饼干盒，我还是会没事找事，我扒开来一看，里边有一堆虫子的干尸，闻着有点腥味，犯恶心，我没扔掉，带到小强那里，小强比我小多了，却比我强多了，他说，这是虫草。

我嘴上淡淡地应付他说，真有钱，连虫草都扔。可不瞒你们说，我内心正在热血沸腾呢，一看到繁体字，我就有一种发自体内的热流涌动起来，我就淌着这股热流把旧契约当成游戏看了一遍。这才知道，原来从前有两个立字人郑见桥和叶兰乡，他们立个字据说，因故不能抚养亲子，又因近邻吴福祥半世无子，今将郑之亲子过于吴福祥膝下，日后郑氏永不反悔。还有说到如果吴氏以后有了亲生儿子，吴氏的产业要均分，如果没有亲子，则产业全归郑氏之亲子。还有什么吴氏可以任意教训，亲生父亲不得干预之类，之乎者也，罗里吧嗦一套。

可是最后的立据人很奇怪，既不是郑见桥、叶兰乡夫妇，也不是吴福祥，而是另外的一个人，简直就是个第三者。

旧货大哥就一直站在那里朝我看着，他的眼睛一直在眨巴，他想多了，他想一张破纸能变出什么荣耀来，荣耀是没有的，连农药也没有。我坦白地告诉他，那是一张 50 年代初期领养儿子的契约。和他无关，和谁也无关。

大哥泄了一口气。

后来他走了。

我把旧契约重新塞进那本破笔记本，打算连带着一起请它们进垃圾箱了，可就在那一瞬间，苍天哪，灵感闪现了——怎么和谁也无关呢，明明是和我有关的嘛，吴福祥？吴福祥不就我爷爷吗？

可吴福祥是我爷爷又怎样呢，我爷爷早死了，难道还能找他问出些稀罕来吗？

幸好我爸还活着。

我用两根手指拈着那张契约，到我爸房间一看，我爸仍然躺在旧藤椅上回忆往事，我爸看到我走进来，就对我说，你小时候，忒调皮，老是打弹弓，打到了李阿姨的屁股，李阿姨你记得吧，李阿姨一直想吃老爷子的豆腐，可是老太婆不准她进我家的门，结果她的屁股受伤了，她正好借口到我家来，她要把屁股露出来给你爷爷看——

我只好打断他，直截了当问他，爸，郑见桥是谁？

我爸看起来一点也不知道郑见桥是谁，他起先是赖在藤椅上一动不动，可稍稍想了一想后，他忽然翘起身来，似乎有点兴奋，说，难道、难道是我？难道我是郑见桥？

我觉得我爸简直是在玩弄我，气得说，你想得美，你不是姓吴吗？我爸说，是呀，那是我跟养父姓的嘛，也许我本来姓郑嘛。

我说，你想得更美，你瞧瞧这纸黄的，你再算算这立约的时间，那时候有你吗——咦，这时间不对呀，哦，不对，应该说这时间正对呀，那时候，就是你躺在茅坑里的时候呀——

我爸重新躺下了，他朝我笑笑，说，既然我在茅坑里，你还是离我远一点吧,臭烘烘的。

我才不上他的当,我预感到我已经越来越逼近真相,再臭我也得靠拢上去。我急急地说,事实证明,你并不在茅坑里,哈哈——

不料笑声未落,那旧货大哥的鬼影子又出现了,真是大煞风景,我有些恼了,我说,大哥,你到底要哪样,又有什么烂货被我骗了?

大哥尖笑了一声,我一回头,哪里是旧货大哥嘛,分明是林小琼,她冲我笑呢,我顿时魂飞魄散,惊叫起来,林小琼,你为何要扮演旧货大哥——

我被自己的惊叫声惊醒了。

4. 都在土里

我惊魂未定,看看自己的身子,正躺在家里的沙发上,沙发是双人的,不是三人的,不够一个人伸展了身子躺舒服了,可怜我的两条腿,是挂在沙发外的,挂的时间长了,充血了,胀得像两条胡萝卜,我站起来的时候,胡萝卜发出嘎巴嘎巴的声响。

我回想着这个奇怪的梦,内心真是十分地奇怪,一个梦,怎么能做得那么逼真,连那破纸上的字我都能念出来了？我不仅能念出来，我竟然还都记住了——我赶紧到我爸那儿看看，他躺在旧藤椅上，睁着一只眼睛，呈现出一个三角的形状，不怀好意地看着我，满脸是“我什么都知道，但我就是不告诉你”那表情，好像他刚从我的梦里出来似的。

我不给他任何机会，抢先就说，爸，那张破纸呢？

我拿着梦里的一张破纸来为难我爸，我看他还怎么当老大。

可老大就是老大。

老大是不会被我难住的，他对“破纸”一词似乎早有理解，也或者他刚才真的就在我的梦里，他都看见了？

所以他说，破纸，哦，不是一直在我抽屉里搁着吗？

天了噜，这是哪里到哪里了？

我立刻扑到抽屉那里，拉开来，手一掏，怎么不是，梦里的我拈过的那张契约，真的就在我手里了。

我怎能相信，我无法相信。我狠狠捏了自己一把，哎哟，好疼，我醒着呢，这不是梦？可是谁知道呢？

但是，无论是梦是醒，我都很气愤，我气汹汹地问我爸，爸，你一直就有这张纸，你为什么不告诉我？

我爸说，呀，你也没有问过我呀。

他竟然“呀”了“呀”的。

他又说，再说呀，我为什么要告诉你呀。

他还继续“呀”了“呀”的。

呀呀，我爸说，你要装也别在我跟前装，这破纸一直就在抽屉里搁着，你又不是没有翻过我的抽屉，你把我抽屉都翻了成百上千个底朝天了，你早就把它背得滚瓜烂熟了。

瞧我老大，明明私藏着一张破纸，还硬往我头上栽，这就是老大的风范，所以我说过，我服的，我真心服的，老大。

我爸十分瞧不起我，说，哎哟，一张破纸，你又激动，每次看到，你都激动。

我不知道什么叫“每次看到”，难道我老大他还有别的什么破纸，比这个更离奇？反正我是头一次看到，我说，这不仅是一张破纸，它还是一份契约，它更是一种可能。

我爸不屑地说，哎哟，可能，可能什么呢？可能就是我姓郑吧，那又如何？你又不肯承认我是郑见桥，我也不是郑板桥，难道你觉得我是郑成功吗？切。

他说话的时候也躺在旧藤椅上。他一直躺在旧藤椅上，他几乎是可以永远躺在旧藤椅上，可以改名叫吴永躺。他说，我凭什么不能躺？我都站了一辈子了，我现在就得躺着，北方人都说好吃不如饺子，舒服不如躺着，虽然我们不习惯吃饺子，喜欢吃馄饨，但是北方人南方人躺着是一样舒服的。

我调戏他说，还有一种说法，好吃不如饺子，好玩不如嫂子。

我爸哼哼说，我是独子，我哪来的嫂子，这把藤椅，就当它是嫂子。

我克制住瞎扯的闲心，还是得吹捧我爸，我说，爸，你年纪大，记性好，你应该记得从前的——

一个“事”字还没出口，我爸已经滔滔不绝地回忆起来，从前，哼哼，从前我过的什么日子，你又不是不知道，我一辈子站在那里给人剃头，腿都站出筋来了，筋都磨出茧来了，茧都结出果来了，果都烂出——他扯远了，我不够有耐心，忍不住说，爸，你嘴角边有白沫。

吴永辉真像他的亲爹亲娘，心忒狠了，他亲爹亲娘是抛弃自己的亲生孩子，而吴永辉呢，对自己的亲生孩子不管不顾，我都出大事了，我都要结婚了，他一点也不着急上火，他甚至还说，是你要结婚，又不是我要结婚，我急什么。

有老子这么和儿子说话的吗？

不过你可能也瞧出来了，我并不是真的跟他生气，因为我就是学哲学的，哲学就是这样的，谁讲得过谁，谁就是老大。技不如人，生哪门子气啥。

所以我就说，爸，不跟你玩躲猫猫了，我们打开天窗说亮话，你的卖身契都找到了，你不是被抛弃的私生子，你真心不像私生子那么聪明，只是一个姓郑的把你送给了一个姓吴的而已。

我爸拗着身子说话，觉得累，重新躺了，把身子挺舒服了，说，而已，你既然都“而已”了，还管我姓郑姓啥呢，你真以为找到了姓郑的亲爷爷，你就——他睁着一只三角眼瞄了我一下，不怀好意地说，得了吧你，你妈活着的时候就说，叫花子命穷，拾到黄金也变铜，说得忒有道理。

我说，那是说的你，又不是说的我。

我爸毕竟是老大，他不能够败在我脚下，他轻描淡写地反击说，哦，那你是什么呢？你是大学生命苦，拾到黄金也变土，哦哈哈哈哈，你比我还挫，我是黄铜你是土——好了好了，我好累，你放过我吧。

我爸决定不再搭理我，他闭上了眼睛。

可是别说他闭上眼睛，就算他眼睛瞎了，我还是要撩他的，我说，爸，闲着也是闲着，再说说话吧。

我爸闭着眼睛气若游丝地说，凭什么你要我说话我就得说话？

我说，爸，我不放心你，我得证明一下你到底是死的还是活的——爸，说说吧，说说你爸你妈吧。

我爸紧闭眼睛，从嘴巴的那条缝里，吐出两个字：翘了。

我说，不是，不是翘了的那两个，是另外两个。

哦，我父亲说，破纸上的那两个。

他果然什么都知道。

他果然早就都知道。

那是当然，这张纸早就在他的抽屉里了。

我正琢磨呢，林小琼来电话了，她的声音好清爽，好好听，正好，正好，你睡觉呢吧，我吵醒你了吧？

我赶紧说谎，没有没有，我没睡呢，我等你电话呢。

林小琼说，正好，正好，我告诉你啊，我昨天晚上做梦了，梦见一个白胡子老爷爷和一位白头发老奶奶，他们告诉我，说他们是你的爷爷奶奶，我就很奇怪，你爷爷奶奶不是去世了吗，怎么他们又出现了呢？

我说，怎么这么巧，我也做梦了，我梦见你了。

林小琼开心地笑了，嘻嘻嘻，正好，日有所思，夜有所梦，你做梦梦见我，说明你想我了吧。

嘿嘿，丫头还蛮有文化的，只是照她这说法，那她是在想我爷爷我奶奶了，她不想我，倒去想她见都没见过的两个老死鬼，这实在有点说不过去。

林小琼又说，可是正好不对呀，我在梦里仔细看了看，我见到的老爷爷和老奶奶，不是你家墙上的老爷爷和老奶奶呀。

我一脱口就说，那就是我的亲爷爷和亲奶奶啦。

林小琼惊奇道，咦，正好，你有几个爷爷和几个奶奶呀？

我说，目前看来，各有两个，以后如何，暂不得知。

林小琼说，哎哟正好，你有这么多爷爷奶奶，你好幸福哦——

我先顾不得幸福，赶紧问她，你看到我爷爷和我奶奶，长什么样子？

林小琼说，哎哟，有风度的，老爷爷气宇、气宇，是那个轩昂吧，老奶奶满头白发，哦，不是白发，是银发，哦，银发就是白发吧，反正，反正不是一般的白发，像是焗油焗出来的那种，正好，你知道的吧，焗出来的白发油亮油亮的哦，正好哎，你爷爷你奶奶真的好气派——

我顿时泄了气，回头看看我爸，獐头鼠目，再撒泡尿照照自己，贼眉鼠眼，我们这父子俩，可不敢有气宇如此轩昂、焗了油的祖宗，一定是林小琼看错了，看花了眼，不过我也没有打击她的积极性，我只是在心里对她说，你不是说你睡觉时不戴眼镜吗，你不戴眼镜还能看那么清楚吗？

可林小琼真是个好姑娘，她还在为我兴奋，正好，正好，难怪我妈说，若不是大户人家，哪有这种派头。

我奇怪说，咦，你妈怎么知道？难道你妈也看见你梦里的老爷爷老奶奶了？

林小琼说，哎哟正好，你最是幽默了，你老是逗我笑，我笑死了——不说了不说了，你上夜班，很辛苦的，快点睡吧。

林小琼电话结束后，我本该继续睡觉或者游戏人生，那本来就是我白天该做的两件事，可是我为什么会沉浸在林小琼的梦里呢？林小琼说她梦见的白头发老奶奶和白胡子老爷爷，我咋那么熟呢？我好像在哪里见过呢，难道也是在我的梦里？

我和林小琼，我们两梦叠加，难道是在暗示什么，难道是要我做些什么？

什么呢？

无非就是向我的亲生父亲打听他的亲生父亲吧。

那我又为什么要打听我亲生父亲的亲生父亲呢？

可是我爸宁可证明自己已经死了，也不愿意谈及他的亲生父亲，我只得退让一步，我说，要不，说说，说说别人吧。

我爸说，你烦不烦人呐，你让我休息一会儿不行吗？我昨晚睡的时间太长，睡得累死我了，哪儿哪儿不舒服。

你那是浑身屁股疼吧，我只敢在心里呛他，嘴上只管讨饶，我说，爸，我只问一个人的名字，你告诉了我，我就让你睡觉。

我爸说，你要问的是刘明汉吧。

我心下猛吃一惊，老家伙心里果然是一本明细账，那个立据的第三者，正是叫刘明汉。

我表面不动声色，心里怦怦乱跳，赶紧追问，爸，你认得刘明汉？他在哪里？

他在土里。

子　川

对灭“籍”的弱电指认

——读《灭籍记》

2020春节前夕，突如其来的新冠病毒疫情，搅乱了人们的正常生活。1月上旬，官媒还在训诫谣言，到中旬，武汉突然封城，各地阻路。接下来，居家数十日，自我隔离。其间，我又读了一遍范小青的长篇小说《灭籍记》。

还记得在报刊目录中读到这个小说名，有点兴奋，很想一睹为快。当时，我也正在思考一个话题：零与清零。除了在电脑里记下一些杂碎，还写了一首诗：《大于零》，开头几句，“水往低处流，不停顿，没留下间隙/像是在复印时间/二手时间/始终清零的动作”。既然时间始终在做清零动作，大于零其实是生命的一种基本欲求。

“灭籍”似乎也有点清零的意思。小说用它做书名，缘自一个专有术语：房屋灭籍，意指房屋所有权灭失。房屋灭籍和土地灭籍，说的是物的灭籍。《灭籍记》想说的其实不止这些，或者它只是把房屋灭籍作为一个线头，扯出更多生命意义上、历史意义上的线索，这也是小说题目特别有张力的地方。在词典意义上，籍，指的是书册、登记册，也是指个人对国家或组织的隶属关系。

小说中，无论领养契约，还是伪造的房契，郑见桃丢失的档案和“借”来的介绍信，还有虚拟的吴永梅身份与履历，无不与“籍”相关。而籍与人是什么关系？环境又是怎样来确认这二者之间的关系？在历史层面、在生命层面，“灭籍”又意味着什么？比如：历史层面诸多史实，由于种种说不出理由的理由，不能去写，也不能去公布，时间久了，见证史实的人都死去，这是不是一种灭籍？在生命层面，许多说不清来由的潜在心理动机与意识推动作用，如果不能真实记载下来，当个人生命消亡，这算不算一种灭籍？这里的“籍”已经不再是一页纸，不再停留在物的层面。《灭籍记》第一遍读下来，有点走神，被这一等关系缠绕。长篇小说读一遍不容易，走了神，容易断气，断了气，再回头去找，找到断点，续上这口气。续来续去，总觉得有对不上的地方，好像始终差了一口气。后来干脆搁下，去做点其他事。

小说的第一章(第一部分)第一节，标题是：假子真孙。

第一句话是：我是个孙子。我，是第一人称，孙子，却是爷爷的视角。正如“假”子“真”孙一样，悖谬似乎从小说一开始便出现。尽管小说第一部分，孙子找爷爷花费了不少时间，爷爷并没有出现，而爷爷视角始终在。爷爷的视角是20世纪之初的视角，而孙子吴正好呢？他成天沉湎于电子游戏，显然是在20世纪之末了。由此可见，这部《灭籍记》说的其实是关于20世纪的事情。20世纪有哪些事情？事情可多了。小说没有去实写，却始终笼罩在这个大背景下。

关于20世纪，法国作家、哲学家阿兰·巴迪欧曾经这样描述：“我完全有理由这样说：这个世纪开始于1914—1918年的战争，这是一个包括1917年十月革命的战争，结束于苏联的崩溃以及冷战的终结的世纪。”（《世纪》当代激进思想家译丛）“这是一个很短的世纪（1975年），一个高度统一的世纪。一句话，苏联的世纪。”阿兰·巴迪欧还说，“我们借助历史与政治的标尺将这个世纪建构为众所周知也是极为传统的一个世纪：战争与革命的世纪。”战争与革命又指向什么？事实上，不管什么主义，都指向要创造或建立一个“美丽新世界”。显然，这萦绕着“战争与革命”的75年，差不多是从郑见桥到吴正好这三代人穿越世纪的长度。

小说中，孙子吴正好找来找去，终于在墓碑上（也算一种“籍”)找到真爷爷郑见桥。小说中其他人也一样,他们被从事弱电工作的吴正好一一找出。这些原本被失“籍”的小说主要人物,有一叠复杂的人物关系:孙子吴正好的父亲吴永辉的亲生父母是郑见桥和叶兰乡,而不是此时也挂在墙上的吴福祥和吴柴金。郑见桥有一个胞妹叫郑见桃,她是一个有人无“籍”的存在,小说写她在1958年的运动中,丢失了档案导致失“籍”,出于种种自救,她一生中使用过许多临时应急式的名字。还有一个被虚构出来的吴永梅,按辈分他应该是吴正好的叔叔,只是这个吴永梅与郑见桃刚好相反,他是一个有“籍”无人的存在。关于郑氏大家族,有一个传说:“我祖宗给皇帝当过老师。”有一个大宅院,“据说在什么样的一本书上,有介绍我祖宗留下的那座老宅,叫祖荫堂”,有以此堂命名的街道,“那堂有多少大呢,它在哪里呢,历史记载得很清楚,在一个叫作祖荫堂街的地段上”。这些都是从事弱电管理职业的吴正好搜寻出来的结果,包括最后被发现的房屋契约上产权人郑之简的名字,据说此契约系郑见桥后来伪造。但产权人郑之简应该不是伪造或捏造出来的,毕竟郑之简与郑见桥、郑见桃、叶兰乡之间代际近,郑之简是产权所有人。当然,这个产权所有人也是没有意义的,当浮云街55号(郑家大宅院)早已住进七十二家房客，且不说最后没有找到房契，找到了也没有用。何况那房契如果真找到，年代最晚也得是民初，按说这种大户人家的根基应当建筑在皇帝没有退出历史舞台的年代，郑家大院的“籍”早已在过去的年代灭掉。当“砸烂旧世界，创造新世界”，成为一种历史行进的理由与动力。

小说采用第一人称的写法，又不是那种一以贯之的第一人称。小说的三个部分，由三个人分别以第一人称来叙述，也就是说小说有三个叙述人。第一部分的叙述人是自称“我是个孙子”的吴正好，第二部分的叙述人是被孙子吴正好找出来的姑奶奶郑见桃，第三部分的叙述人是当年被叶兰乡有意制造出蛛丝马迹从而虚构出来的叔叔郑永梅。第一叙述人孙子吴正好不用说。第二叙述人郑见桃，读过小说的人会知道被吴正好找到的时候，她叫叶兰乡，也就是说，吴正好寻找亲奶奶叶兰乡，找到的竟是亲姑奶奶郑见桃。第三叙述人郑永梅，是已经亡故的叶兰乡（郑见桥共谋）虚构出来的一个人，在小说的逻辑层面，这个人应该由虚构他的人来叙述才对，只是当吴正好寻找到他这条线索，叶兰乡和郑见桥均已故去。于是，第三叙述人吴永梅（永没）竟是一个原本虚构出来、事实上不存在的人。

读到这里，或者说小说的结构梳理到这里，读者会发现，所谓房屋灭籍，只是一个线头：被人收养的郑氏亲孙子吴正好，为了寻找与郑氏的血缘关系，从而确认他对郑氏大宅院的产籍权属。因了这线头，梳理出横跨差不多一个世纪的关于三代人的许多线索。事实上，三个叙述人的代际也正好是三代人。

理出这些线索，寻找自己的血缘，以至于寻找的房屋产籍的权属，似乎是孙子吴正好的用心。试图理清三代人的线索，一个人的视角远远够不着。因此，作者在设计这个小说时，动了许多脑筋，费了好多手脚。魔幻的、玄奥的，貌似无理其实精妙的小机关、小贴士，几乎都被她用上。写个小说真需要这么费劲吗？如果只有孙子吴正好的动机，小说原可以不这样去写，尤其是对范小青这样擅长于写实叙事的小说家。可是，在20世纪五六十年代的大背景下写实叙事太不容易，这也是今天小说家面临的大难题。今天的作家其实也是一种弱电。看得到和看不到的内容，可以说和不可以说的内容，有些还带着高压电流。也罢，弱电就弱电，弱电也有弱电的效应。

小说中，郑见桃的叙述让读者匆匆经过了1957年和1966年这两个历史时段，不是绕过，也不是完整生活的那种经历，只是匆匆一过。小说有“1958年春天的郑见桃”和

“1958 年冬天的郑见桃”两个段落，写到了那个众所周知的有关“错划”的历史事件。事实上，作者并没有正面去写，包括当事人王立夫怎么就成了“右派”，也是借用众所周知的故事样本一带而过。

“1958 年的春天，事情就要来了。”事情来了，对于另一个当事人郑见桃来说，读者只看到一个忠实于自己感情的少女，飞蛾扑火一样，很快把青春焚毁，并从此成为一个没有身份的影子人。

小说中正面叙写 1966 年的笔墨就更少：

“这一天不久就来到了。

“1966 年夏天，县城满大街都是戴红袖章的人，郑见桃也戴了一个，混在人堆里，她看见从前中学的校长，当铺的掌柜，还有她冒充过的那些人，都混在人堆里。

“人堆是什么，人堆就是汪洋大海，郑见桃终于被汪洋大海吞没了。

“她最后只听到大海里一片浪声，就是她，就是她，女流氓，女骗子，女特务，女什么什么，女什么什么！

“她呛了一肚子的水，差点淹死，凭着过硬的水性，最终游上岸了，但是她无法在大海中立足，再一次从她的人生中出逃，她离开了长平县，回到南州。”

通篇读下来，小说没有正面叙写的东西很多，但也并非没有写，用的是另一种笔法。小时候听人讲诗，说形容一个人的美丽，可以这样去写："行者见罗敷，下担捋髭须。少年见罗敷，脱帽着帩头。耕者忘其犁，锄者忘其锄。来归相怨怒，但坐观罗敷。"同理，对美的背面也可以是这么一种写法。

其实，从"灭籍"的命名，到郑见桥、叶兰乡夫妇惶惶不可终日，到有人无籍的郑见桃、有籍无人的郑永梅。写的都是所有人绕不过去的20世纪历史，写的都与"灭籍"有关，有纸的"籍"和无纸的"籍"。巴迪欧说："20世纪是一个极权的世纪。"巴迪欧还说，"最终，20世纪是资本主义和市场的全球性胜利。"那么，我们且来看一看，已经过去的20世纪到底发生了什么，这些事情背后有哪些精神动机或曰意识形态的构成。在《世纪》中，巴迪欧这样描述："20世纪之初，1900年，弗洛伊德出版了他的《梦的解析》，1902年，列宁创造了现代政治，1905年，爱因斯坦发明了狭义相对论和量子理论，1910年，辛亥革命爆发，中国推翻了帝制，1914—1918年第一次世界大战。1918年苏联十月革命……"在艺术范畴，"普鲁斯特的《追忆似水年华》和乔伊斯的《尤利西斯》在这个时期面世，毕加索和克拉克的绘画逻辑革命，哲学社会科学领域，由弗雷格所开创，在罗素、希尔伯特、青年维特根斯坦等人推动下，数学逻辑以及与其息息相关的语言哲学；胡塞尔的现象学、葡萄牙的弗尔南多·佩所阿的诗歌；卓别林等人的电影形象的创造；等等”。

这是多么辉煌的世纪之初！在黄金般的开局中，怎么就从某一点出发，诞生出并始终围绕着对人的改造的想法：创造一种新人类或曰创造一个新世界。可以这么说，20世纪之初，在所有良好的进步意愿中，创造美丽新世界的愿景最深得人心。巴迪欧说：“在20世纪的最后二十年，我们已经目睹伟大的集体事业的废墟，我们曾经以为这些伟大的事业自身携带着解放和真理的种子。现在我们知道，这种伟大的解放力量并不存在，也没有进步，没有无产阶级，没有这种事。”阿兰·巴迪欧说的其实是更大范围、更高层面上的“灭籍”。“美丽新世界”是乌托邦，是无法实现的梦想。

这些大道理，郑见桥和叶兰乡不知道。吴福祥和吴柴金也不知道。在郑见桥和叶兰乡那里，作为进步青年，他们的追求是“砸烂旧世界，创造新世界”。他们那一代人的梦想曾经是那么美好，足以吸引他们抛头颅、洒热血。史实正是这样，早年参加革命的那些有志青年，许多人出身于富裕家庭，读书求知，让他们最终走上这条路。这路，走到途中发现不对了，他们的理想和追求，与他们所面对的生活现象完全不一样。到了他们的儿子那里，那个成天躺在躺椅上的吴永辉，是另一类或是与父辈恰恰相反的一类人。这类人不再像他们父辈那样盲从迷信，同时也丧失了那种可以焕发人进取、追求的原动力，他们已经变成时代的一粒灰，“所以，说他是吴永辉，或者说他是吴永灰，都一样”。“他一辈子就像一粒灰”。“最后他还是一堆灰。这毫无疑问”。吴正好呢，是沉湎于游戏的一代人，虚拟的时空，无谓的生命，利润支配着社会秩序的大前提，一个世纪如同一个圈画下来，像一个封闭式而非开放式的游戏。这是不是另一层意义上的“灭籍”？

勤劳致富，原本是上代传下世、千古不易的无籍之“籍”，到郑见桥、吴福祥这里一样被颠覆，被灭“籍”。具体到吴福祥，“穷即是好”。小说中有这段对话：

“我爹的成分是穷人。”

“哦，是穷人，穷就好，穷的都是好人。”

“爷爷当时就‘扑哧’笑了一声，悄悄和我奶奶说，这城里头和乡下真是不一样，我们村里的穷人，就没一个好人，不是偷就是赖，不是赖也是懒，吃喝嫖赌都是他们。”

奇怪的是，勤劳致富怎么一下子就不对了？"富"甚至成了"恶"的代名词。更奇怪的是，到了吴正好这一代，又似乎转了回去，还不仅仅是回去，而是成为一种矫枉过正的"致富"光荣，"富"成了第一要素，有钱即有地位差不多成了主流价值取向。至于怎样致富，反而无关紧要。显然，这所谓回归，严格意义上依旧是"灭籍"。

反过来，"富即原罪"也一直蚕食着郑见桥、叶兰乡们的心灵。他们夫妇为了进步，不惜把孩子送掉，从后来他们发疯似的想找回孩子来看，送掉孩子的痛是剧痛。可是，为了摆脱"原罪"，也为了创造"美丽新世界"的理想，"郑见桥和叶兰乡狠心地将亲生儿子送人，天地良心，他们觉得自己完全没有歹念，他们只有一个单纯的念头，他们要上前线，要去打仗，要轻装上阵，所以，连儿子都不要了"。还有，为了把祖产捐给国家，在找不到房契的前提下，不惜伪造房契来达到捐赠的目的。伪造房契是为了把自己的房产捐赠给国家，这种荒谬中，渗透着让人不知道如何评价的眼泪。

由此可见，历史从来不是外在于具体生命的时间进程。那么，具体生命在历史中是一种什么形态？被动、主动还是从众？在历史进程中，具体生命又有哪些作用？毛泽东说过："人民，只有人民，才是创造历史的动力。"且不说"人民"

这个词的精准性，历史进程当由众人合力形成，应当是毋庸置疑的事实。至于这种众人合力是如何形成的？也还是一个值得思考与深究的问题。先不说一个时代的意识趋向，把众人拢聚在一起，除了制度、主导意识形态等因素，与个人意识和个人的价值取向关系极大。

郑见桥和叶兰乡夫妇追随组织去参加革命，不惜把儿子送给别人，事实上并不存在谁逼迫他们，也没有生计上的原因，比如贫穷。严格意义上，如果确有改变自己生存的意识，也是一种更阔大的意识和情怀，比如，国家、民族、社会进步等等。这些意识和内在驱动，对个人的意义以及对整个国家社会的意义何在？他们或许知道，或许不知道。许多事情都是这样。

"砸烂旧世界，创造新世界"，是爷爷郑见桥那代人的个人意识与个人价值取向。进步，这个词，那个年代的人们可以赋予它许多内容。为了所谓进步，人们可以做出许多匪夷所思的事情。作为一个社会共同作用力，进步的尽头是什么？在革命思想家那里，那就是：要继续革命。

任何历史事件都是社会各种相关因素合力作用的产物，而政治恰恰是历史悲剧的推手。

悖谬有时便是这样产生，悖谬也是这部小说的基调：

真孙与假子：吴永辉与吴正好，俩父子，一个是吴福祥的假子，一个是郑见桥的真孙。

真人空籍：郑见梅丢了档案，无法证明自己的身份，“档案丢了，人就丢了”。人生一路过来，前前后后盗用了许多名字来佐证自己的存在：“赵梅华，南州农业局的干部。”“李小琴，一个被丈夫赶出家门的女子。”“孙兰英，一个到县城办事的大队妇女主任。”“钱月香，一个上了年纪的卖桃子的小贩。”“还有一次，她叫周小红，是一个放假回家的大学生。”因为借用太多，郑见桃想必也不记得或不想重三倒四地说下去，“反正我永远是另一个人，至于这个人，到底是谁，干什么的，都无关紧要了”。后来，在叙述她一路走来用过哪些假身份，干脆用上“赵钱孙李及其他”的百家姓。她为什么会这样，“我什么也没有”。

“没有身份，没有工作，没有收入。

“最后我连名字也没有了。

“我叫叶兰乡。

“我不能把名字还给叶兰乡。”

有籍无人：“如果暂时找不到我这个人，可以先找我的纸。”“有人就有纸，或者，反过来说，有纸才有人。”郑永梅的存在是叶兰乡虚构出来的，其理由其实不成立，或者有点荒诞:“以后有了孩子,就没有了特务嫌疑?”虚构他的过程,严格意义上也经不起推敲,但结果在那里,几十年过去,这个虚构出来一直有着文字记录的人,接到法院一纸判决书:“宣告郑永梅死亡。本判决为终审判决。”这一荒诞的故事情节,在一定意义上也佐证了,这个社会,人与人,在人与人的缝隙,塞进一个子虚乌有的人,未必不可能,尤其是在一个熵状态下的社会环境中。

更大的悖谬,是小说最后写到的“美丽新世界”。小说中三代人:有理想的、历经磨难与被摧残的第一代人郑见桥、郑见桃、叶兰乡;再无理想、随波逐流的第二代人吴永辉;被利润细胞侵蚀又不思进取,迷恋于游戏的第三代人吴正好。吴正好玩的新游戏叫“美丽新世界”,《美丽新世界》还是英国作家阿道司·赫胥黎的乌托邦小说。吴正好迷恋的“美丽新世界”则是一个策略游戏,“后来又轮到我值夜班了,我瞄了一眼监控,发现有一台电梯的门开了,不过这不关我事,有没有一只蝙蝠飞进来飞出去,也不关我事,我继续打我的游戏”。回顾20世纪之初,政治、意识形态、个人的愿景等等,无不建构在“美丽新世界”的梦想之上。吴正好在小说中说,“游戏就是这样”。

从悖谬进入,在悖谬中阅读,读着读着,忍不住会想悖谬这个问题。作者为什么要这样写？当然，这个问题不能问作者本人，也不能求助于他人。事实上，为了对范小青的小说始终保持着一种纯个人的阅读印象。这些年来，我屏蔽了所有相关的评论以及阅读印象等文字。只是为了让阅读更接近个人阅读的意味，防止其他阅读对自己嗅觉、味觉的感染，造成串味。甚至我也从未想到打探作者为何要这样设计，这样构想，这样作为。因此，这些疑问只能由我根据自己的理解做出回答。

作为作者，她必须在特定的环境中写作。环境如此强大，人的生存必须依赖于环境，在这个时代，作家其实也只是一种弱电。从这一层意义去理解，开场白“我是个孙子”。其实不只是代际意义上的孙子，也是一种自嘲。难道不是吗？

小说中有许多留白，除了艺术表现的需要，某些留白其实是环境造成的。在特定的环境里，环境的限制必然会在一定程度上影响创作。从基本生存角度，比如你在一个公司打工、挣钱、养家糊口，这个公司的规章制度你就不能不执行，除非你炒它鱿鱼。还有，写作的目的肯定不是自己写给自己看，这里还存在一个传播的问题。当传播由环境来决定，去写不能进入传播序列的东西，对你的当下就失去了意义。当下，是生命价值的最直接体现，因此，对于一个写作者，舍弃当下性同样是一个极严峻的话题。你可以写一部过了两百年甚至更久再被挖掘出来的作品，其时作品或许产生了重大影响，这影响对于个体生命来说，对于与个体生命同期的活物来说，一点意义也没有。

所谓“灭籍”，一定意义上基于对这个“政治变成悲剧的世纪”的反思。熵定律还告诉人们：能量是不能被凭空制造出来的。从个体生命角度，人也应当反省自己，为什么诸多非理性的“美丽新世界”的梦，竟被那么多人趋奉，最后生成堆满时间荒野的熵。时间在清零。齐格蒙特说过：“无论当时是哪种情况，由于有了事后的认识优势……”是的，相对于当时的情境，今天的作者与读者都具备了“事后的认识优势”。正因为如此，面对尸横遍野的“无效能量”，清醒者的痛楚难以形容。

《灭籍记》通过对灭“籍”的弱电指认，从历史意义和生命意义两个层面进行反思。你说作者曲笔也好，弱电也罢，甚至“我是个孙子”的自嘲，都只是一种不得已的与当下构成妥协的真实的存在。

我就是我想象中的那个人

——范小青、子川对话录

一

子川：与你相识这么多年，看了你这么多小说，却一直没有坐下来聊过小说。有我不善言辞的缘故，也有为自己找托词——不想让别的因素影响阅读小说文本的单纯度。往深处想一下，还是自己的问题更多。我口讷，现场反应常常慢半拍，幸好早年没去做新闻记者。再就是问与答，有个主动性与被动性的问题，从小学课堂开始，我就似乎更适应回答问题。事实上，一个访谈或对话能否聊得流畅，设问者责任重大，故此前所参与的各式访谈和对话，我都会选择回答而非设问。

范小青：我们相约做访谈已经有一段时间了。这是一种最最放松的相约和等待，没有压力，没有任务，没有时间，甚至没有明确的目标，谈了干吗？不知道，无所谓。真的很自在，可以不放在心上，却又始终在心上的。

现在终于等到你将访谈的第一部分发给我了，我打开来一看，呵呵，还真是脑洞大开。我从来没有见到过这样的访谈，这是一个独特的、新鲜的访谈，没有问我问题，或者说，你的问题感觉像是在自言自语、自说自话。

那么很好，我也喜欢自言自语、自说自话，写作本来就是自言自语、自说自话，我们就开始这样的奇异的文字之旅，你自言，我自语，你自说，我自话。我很开心，也有点惊喜，能以这样的放松的自由的状态来聊文学。

子川：一开场，果然先乱了阵脚。该从什么地方入手？一时间好像话语万千，却找不到合适的切入点。逃避思想又开始冒头，要不你也问我一些问题？如此一想，问题反而简单了。对话，原是一种聊天形式，就该有问有答，也有答有问。

范小青：你反过来让我问你问题，这真有点反其道而行之，很赞。文学稀罕就是稀罕在它的奇异和独特，不按常规出牌，文学访谈也一样啊。其实我知道你一向是先抑后扬的，开头谦虚几句，说自己阵脚乱了，其实你是不乱的，你胸有成竹，等着我入套呢。

子川：可不可以我们先试着就几个语词交流一下？作为热身，然后再切入正题。我想先说“后来”，后来与未来不同，未来是不确定性的时间指向，甚或没有具体内容，有时更多的只是一种主观的向往。“后来”则是一个时间副词。1995 年，《作家文摘》选了一篇我写你的文章，结尾有“浮在未来洋面上的岛屿”这句话。相对于 1995 年，今天是未来，时间概念并不确定，而今天作为 1995 年的“后来”则是确定的。美东时间 2020 年 6 月 30 日晚 7 点，应邀通过 ZOOM 参加美国诗人苏珊·罗尼·奥布莱恩的新诗朗诵会，她朗诵一首长诗，我的翻译现场通过语音告知，这是一首关于“后来”的诗。关于“后来”，是诗的内容还是诗的标题，一时没弄明白。但是，“后来”这个词还是打动我。回到 1995 年，我也有一句诗“后来的事情现在总难预料”。

范小青：你开始绕我了，呵呵。关于“后来”和“未来”，我在小说中经常用到“后来”，却很少甚至恐怕从来没有用到过“未来”。我的所有的不确定性，不是在“未来”，也不是在“后来”，而是在“现在”。

现实生活中的不确定性来自时代的巨变，许多我们确信的东西，变得面目全非，甚至十分可疑了。许多我们信仰的东西，坍塌了，我们正在重建，但是重建会是怎样的结果，不确定。

回到1995年，你那篇文章里的那句话，“浮在未来洋面上的岛屿”，我当年抄在了笔记本上，虽然没有和别人说过，不大好意思说，但心里肯定是欢乐的，美得不轻。

再仔细一想，既然是浮在“未来”洋面上的，“现在”看不见，“后来”也看不见，那还“美”个啥呢？

除了“美”自己的小说——确切地说，应该是“美”写小说这件事，更多是“美”的那种知己感，有一个人那样议论我的小说，真让人飘飘哎。虽然我们谁都不知道它会不会浮在未来的洋面上，也不在意它会不会浮在未来的洋面上。

子川：有两个时间坐标轴：我们坐在1995年以至更早些时眺望今天(未来)；我们坐在今天(后来)回望1995年以至更早些时。当我往返于“未来”“后来”这两个不同坐标轴点，突然有了点眩晕感。让未来变成后来，我们流逝了多少岁月呀！坐在后来，想起许多往事，竟会有不真实的感觉：“今天没有早晨/鸡没有叫，昨天没有夜晚/月亮没有升起/我所知道自己的一切都是虚构。”(《虚拟的往事》)

范小青：从“从前”到“后来”，无论是长是短，无论喜悦悲伤，那都是我们踏踏实实走过来的，一步也不可能少走，一步也不可能跳过。我们没有翅膀，无法飞翔，我们没有时空转换器，无法穿越时间和空间，所以我们就是一步一个脚印地从“从前”走到了“后来”。

但是为什么踏踏实实走过的路，停下来回头一看，却感觉到了不真实，像是一场虚构。岁月不仅是一把杀猪刀，它还是一杯忘情水，时间会让许多东西变得模糊，曾经品尝过的酸甜苦辣早已经不是那个滋味了，曾经经历的喜怒哀乐，也都变成了另外的喜怒哀乐。

一切既是真实。

一切又是虚构。

子川：1995 年，我在文中写道：“浮在未来水面上的岛屿……”印象中用了一个词，“极有可能”，使用这个词固然符合我说话留有余地的习惯姿态，也有些许不太自信的成分。今天来看，“极有可能”用在那儿显见是一个弱词。

范小青：虽然时间过了很久，但是“未来”仍然是“未来”。

从 1995 年到现在（即“后来”），我一直在写作，一直在写小说。小说肯定有变化，我自己也是满意的——满意不等于故步自封呵，但是因为“未来”未来，它们是不是浮在洋面上的岛屿，那个要等“未来”来了才知道。

所以我觉得你还是应该保留住"极有可能"这个词——一个并不弱的弱词。不过忽然就想起,《神经漫游者》的作者威廉·吉布森曾经提醒过我们,"未来已经到来,只是尚未流行"。

那么,你们看见那些岛屿了吗?

子川:现在说说感觉,"感觉"是一个老词。我最初接触这个词,是刚恢复棋类竞赛活动的 1973 年,我重新走到棋类竞技赛场。记得有个高手,在边上评价棋手的训练对局,时不时就冒出这句:"这步棋感觉好!"说的是棋感。棋感好,指的是什么具体内容,我当时其实不大懂,只是"感觉"这词用得特别,心下对高手崇拜得很。

范小青:"感觉"这个词,似乎已经被用滥了、用遍了,但是无所谓,用得再滥,用得再多,"感觉"仍然是"感觉",是上天给予人类的特殊的珍贵的馈赠。

子川:认识你自然不是因为下棋,虽然你父亲和你哥哥后来都是我棋友。很多年前,某杂志做了一次有趣的阅读尝试,把几部匿名的小说文本,交由不知就里的读者去阅读评介,我一眼看中的小说后来才知是你写的。匿名的小说文本与匿名的读者评介,先从文字上相识,后来,读者认识了作者,再后来,成了文友和同事。

范小青:这个事情我好像没有听你说过,不过也可能你是说过的,但是我忘记了。

我觉得我的最大的特点就是“忘记”。

许多许多事情都忘记了,许多许多知识也都忘记了,许多许多人也忘记了,而且忘记的速度极快,看过的书,是前看后忘记,听到的事情,前听后忘记。

但是你说的这个事情也有些奇异。按理说起来,你那时候还不认得我,至少我们没有见过,互相没有印象,你那时候也没有读过我多少小说,就会认为某个小说是我写的,是不是可以理解为,读者对阅读的一种期待,与自己感觉相近、趣味相投的作品相遇,会产生一种既主观又贴近客观的愿望。

我写过一篇中国作家与外国文学关系的文章,题目叫《意外的相逢》,现在拿来一用。

(**子川**:事实上,因为是盲评,当时我并不知道小说是谁写的,待发表以后,才知道原来我喜欢的小说,作者叫范小青。当年你不知道我很正常,这篇读者评介署名:晓然,这名字我后来很少用,等到我们正式相识,我的常用名是子川。)

子川:文学的感觉不是下棋的感觉,棋感有时与胜负有关。文学具体到小说作品，读者最初的感觉是共振效应。很小的时候读小说，读着读着，会突然有一种脑袋发麻发胀或泪腺饱满的感觉。那时容许出版的读物少，感人的读物尤其少。

范小青：所以，在"多"的时候，就不太容易共振。

子川：事实上，从那时起，我对文本的阅读选择性已经有了自己的主观设定，尽管尚不自知。这是我作为纯粹阅读者的感觉。

范小青：用"纯粹阅读者"来说明你的阅读，我觉得真是恰如其分。你是表面温和，也不擅长与人争长论短，但是内在是固执的、坚定的，所以阅读的纯粹，对你来说，就是你的常态，不用自知，也不用刻意。

我很开心很幸运的，就是我的某些小说也在你的纯粹部分之中。

子川：小说家的感觉其实是一种对分寸的把握。这地方，小说家有点像大导演，不仅要布置场景、设置剧情、对演员台词分配管理，甚至还要顾及台下观众的反应等等等等，一切都得在他的拿捏之中，拿捏什么——分寸。因此，传递出来的能够感知的艺术感觉，来自作者拿捏的分寸。这其实是非常非常难的事，古人云：文章千古事，得失寸心知。

范小青：这是高要求。写小说的时候，固然会要考虑东考虑西，希望周全，希望把分寸把握好，拿捏得当。但正如你所说，这是非常难的事情，有时候完全是心有余而力不足，就像跑步那样，看到前面那根胜利的红线了，但就是没有力气再冲上去。有时候会有很强的无力感，也就是说，思想达到了某处，作品却在下面徘徊。

有无力感也不是什么坏事，至少说明你已经想到些什么，那么你就有了努力的方向，你就会去设法增加你的力量，向着那个方向前行。

子川：说到分寸。小说家内心的分寸，作品表现出来的分寸，以及读者通过阅读感知到的艺术分寸，不完全同一。真正的好小说，应该是被这三种分寸通分的一种艺术分寸吧。我个人以为，你后来的一些小说接近这样一种分寸。

范小青：的确，这三者如果真的能够比较一致，至少能够相通，那是我们梦寐以求的。

只是像我这样的写作者，无论是否梦寐以求，真正在写作的时候，可能更多的只考虑前二者，就是自己内心的分寸和表现出来的分寸，并不多琢磨读者的阅读感，这可能比较自我？或者，是比较傻？

有一个词叫代入感，现在用在影视方面多一点，因为影视的观众多嘛。小说本来就是比较小众的，作者一般又不怎么顾及他人，所以如果真的有一种分寸被通分，要不就是瞎猫撞上了死耗子，要不就是因为作者内心的分寸、作者的这个“自我”和读者的某些生命体验恰好有相通之处。

子川：读你读到这份上，我依旧没有来写一些读后感的打算。我不是评论家，想吃评论家这碗饭——不容易，何况我原就不是科班出身。再就是写你的文章太多，有许多大手笔在做你的文章，我哪敢班门弄斧？然后是我也还没有找到一种可以写出别人没有的阅读感受的恰当方式，也不敢相信自己会一篇篇写下这么多。

范小青：说实在的，别说你自己没想到、不相信，其实我是更没有想到，几年里，你竟陆陆续续写出了这么多篇关于我的小说的评论文章。我记得第一次看到的是那篇《当精神价值被消解》，也可能记忆有些误差，但那确实是比较早的一篇吧。

那篇读罢，是很惊讶的，但是感动更大于惊讶。感动于你读作品的专注和深入，感动于你读作品时变被动为主动的能力，感动于你对于我的小说的那种执着的甚至有点固执的深入肌理的剖析。

这是一种解读的超越，或者是超越的解读。过去我们学习传统的文艺理论,那叫作形象大于思维。作者写的时候,思想到达了某个点,或者某几个点,但是读者读出了更多更宽泛的点。

我的小说,我自己知道,如果不是用心地专注地读,不是真正地走进去,别说超越地解读,即便是普通的阅读,也不一定能够读出意思来。正如我自己常说的,我的小说,通常不适合改编成电影或电视,我的东西,都深埋在文字之中、对话之中,解读出来,是相当难的。但是你解读了、剖析了,甚至大大超越了我写作的初衷。

小说中是有一块玉蝉,也确实有"缠"的意思,但可能仅仅是情感的纠缠、内心寄托的纠缠,你却认为,"蝉"与"缠"同音,是隐喻。通读小说后,我发现小说中有生与死、得与失、虚与实、真与幻、过去与当下、精神与物质的种种缠绕。你是胡乱吹捧吗,你说得没道理吗?不,说得很有道理,我自己再回头读它的时候,我知道里边确实是有"生与死、得与失、虚与实、真与幻、过去与当下、精神与物质"的种种缠绕。

子川:再说张力。张力是诗人或在讨论诗歌作品时经常会用到的词汇,有一阵,一些自命不凡的诗人,把这当成诗人的专利。其实,诗文本与诗意不是同一个概念,缘于此，我常常在一些优秀小说家的作品中读到“诗”。早年办《扬子江诗刊》时，我经常跟编辑们说到这一点，还开过一个“小说家谈诗”的栏目，由张炜、苏童、叶兆言、何立伟、陈村等小说家为该栏目撰文。

范小青：“张力”是个说不太清的概念，常常可意会而不可言说。或者说，在写作中，我自己可以判断，这个故事、这个情节、这句话有没有张力，但是我无法用理论来说清楚到底张力是什么。如果一定要说一下，可能就是它的伸展性、扩张性、想象空间、弹性、隐喻、言外之意等等。

子川：《你要开车去哪里》这个短篇小说，让我生发出写读后感的冲动。这个小说其实没怎么花笔墨去写开车，相对于故事情节，这个提问似乎有点跳脱。小说标题这一问，让我感受到一种奇异的张力。于是，我开始学步，写读你小说的阅读印象。依旧不敢叫书评，理由同前。

范小青：其实小说写的就是人的精神寄托之类，并没有十分深刻深入，但是经你的剖析，我才发现，在选择题材或素材，或者设计故事、设计情节走向的时候，已经融入作者对自己的“要有张力”的要求了，也许并不是十分明确的，但一定是有了方向感的。

你的这篇小说评论，对我后来的小说写作，也是有着指引性的。

子川:有张力的标题,有张力的情节线,有张力的对话和描述,让你的大部分短篇小说都不再短小。我也正是这时候,几乎向所有见到的熟悉的或不太熟悉的文友极力推介你的小说。我的推介或许能让朋友挤时间读一读你的小说,并不能影响他们对小说的印象与判定,最初甚至还不一定能得到充分的回应,也许我试图表达时喜形于色的神情超出他们对我的一贯印象,在一些朋友眼睛中我能读到:范小青的小说真有你说得那么好吗?不过,后来许多我们熟悉的,读者也大都熟悉的小说家也都这么说,很多场合,都能听到这句话:你还不要说,范小青的小说真是越写越好。内行都知道,越写越好,谈何容易?这其实是一个极了不得的评价。

范小青:呵呵,那说不定是人家对你的执着的一种无可奈何的应付呢——开个玩笑。“越写越好”的诱惑,对于每个写作者都是巨大的,否则写了几十年,即使别人还耐烦,自己也会不耐烦了——当然,别人肯定会更不耐烦的。如果没有希望,没有“越写越好”的可能,恐怕就会越写越没劲,最后偃旗息鼓。

可惜的是,“越写越好”只是一个美好愿望而已,真不是想好就能好的，我前面说过“无力感”，有的时候，就是心有余而力不足的感觉。

再说了，关于“好”这个概念，也是智者见智，仁者见仁。我先前一些的小说，比较疏淡，情节推进缓慢，也许是想从空灵中呈现一些意味（用“也许是”是因为这只是作者自己的意愿，读者未必买账），而后来的一些小说，情节推进快了，故事性强些，从故事中提升出一些意思来。

你问我哪个“好”呢？我自己也不太知道。

所以说到底，我个人的体会是，能够继续写作，不停地写作，固然有期望“越写越好”的诱惑，但更重要的原因，其实是很肤浅很俗气的，只是因为热爱写作。

子川：尤其令人惊讶的是，大家都说你的小说越写越好的时间刻度，你竟然同时担任着省作家协会主席、党组书记，都知道担任机关主要领导必须付出的时间和精力。当我一次次看到你新写的小说，总觉得你是不是把工作之余所有时间和剩余精力都用来写小说了。我有时真的挺担心你写得这么多，也担心你写得这么好，其实是担心你的身体，因为这里的“多与好”都需要付出时间和精力。

范小青：那段时间，我确实是把工作之余的时间都用来写小说了，套用一句话，业余的时间，不是在写小说，就是在为写小说做准备。

辛苦吗？不辛苦。不写小说才辛苦。

现在回想起来，我要感谢“工作”，工作为我写小说破了局。一个当了二十多年专业作家的人，一下子把自己抛在了汹涌的人海之中，呛几口水，沉沉浮浮，甚至被摁在水里，都是正常的。在工作中无法回避无数复杂的关系，无数复杂的局面，复杂的人心，复杂的一切。

或者和我的天性有关，在汹涌的人海中，我没有感觉恐慌，没有吓得屁滚尿流，我的宗旨和态度就是，在工作和人际关系中，把复杂的事情简单化，只要能够达到工作目标，没有必要搞许多形式主义。而把复杂的心思、复杂的体会用到小说中去，我想，这可能就是一种转换吧。一个口子进去的东西，不是反弹，不是回击，而是从另一个口子里呈现出来了。

这是一种良性的循环，工作越忙，写作越来劲，写作有成果，工作就更有劲，呵呵，傻不傻吧。

子川：我们平时交流很少，有机会见面也说不了几句话，我是一个口头表达极无味的蠢材，偶尔有机会见到面，几乎开口就是：你要注意身体，别太累，写小说悠着点。也许你会笑我不会说话，只会啰唆，而且只会啰唆这几句。

范小青:呵呵,你是蠢材的话,我就是庸才,两个不成器的材,在文字中碰撞,难道不快乐吗?

其实,你所说的每次见面说不了几句话,这只能说明我们平时交往太少,如果见面的次数多了,谈的话题多了、深了,我相信,一个蠢材也会变得聪明伶俐并且滔滔不绝,一个庸才,也同样会口吐莲花,金句迭出。

不信就试试。

子川:我有时会好奇,你哪有这么多创作激情?印象中,弗洛伊德曾有一个移情学说:创作驱动作用力来自移情。

范小青:是呀是呀,我心中有太多的爱嘛,哈哈。

我曾经说过,如果岁月是一把杀猪刀,那么文学(写作)就是一个小妖精。尤其是当一个人上了年纪,就会知道,心底里有一个小妖精常驻,那是一件多么开心的事情。

子川:你好像不止一次跟我说,不累,写小说反而省心,大凡工作、人事等烦神的事来了,不写小说更烦,一写小说就忘了这种烦。听你的说法,好像开足马力写小说反而更有利于健康。话说起来容易,这绝对需要定力。我不知道这定力是不是天生的,是不是一种不可多得的天分。

范小青:这个定力天生也有一点,但归根结底是后天养成的，甚至是生活逼迫而成。

你想，假如我在工作中有了一点成绩，以我的性格，是绝对不好意思自吹自擂的，就藏在心里吧；或者说，我在工作中碰到了困难，遭遇了痛苦，有许多纠缠，以我的性格，也不可能到处去诉苦，更是不可能去斗争并取得斗争的胜利。

开心也罢，郁闷也罢，无法表达，无处宣泄，那还不得憋死呀。怎么办呢？你刚才说的，移情呀。

移到了小说里，我就自由了，我就是我，我想干吗就干吗，爽。

子川：也许我们不能在务虚层面说太多。下面还是就具体作品来聊聊，这些年我读了你这么多小说，也写了一些文章，倒真该跟你聊聊你的小说，对我来说，也算是补课吧。

范小青：小说就是由虚而实，由实而虚。所以，尽管我们一直在务虚层面兜兜转转，其实早已经进入小说创作的那个界了。

二

子川：你说得不错，第一次写成读你小说的文章，从《你要开车去哪里》开始。此前读你的小说，几乎都能读到一些有意味的东西。读有所得，是读书之所以让人兴味不衰的理由。读有所得的“得”是碎片式，且完整写出小说印象也不是纯粹读者该做的事。可这篇小说读后，我忽然有一种强烈的叙写愿望，或者说，此前我已经积累且压抑了许多这样的愿望。不记得是谁说过：“等有一天，最后一个零件装好。”想必此前我只是在那些所“得”碎片中，不停地寻找我想要的零部件，期望组装出器物。到了这一天，才发现终于找到了最后一个零件。

范小青：这个第二部分的对话，你发来蛮长时间了，我一直在拖延。其实我不是个拖延的人，这次的拖延是因为感觉到了“难”。

我自己很清楚，我的小说不太适合被评论，或者换个说法，评论我的小说，有点不合算，比较费劲。别人写小说，都是往高处走，我有时候却是反其道而行之，往低处走，至少，在应该有高潮迭起的地方，我甚至会故意压抑下去。

这似乎是我常年的写作习惯，努力地写呀写呀，努力地往前推进呀推进，终于到了关键的时候了，一切应该清楚了，可偏不说清楚，甚至偏不说，一字没有，到了高潮的部分，戛然而止，叫人呜啦不出(吴方言)，就是不痛不痒，叫人心里不爽。

这不是在自黑，真的是我写作时的状态，所以这样的小说，要想剖析它、分解它，是有相当难度的，让我来谈自己的小说的话，我肯定宁愿重新写另一篇小说去了。

但是你很厉害，你啃了一块硬骨头，而且啃得滋滋有味。我想，应该是读者和作者之间，有了虽然看不见，但是真实存在的、思想的、心灵的、文学的感应和沟通。

子川：这是一篇很奇妙的小说，通篇才 8 000 来字，在我看来，却是一篇极大的小说。所谓精神价值，过度物质化的时代，什么什么，小说都没有写，甚至小说标题中：谁？什么车？去哪里？也都没有写。《你要开车去哪里》说的显然不是具体的开车行为，而是一种抽象。

范小青：这篇小说写于 2009 年，屈指一算，距今已经十余年过去了，回想当初写《你要开车去哪里》时的思想状况，已经记不太清了。但是每一个作品的时代背景，都会从字里行间流露和渗透出来，或多或少，即便你写的是历史，写的是传说，更何况这个小说就是写实的，就是当下的。

精神价值的问题，近几年提得比较多一些，这个跟社会的发展、历史的前行是有关系的，不到那个时间段，你想提也提不起来，到了那个时间段，自然而然地就显现出来了。

我只是想到，一个人也好，一个民族也好，社会也罢，世界也罢，都是两个部分组成的，缺了哪个部分也不行，那就等于是一只翅膀在飞翔。

发展物质固然头等重要，但不是一切的东西都可以用物质取代。比如这个小说中的玉佩，本来只是一个念想而已，后来被物化了。

子川：小说所涉及的内容也基本没开车什么事。那么，谁？什么车？去哪里？作为小说作者，你内心肯定有设定，只是你没有在小说中说出，小说中你只是在写具体生活，可怎么就让人读出一种特有意味的抽象？

范小青：其实写作的时候，包括取这个标题的时候，并没有考虑这么多。写作这事情，有时候真的就是灵光突至，那一瞬间，题目就来了。

然后到了你这里，你细细地分解了那个也许仅仅就在一瞬间产生的念头，分解成各个问题。

所以，这个等于是帮助我在回头分析自己的写作过程和想法。

关键还在于“开车”去哪里？每个人对这个问题的答案都不一样，甚至都不清楚，不知道。只是被裹挟着、身不由己地往某一处去。那处是哪里？

子川：当你写下“你要开车去哪里”这句话，你到底是怎么想的？在读写过程中，我时不时会冒出这个念头，有点像猜题想知道答案的学生。我没有去问你，只是在文章最后写了一笔："人呀人，你要开车去哪里？"我猜想，这也许便是此小说的真正题旨。你内心的分寸通过恰到好处的表现，让读者感受到这种艺术分寸，是这个小说短篇不短的魅力所在。只是我始终不知道，我的阅读印象是不是切近你内心的分寸。

范小青：这个问题，也可以用上面那一小段内容来回答。

其实，我并没有将你的所有问题一个一个看过后，消化吸收了，再来统一回答，我是黄泥萝卜擦一段吃一段，看到一个问题，就回答一个问题——也就是说，我在回答问题23的时候，并没有看到24，所以，会抢先把24的内容也说出来了。这至少说明了一件事，你和我，我们在对《你要开车去哪里》这个小说的认同上，是有着惊人的共同想法的。

但是如果重复使用上一段，这也太偷懒了，我还是重新说一点吧。

内心的敬畏，对一切的一切的敬畏，让我有时候会变得缩手缩脚、瞻前顾后，也许这里的不知道即知道，不清楚即清楚。

我内心的分寸，我已经在小说中尽其所能地表达，你

(作为读者)的阅读印象至少能证明我的表达与你的共振是谐和的。

子川:小说的男主人公叫子和,听上去有点像我兄弟。这种有趣的阅读心理,似乎更能让我进入子和的内心世界。一个连洗澡睡觉都不取下的翠玉,是长在人身上的东西。物非物,可人们偏要用价格或价值把它变成物。这是悲剧。

范小青:呵呵,子和、子川,都是内心很细腻的人哦。

每个人活在物质的世界中,摆脱不了物质的束缚,但是好在我们有内心,我们有精神的世界,别人看不见,却也夺不去。但是物质太强悍了,它能够把人的精神物质化。这就是现代社会。

子川:不单纯是个人的悲剧,它还体现一种时代性,因此,它也具有历史性。子和恋人车祸死后,她的信物依旧长在子和身上,也就是说在精神层面,她还在子和记忆中存活。当专家的鉴定与标定的价格,把本无价格的信物变成了有价的商品,子和的被车祸杀死的恋人,实际上第二次被杀死。小说写到子和太太变卖信物(翠玉)换作私家车,造成一场车祸,使一个年轻女孩失去生命,其实是形象地再现了这一精神层面的死亡,让不可视成为可视。

范小青:你的关于两个层面的死亡的分析真是十分贴

切到位，说实在的，我在写作的时候，只是想到写故事，更多地考虑故事的递进，虽然是沿着主题的递进，但确实没有细致到你所提及的故事所呈现出的多层次的精神价值。

所以，真的要谢谢你的剖析和分解。

子川：时间过去了许多年，有个评论家在公众号上看到这篇文章，说，这个小说好！可以冲奖。还有一家著名理论杂志的主编说，这个文章给我们用吧。他们说的都不错，只是时间错了，因为这小说和书评已经是许多年前的事了。这也说明一个问题，当下的信息流通过程载量太大，阅读不完全几乎是生活常态。因此，能让好小说在不鼓噪的前提下有更多人读到，也是一个有意义的话题。

范小青：正好跟你探讨一下这个话题。因为经常在文学交流的时候，有人会说到传统作家作品的受众问题、影响力问题，说到传统作家仍然抱着一贯的想法，不好意思自我营销。我也一样。

我不知道，会不会有一天，我就放下了一直抱着的这个想法。

你觉得，我会搞一个公众号放上自己的小说吗（或者到时候已经有了比公众号更新更好的平台）？呵呵，看你怎么回答。

（**子川**：可能更重要的应该是做一个好选本，即使有更先进的传播平台用来延展阅读。就是说一定要浓缩目标，让读者更聚焦。我曾想过，读过《全唐诗》的人毕竟少，如果没有《唐诗三百首》等选本，唐诗的影响力也许要小很多。你说的这个话题其实可以专题来讨论一下。手边这本选读只是你偌大小说文字中极少的一部分，因为要写成读评文章，无法选太多，必然会漏掉许多佳作。待将来行有余力编一个选本，或与高校研究单位合作确定一些选修课本篇目，也许是下阶段的努力方向。）

子川：《短信飞吧》写当代机关生活。写当代机关生活的小说在你近期短篇小说创作中比重还不小，甚或是绝大部分。这也是你特别了不起的地方，怎么现实生活中这事那事，甚至不是事的事，到了你这里，就成了个事，而且还是一个个渗透着现代意味的事。

范小青：每个作家对生活的敏感点是不同的，兴趣也不一样，这没有高低之分，只有趣味不同。

我倒也不是对机关的生活特别感兴趣，那是因为机关生活扑面而来。即便是早些年，我没有进入机关的时候，也和机关里许多人是朋友，他们的生活就在我的身旁，我能感受到他们身上生动浓郁的机关生活的气息，后来我自己进了机关，那就更身在其中了。

并不是机关里所有的小事都能成为文学作品写作的素材和灵感，关键在于，我们能不能从中感悟和提升出现代意味。

子川：小说只用了极少的笔墨写机关生活细节，却通过手机短信带给人的心理上的微妙变化，显微镜一样放大了生命的细部纹理。这一放大，让生活的真实变成一种超验的真实。这种夸张、超验的表达，有着不动声色的荒诞。让人从常态中读出变态，也从变态中看到它们已经沦为所谓的常态。

范小青：机关自然有机关的特点，大家在机关里面待着，各人的处事方式也不一样，有的人就特别的谨小慎微，一有风吹草动，就吓破了胆，不用夸张，现实生活中就有这样的人。它既是个人性格的问题，更是社会大环境加单位小环境造成的结果。

在这里，其实荒诞就是真实，真实就是荒诞。也许故事情节看起来超验夸张，但是仔细想想，生活中比这个更夸张的也是屡见不鲜。

子川：小说极其敏锐地捕捉到人们习见、为之麻木而无动于衷的当下生存状态，至少有着两个层面的悖谬：一是现代科技的进步与发展，已经扭曲甚至完全颠倒科技应用服务于发明者的初衷；二是基于体制设置上的荒谬，潜伏于我们具体生命的全程，时刻消解着生命的价值。

范小青：文学是人学，这是永恒的主题。文学最要关注的，肯定是人，是人类。社会的巨变和剧变，对人、对人类的影响究竟是什么，究竟有多大，这是文学要关心的。

你用的这句话非常准确："现代科技的进步与发展，已经扭曲甚至完全颠倒科技应用服务于发明者的初衷。"其实，近些年来，我写了一批这样的小说，尤其是短篇小说。这个写作的出发点，最有切身体验的，肯定就是我自己。我们现在，都被科技紧紧束缚着，既享受，又抱怨，既欢喜，又担心，既离不开，又给它搞得焦虑不安——我想，这就是社会变化对人和人类的影响吧。

子川：当现代科技应用扭曲了生存的本旨，当人们被体制缺陷这头怪物无情吞噬，这时，"去看一个人前前后后、反反复复、轰轰烈烈的生命，像不像一个正在消失的笑声？"对了，这篇读评文章的标题就叫《一个正在消失的笑声》。显然，面对现实生活的荒诞与悖谬，一个作家应有的警觉与责任，在你的几乎所有抒写现实生活的小说中都有充分的体现。

《梦幻快递》和《五彩缤纷》也充分显现你的这一特点。

范小青：在时代大潮中，人是渺小的、无力的、被裹挟的。社会变革，旧的将去未去，新的将来未来，这就有了裂缝，一不小心，我们就掉进裂缝中去了，甚至可以说，你再小心，也避不开这样的裂缝。因为新与旧，这不是你的个人行为，那是时代和历史。

一个弱小的个人，在荒诞和悖谬中，内心其实是很苍凉的，满心满腹的无力感。

子川：快的盲区，应该是小说《梦幻快递》的题旨吧。快递已成为常见的现实生活的一部分。小说所采取的角度却是一个与众不同的角度，对快递之"快"的真实效率与效应，做了一次切片扫描，提取过程（快速）消解目标（价值）的荒诞性。"快递员眼睛仿佛一个针孔摄像头，在庞大芜杂的世界摄取一些似乎不为人注意恰恰又是现代人司空见惯的生活内容。"演示给当代人看，并拷问："我们那是想把自己快递给什么呢？"

范小青：当下的生活真是太过丰富，太过繁复，太过精彩。一个快递业，就能让你看到、了解到、感受到全社会的五彩缤纷和光怪陆离。

正如你所说，通过快递员的眼睛，看那些不为人注意，恰恰又是现代人司空见惯的生活内容。

所以，看起来生活太过丰富，好像什么都能写，但是写作一定是有选择性的。一个快递员的所见所闻，和一个闭门不出的老太太的所见所闻，肯定是不一样的。

当然，老太太关在家里也可以通过各式媒体来了解外面的事，但那是不一样的，那是过去的所谓“秀才不出门，便知天下事”。而如今，是“酒香也怕巷子深”的时代。

在这里，快递员的眼睛，其实就是作者的眼睛。

子川：快，过度地、非理性地对“快”的渴求，隐藏在“快”后面的效率动机，被利润最大化裹起来的自我利益原则，等等。这就使得这里显现的悲剧性尤其强烈，因为这显然不是只有少数国家与地区才有的局部疫情。地球才多大的一条船，在这艘船上现代性瘟疫急剧蔓延，要把它最终变成一艘空船未必只是一种杞人忧天。

范小青：“快”其实和“多”一样，似乎是人类追求的终极目标，谁不想快？快一点，再快一点。这是全球性的问题。

当然，现在的时代快车，我们每个人都在车上，你不可能下车，让你下车也不能下去，下去就彻底被抛弃了，谁也不想被抛弃呀。但是在车上呢，又觉得车速快得厉害，别说欣赏车外的景色了，那一切都是一掠而过，即便是在车上，你也会因为车速太快站立不稳，甚至想要呕吐，这也是现代人的尴尬状态。

一旦时光机器开动，慢是很难慢下来的，关键是怎么在快速列车上，调节好自己的节奏和呼吸。如果在快车上还继续大力奔跑，那可能就是非理性的了。

子川：或许是科技进步和改革开放的红利所致，当代中国人似乎活得很滋润，日子过得流流下水。再加上“正能量”的过度渲染，已经很少有人能从负面切入，从生命本质，从社会发展趋向，揭示现代生存的困境。你的小说却始终瞄准生存困境以及繁殖它们的当代生活的种种悖谬，人们在这些悖谬前几乎无一例外地束手无策。当我在小说中看到“无论谁是谁非，最后鸟屎总是要拉在我们头上的”这句话时，特别能感受到一种张力。

范小青：瞄准生存困境，对社会变化在欢呼的同时，保持一种警觉，这确实是从生命的本质出发的。如果社会的发展和变化的红利，最后不是落在人的生存和存在这个根本问题上，或者说，人们在获得红利的同时，也遭遇了困境，那么我们的文学作品就有了不同的着眼点。

子川：也是在这篇《对快速之“快”的一次切片扫描》中，我写道：“从熟悉的身边琐事入手，通过具体写出抽象，写出合理中的不合理，写出时代的悖谬和人性的荒诞”，是你近年来短篇小说的一大看点！

范小青：合理中的不合理，已经成为目前我们生活中的常态，几乎随时随地都可以看到、碰到、感受到这种状态。

子川：泡沫行将破灭之际，五彩缤纷是其最后的色彩。我不知道《五彩缤纷》这个小说名，是不是包含这层含义？开卷时我想过这个问题，掩卷时便豁然开朗了。小说固然跌宕起伏、曲折迂回，不乏缤纷之杂，但作者用“五彩缤纷”来做这篇小说的标题，其实有深意，有一种反讽在其中。

范小青：有的小说的标题，是用心用力想出来的，甚至到了搜肠刮肚的地步。也有的小说的标题，却是灵光闪现，突然而至。《五彩缤纷》无疑是后者。

既然是突然而至的，那其中的含义，可能作者自己也不是想得很明白，或者说没有来得及想得太明白、太清楚。正如你所说，不知道《五彩缤纷》是不是包含着泡沫破灭之际的最后色彩这层意思，这个真没有。没有想那么多那么细，没有来得及，当“五彩缤纷”四个字突然冒出来的时候，一阵惊喜，就是它了。

现在回头去细想想，怎么就对这篇小说，冒出了这四个字呢？其实并不复杂，也不深奥，就是因为切身感受当下生活的光怪陆离，就是这么简单。

子川：进城打工的两对小夫妻（准确的表述是未婚先孕的两对恋人），陷入同一个怪圈：当事人结婚办证的先决条件是必须买房，而本城的买房政策是必须先持有结婚证。这两个“必须”是互相缠绕且解不开的死结。

范小青：这样的死结在新旧交替的过程中，遍地都是。我们知道，目前我们所处的这个进程，旧的规则正在打破，但还没有完全打掉，新的规则正在建立，但也没有完全建立，于是新的和旧的纠缠在一起，成了死结。

子川：这两个互相矛盾的“必须”固然荒唐，而推高房价，制造房产暴利神话，“让更多不具备买房条件的人透支生命来买房，让这些人形成买房才保险的心态”才是最大的荒唐。这里，可以看出“这个不长的小说，其实有更大的张力，有更浩茫的东西蕴含其中”。

范小青：如果说真的有“更大的张力，更浩茫的东西蕴含其中”，那就是生活自带的品质和体质，是因为生活中有太多太重的蕴含，小说的触角才有可能伸展过去，试图去抵达生活的本质。

子川：泡沫缘于透支，故小说中隐含了一个大写的“赤字”。“赤字”需要不需要支付？谁来支付？在社会科学层面，自有明晰的逻辑关系。只是，小说家不是政治家，不是社会学家。小说家写的是鲜活的生活现象，生活逻辑管不了更大的社会逻辑，但可以通过生活细节让读者警醒。当人们“看到霓虹下的灯红酒绿，高铁轨道、高速公路从曾经种植庄稼的田野上蛮横地切割过去”。看到“满目都是奢侈、浮华，不乏夸张的人和事”，抑或会联想到泡沫和泡沫破灭后的灾难吧。我忽然想起小时吹的肥皂泡，当泡泡吹得最大最圆的时候，折射在上面的光线突然奇怪地绚丽多姿起来，而经验告诉我们，眼前的“五彩缤纷”差不多正是泡泡行将破裂之际。

范小青：这是你从小说的具象中抽象出来、提升起来的意义。对于小说作者来说，是很好的提点和启示。

子川：写下这四个短篇的读评，在这期间你写了几十篇关于当代生活的小说。我选择的这四篇，它们指向当代生活的不同现实内容，大背景相同，所揭示的都是现代生活的生活场景与意识流动，以及其中渗透出种种悖谬的现实行为。《你要开车去哪里》写的是当精神价值被消解，个体与社会，出现了哪些怪异的现象。《短信飞吧》写机关生活，它的视焦在科技应用的初衷与背离，一定程度上也传递出近乎“异化”的含义。《梦幻快递》是对“快”的时代趋向的反思与指谬。《五彩缤纷》则是涉及社会经济学的一些内容，而泡沫以及另一种赤字，如何支付，谁来支付，都产生了一些让人掩卷之后挥散不去的纠结。

范小青：我的写作的敏感点就在日常的平凡的生活之中，所以平时总觉得可以写的东西很多，生活的方方面面、角角落落，都坦露着或隐藏着文学的萌芽，都会让你激动，让你欲罢不能，不写就难受。正如你所说，我的这四篇小说指向当代生活的不同现实内容，大背景相同。如果再归纳一下，我的近十多年的小说，还可以排列出更多的当代生活中的不同现实内容。那是真正的五彩缤纷。

子川：《香火》是长篇小说。第一次对你的长篇产生叙写动念是在2007年盛夏，素有火炉之称的南京，我坐在空调房内，读你的《赤脚医生万泉和》，酷暑被关在门外。双层玻璃窗的室内，空调的冷气，人工置换了季节。许多年了，自然季节的变化已经不容易被感觉出来，冬天不再冷，夏天不再热，成为现实之一种。这种现实的存在，依赖着一个也许复杂也许不很复杂的技术背景。显然，技术主义的盛行，对当今世界产生了重大影响，从物质建设到意识形态。

范小青：确实，技术主义对人类的影响，从物质到精神(意识形态)到底有多大，现在还是个未知数。今天我们所看到、所感受到的一切的影响，一定仅仅只是个开始。

人类的对手不断地变幻。今天，已经从“经济”跃升为“经济”的大哥“技术”，如今的或者今后的争斗，就是在人类与“技术”之间。

技术是人类的创造，但是最终，人类是和自己创造的“技术”斗争。

所以人类最大的、永恒的对手就是人类自己。

谁赢谁输，不知道。

这是人类面临的未来。

子川：忽然想到了“技术”这个词和小说创作中技术倾向的问题。应当说，你曾是一个不太看重技术的小说家。熟悉你早期作品的人都知道这一点。扎实的文字，冲淡略带些琐碎的叙事，在底层生活中，从生活的细部带给我们一个个故事性未必很强却生活味很浓，且流淌着一些古典韵味的小说。20 世纪 80 年代，是小说创作繁荣的年代，也是一个崇尚小说技术的年代，在外国小说的美学趣味的影响下，在翻译小说叙述文体的牵引下，一时出现了许多“现代”小说、先锋小说和翻译文体倾向明显的小说。

范小青：现代也好，先锋也罢，都是刻在人的骨子里的东西，都是与人的生命融为一体的。“现代”流行，就去追逐

“现代”，“先锋”时尚，就去加入“先锋”，东施效颦，这只能说明没有自己的骨子，或者是不够坚定，不够自信。

至于到底是现代还是先锋，是古典还是传统，都要看写作者在生活和写作这两者之间所找到的交汇点以及所做的协调和努力。

子川：回过头捋一捋，21 世纪以来，你的小说有了新变化，印象最深的还是你对小说的技术性有了更多关注。这一期间可以列出一大批小说，其中包括《城乡简史》(2006)《赤脚医生万泉和》(2007)等。《城乡简史》也是我觉得有话要说的一个小说，后来它得了鲁迅文学奖，许多人都来说它，我也就淡了心性，延滞下来，直到 2020 春天，因时疫禁足，才又捡起《城乡简史》读后文字，续写完成。

范小青：《城乡简史》主要的创作灵感，来自农民工进城这一社会现象。那段时间，似乎就在一夜之间，我们忽然发现，城市的角角落落、方方面面，已经离不开农民工了，农民工已经是城市的重要组成部分。有时候我走在街头，看到农民工住的工棚，我会走近去看看，看看他们的生活，看他们在傍晚的时候，在一天劳累之后，就直接坐在马路边上做晚饭、吃晚饭，没有条件讲卫生、讲文明，看到路过的市民嫌弃的目光。

也许许多年过去，他们在城市里会有自己的房子，他们的孩子，也会在城市的学校上学，但是我不知道，他们什么时候才能真正地彻底地融入城市。

再有就是账本。因为我自己就有记账的习惯，在漫长的时光里，我有时候也会把这些旧账拿出来看看，我看到1986年购买菠菜1元钱，购买一只电视机罩子5元钱，而到了2005年，也就是我写《城乡简史》前一点的时候，账本上有买一双鞋700元。

这就是时间，就是时代，这也是距离，也是差别。

有了这些，小说就可以酝酿了。城里人自清的账本丢了，转辗到了乡下人王才的手里，王才看到账本里有个“香薰精油”，要几百块钱，他一辈子都没有离开过农村，完全不知道香薰精油是什么东西，这个事情触动了他进城，他要去看看香薰精油。看起来这是一个偶然事件触动，其实，即便没有账本，农民工进城这个社会大潮，早晚会来的。只是在王才这里，香薰精油成为他进城的最后一把推动力。

小说的结尾，王才进城后，来到自清家所在的小区，住在一个车库里，收旧货为生，过得非常幸福，而自清每天进出小区，能够看到王才和他一家人的生活。但是，他们是不会相遇相识的，他们是走不到一起的。

子川：《赤脚医生万泉和》我读得更细一些，当时还记下一些读后心得，并草拟一个文章标题：《隐蔽之花开在秋风里》，遗憾的是这篇文章后来成了收拾不好的烂尾工程，我很沮丧。

范小青：这个标题是你的诗句啊，很打动人心的。虽然烂尾，虽然我也没有看到这篇文章，但是它已经走进我的心里了，已经在我的心里开花了。

子川：“万泉和”与“万泉河”谐音。“赤脚医生”与“万泉河”，是那个年代人们熟知的词汇和概念。或者，相对于我们，一说起这些概念马上能回忆起那个年代。那个年代我们都曾插队农村，那个年代你还是十二三岁随父母下乡的小女生吧，也就是小说中马开、马莉那个年龄。时代所致，我们那代人都曾经历“春天锁住春天”的岁月。小说的主角虽然不是知青，但有着我们那代人（知青）的视角，这一视角是后来人所没有的。我记得当时写下《隐蔽之花开在秋风里》这个标题，其实是被小说中一个小知青马莉所感动。

范小青：确实，《赤脚医生万泉和》是离我的生活最近的一部小说。当年我们全家下放住的地方，那个农村大院，大队的合作医疗站就在我们的院子里，所以书中万泉和画的图是非常非常接近真实的，几乎就是零距离。而我那时候的年纪，和马莉相似，不仅年纪相似，心情也差不多，虽然年纪小一点，不可能当赤脚医生，但是我向往当赤脚医生。我母亲得了肺结核，天天要打针，我就勇敢地尝试给她打针，结果就像万泉和一样，手抖得像筛糠，针头还没有碰到皮肤，药水已经被我推光了，我母亲哈哈大笑。母亲病了大半辈子，苦了一辈子，但她是个浪漫的人、小资的人，是个富于幻想的人。后来稍大一点，高中的时候了，又因为全国轰动的针灸治聋哑人的事情，感觉自己也应该做那样的事情，想方设法去弄来一些针灸的书，弄了几根针，但自己被那些细长的、闪亮的针吓着了，连尝试一下都没敢。但无论怎么样，在我刚刚懂事开始成长的那时候，就是在“赤脚医生”这个大环境中度过。

子川：长篇小说《香火》(2011)与《赤脚医生万泉和》的叙事时间背景相近，但隐含的意旨与内涵明显不同。“香火”的字面义所涵盖的内容，不仅在于它揭示超越生死的一种文化图像，还在故事的后面承载了许多文化的根性。《香火》有一种极为特殊的叙事姿态，这一特殊的叙事方式，一定程度上改变了阅读者的阅读习惯。在小说现实中，跨越生死边界始终是一个难题。虽有魔幻小说在前，有穿越小说在后，它们在穿越或跨越生死边界的问题上做出一些尝试，然而不管是哪一种，其生死边界始终是清晰的。《香火》不是一部单纯打破或跨越生死边界的小说，而是一部根本找不到生死边界的小说。

范小青：你的这个评价"《香火》不是一部单纯打破或跨越生死边界的小说，而是一部根本找不到生死边界的小说"，让我感动，更让我重新认识我自己写出来的这部《香火》。

也许，我在写作的时候，我的思维只是停留在打破或跨越生死边界这样的觉悟和境界，但是其实，在我的内心，一直有着找不到生死边界的感受，这和我的为文习惯一脉相承。所以在写作中有的东西是作者有明确指向的，有的东西作者并没有十分明确的指向，但是读者读了出来，这是写作和阅读的最佳效果，用传统的文艺理论说，是不是叫作"形象大于思维"？

《香火》是到目前为止，我自己非常喜欢的一部长篇，我想说最喜欢，但是一直没有说，但是其实真的是最喜欢，只是平时较少用"最"这个极端的词。

子川：说实在的，阅读这部小说，在人物行为中判断生与死或此生与彼死上面，我花了不小的力气。由此，我想到一般读者尤其习惯于浅阅读的读者，未必愿意这样花力气去克服阅读上的难度吧。说到难度，写作的难度与阅读的难度，对于写作者而言，同等重要。虽然难度并不等于厚度与深度，但写作的难度之所以可贵，正如人生道路，难走的路与易走的路，其不同走向一目了然。阅读的难度对于一般阅读者来说，具有挑战性。有时因为没有充分的完全的阅读，而忽略小说题中之义是常见的事。换一个角度，难度写作也是好作品经得起一读再读的原因。《香火》是一个难度写作的典范。

范小青：在《香火》出版后不久，我写过一篇自己《香火》的小文，今天再回头看看，仍然是有感觉的："从完成《香火》的最后一稿交到出版社，到出版社出书，又到今天，已经快半年过去了。拿到书以后，我随手放了一本在床头，晚上休息之前，或者辛苦工作之后，我会看上几页，甚至哪怕几行。我还在用心地读着我自己写出来的《香火》，我还在继续地完成对于《香火》的思考和创作。"

但是事实上，一直到今天，作为《香火》的作者，我心里对于《香火》的想法，却始终还没有定型，始终没有十分的明确，甚至没有七分、五分的明确，就像《香火》这部书里，充满疑问和不确定，在虚与实之间，在生与死之间，我梳理不出应有的逻辑，也归纳不出哲理的主题，很难有条有理地分析这部小说的方方面面。

这其实也就是《香火》的创作过程和创作特点，写作者时而是清醒的，时而是梦幻的，书中的人物时而是真实的，时而又是虚浮的，历史的方向时而是前行的，时而又是倒转的。

就像我们生活在这个时代，我们在疾行的时代列车上，由于速度太快，节奏太强，变化太大，我们醒来的时候，常常会不知身在何处，得聚拢精神想一想，才能想起来，呵，昨天晚上我原来是睡在这里啊。

一个人，如果身体过度劳累，如果心灵过度疲惫，是有可能产生出一些错觉的，那么一个时代，一个社会呢？

有些感觉，果真是那么真实吗？

另一些感觉，真的就是错觉吗？

许多本来很踏实的东西悬浮起来，许多本来很正常的东西怪异起来，于是，渐渐地，疑惑弥漫了我们的内心，超出了我们的生命体验，动摇了我们一以贯之地对“真实”这两个字的理解。

这是我彼一时的思想状况。

如果说到阅读难度，我想，可能这部小说里太多地渗入了我的个人的感受。

子川:神奇的魅力正在于此:“从存在的意义,模糊以致打破生死边界是荒谬的。而从文化的意义,每一个活人的身上,都落满逝者的影子。换一个叙说角度,也可以说是活着的人只是载体,‘替一个个逝者留下影子’。因此,把小说里这些事件与场景,仅仅看成存在意义的事件与场景,也许是一种误读。”

范小青:影响我《香火》写作的,还有我的父亲。

我的父亲是一个非常非常热爱生命的人,是一个一直到老都充满活力和生命力的人,他是个乐观主义者,从来不会想到自己会得什么病,更不会想到——当然,也许他是想到过的,但他从来没有说过。

《香火》的写作过程,差不多正是父亲得病、治病、病重、去世的过程。父亲去世的时候,我五十四岁,在这之前的五十四年中,我始终和父亲生活在一起,从没有长时间地离开过父亲,尤其是母亲去世后的二十多年,我和父亲更是相依为命、相互扶持,一直到阴阳相隔的那一天。

其实是没有相隔的。

这么多年,我从来、始终没有觉得他走了。每每从外面辛苦工作后疲惫回到苏州的家,第一件事情就是推开父亲房间的门,端详父亲的照片,然后我和父亲说话,告诉他一些事情，给他泡一杯茶，给他加一点酒。下次回来的时候，酒杯里的酒少了，我知道父亲回来喝过了，我再给满上一点。

在香火那里，他爹也一直是活着的。

就在我写这篇文章的时候，我收到一位远在澳洲定居的朋友的邮件："好久没有联系，说真话现在也不知该不该发这个信。上次给你发信是因为，我做梦，居然梦到你的父亲，像是在黄昏的某个街道，他叫住我，我一愣，我跟他其实并不熟。记得他若有心事，但就说了一句，叫我有空去看看你。"

父亲还在惦记我。香火的爹也一直惦记着香火。

（**子川**：我对你父亲有一种特别的亲近之感，正如与你父亲初次见面时他让我感受到的他的亲近之感。这是一种无以言表的内心分寸。当你说到你父亲时，我又想起他的音容笑貌，犹在目前，真切如初。）

子川：小说《现在几点了》是朱辉推荐给我，其时，当期《雨花》杂志尚未出版，我看到的是小说电子版。读评文章写成，朱辉主编又以最快的速度刊上《雨花》。小说写的依旧是现代人的困扰，如同你其他小说一样，你把小说的题旨隐藏起来，不说破，也不点题。但通篇读下来，即时状态下的时间焦虑显然已是当下男女老少共有的时代病。

范小青：对于时间的焦虑，首先来自我自己。我是一个非常守时的人，几十年来，从来不允许自己在任何场合迟到，也几乎没有什么迟到的经历。有时候到什么地方开会，人到了会场，人家会场还没有布置好呢，席卡都没有放好，会务同志就朝我笑，我很难为情。那么，下一次会把时间掌握得准确一点吗，会让心情悠着一点吗？不会。

对于时间的执念，很强，我年轻的时候，就提醒自己，别那么着急。1990 年前后就写了《快不过命运之手》这样的文章来开导自己，我还引用了卡夫卡的一个寓言，大意是，一只老鼠在大街小巷拼命奔跑，它不知道自己是在追赶什么，还是在逃避什么，它只是慌慌张张拼命往前奔跑，终于跑进了一条长长的安静的管道，它还没有来得及松了一口气，就看到猫守在管道的出口，说，来吧，我等着你呢。

然后我还引用了索尔·贝娄的话，他说，只有当被清楚地看作在慢慢地走向死亡，生命才是生命。

只是，几十年过去了，我仍然是那一只不知为何拼命奔跑的老鼠。

时间焦虑，不是我一个人的。《现在几点了》里所描写的场景，我们（不仅仅是我）在社区医院、在任何的医院、在任何的地方，都会看到，都会切身地感受到。

这就是你所说的“共有时代病”。

子川：这应当是文化植被遭到破坏所导致的征兆。小说无法谈文化植被的修复，评论也不能，但揭示这个问题，对社会、对人生、对历史发展进程，均有意义。这也正是为什么薇依要说：“我相信，在刚刚结束的这个时期的作家们，需要对我们这个时代的种种不幸负责。”她说的责任不是外力赋予或强加的，而是从人类灵魂高处指认作家的存在意义。

范小青：每一个人都有责任。作家存在的意义，可以由别人定义，作家自己的责任就是，这个社会、这个时代、这个人生，给了你什么，你想一想，你想说点什么，然后通过艺术的方式写下来。

子川：文化植被的被毁坏，其实是社会价值取向的刻度，失去应有的范式。刻度失范意味着钟表失灵，计时的钟表坏了，又没有人及时指出，这个错误的刻度会导致一种非良性取向。是什么毁坏了文化植被，导致当今价值体系中雾霾、沙尘暴不断蔓延，显然这也是社会学的大问题。我很奇怪，你的小说为什么会有这样一些预见与洞见？我有时还在想，你是不是读了大量的现代社会学的书？你是不是经常会在生活细节中挖掘社会学的意义?

范小青:坦白地说,我没有读大量的现代社会学的书。说出来也不怕难为情,我不是不阅读,我也阅读,但是我的阅读,相对没那么宽泛和广博,有时候我甚至都觉得,我的阅读很可能少于我的写作。

我知道这是一个大忌,但事实就是这样的。

其实,我很少特意从生活细节中挖掘社会学的意义。如果有某些意义,我想,那是生活本身就有,我只是判断出来了,然后通过小说又把它呈现出来了。

在写作中,判断是非常重要的,若不然,为什么这个小说写这个故事,那个小说写那个故事,前提都是判断。

当然判断也是有分别的,有时候判断也会欺骗你。

子川:《灭籍记》是另一部激起我叙写愿望的小说,还记得在报刊目录上一读到这个小说名,就有点兴奋,很想一睹为快。把这本书读完后,我陷入深思,感觉上你似乎有意绕过了一些东西,感觉上也能明白你为何要绕过或者说你无法不绕过。小说的第一句话开宗明义:“我是个孙子。”这让我联想到孙子的弱电管理职业以及“弱电指认”这个词,这是一部关于20世纪的大书。

范小青:不完整地写,也是写,留在小说之外的东西,过来人都会联想到的。所以不完整,有时候可能也是另一种完整。

子川:小说用“灭籍”做书名,源自一个专有术语:房屋灭籍,意指房屋所有权灭失。房屋灭籍和土地灭籍,说的是物的灭籍。《灭籍记》把房屋灭籍作为一个线头,随势扯出更多的生命意义上、历史意义上的线索。这也是小说题目特别有张力的地方。

范小青:是的,这个小说,不仅仅说的是房屋。灭籍,也不仅仅是灭的房籍。历史的烟火、生命的意义、灵魂的声音,都在这里飘散,这个“籍”,是渗透在文字的经经络络里的。

子川:在历史层面、在生命层面,“灭籍”又意味着什么?比如:历史层面诸多史实,由于种种说不出理由的理由,不能去写,也不能去公布,时间久了,见证史实的人都死去,这是不是一种灭籍?又比如,在生命层面,许多说不清来由的潜在心理动机和意识推动作用,如果不能真实记载下来,当个人生命消亡,这算不算一种灭籍?这里的“籍”已经不再是一页纸,不再停留在物的层面。还有信念的丧失、观念的改变、价值体系的错位与颠覆,严格意义上也是一种种“灭籍”。

范小青:省略之处,都是用于提供思想延伸的。

所以,很可能作者的省略不是因为不可为,而是故意为之,故意省略,呵呵。

确实,试想一下,如果把感觉省略掉的内容都统统补满,那么所谓的"张力"还有什么用处呢?

子川:疫情期间,我还把另两个始终未成篇的读后感写完,它们是《时间简史》和《哪年夏天在海边》。在《海天一如昨日》的开头,我写道:"在电脑里敲出'哪年'二字,我已经没有了最初的恍惚。"是的,我记得在《收获》上第一次读到这个短篇,我就有一种被海浪晃悠的感觉。

范小青:《哪年夏天在海边》是一个寄托在爱情故事上的非爱情故事,我最近也重新读了一遍,里边几乎所有的情节,正如你的感觉,都是在海上颠簸摇晃。

试想,你在海上航行,遇到了狂风巨浪,你还能看清楚什么东西?

子川:《哪年夏天在海边》的"哪"字,一开头就丢一个包袱。小说开头写道:"去年夏天在海边我和何丽云一见钟情地好上了。"这里,"去年夏天在海边",其确凿时间坐标是"去年",而非不确定的"哪年"。

范小青:就是现实生活中的不确定性。其实生活更多的是真实的、确定的，但是因为现代生活过于光怪陆离，我们碰到的人和事太多太多，我们接收到的信息或真或假，以假乱真，亦真亦假。于是，明明是真实存在的生活，却变得恍惚，变得朦胧。

现在好像谈既视感的比较多，其实从理论上说，既视感和人的大脑结构有关，明明是第一次到的地方，你却感觉以前来过，明明是一个陌生人，你却觉得什么时候见过。

子川：去年也好，前年也好，时间坐标确定。哪年不同，时间刻度模糊了，人物的关系似乎模糊不清。也不是不清，是重叠起来的面孔，是复合起来的大同小异的情感纠葛，让不同的人发生同样的事，其实这已经是抽象的一种表述。具体的人，似是而非，而抽象出来的情感纠葛，似曾相识。

范小青：现代社会是一个人和人高度相似的社会，我曾经也写过一些这方面的小说，有一个小说写买了新房子装修，装好了才发现，装修的竟然是别人家的房子，这样的事情夸张吗？荒唐吗？当然，这不是生活的常态，却是生活中真的存在，是高度相似的结果。还有一个小说写一个人手机和别人搞错了，竟然也能用上几天，因为存在手机通讯录里的名字大部分竟然是相同的，老婆、老公、老王、张处、李科等等，都是到处存在的，这也是夸张的荒诞的写法，也一样来源于生活。

回到《哪年夏天在海边》，爱情也一样，感情纠葛也似曾相识，才会有了在海边的莫名其妙的遭遇。

当然，这个小说主要不是写现代社会的同质，那主要是写什么的呢？

子川：印象里，你专门写感情纠葛的小说不太多。这个小说让海天成为一种象征，爱与情，是永恒的生命主题，如同海天，永远一如昨日。海之上，天之下，芸芸众生，不同时代、不同环境、不同际遇、不同的价值取向等等，任它有千般万般不同，爱与情，始终嵌在具体生命中，逃脱不了，仿佛是总也走不出的凹地。

范小青：我确实较少写感情纠葛的小说，即便有写，也都是比较含蓄的，或者就是借着感情纠葛表达其他的想法。

子川：当你借助小说主人公的梦境写到，导师说，"我只给你设计了一次婚外恋，你超出这一次婚外恋，程序就不够用了"。我哪有。导师又说，"是为师三年前的远见不够，现在看来，我们的预测远远赶不上社会的发展速度啊"。我笑了。有一种特别赞的心情，如果我喜欢直接交流，当时也许会给你打个电话。可我这人口讷，这一点上，我挺自卑。我没有直接用语言表达出此在的阅读感受，一切只能借助码字，我自己都觉得我这人太索然无味。当时试图表达：做小说做到这份上，你真让人服气。尽管这还只是此小说中一个闲笔。

范小青：知音难觅。你的这个笑，真是十分的会心呵。

写与读之间，如果常有这样的会心，写的人的情绪和干劲，还会增添十倍百倍无数倍。

子川：还有已被广泛使用到计算机之外的清零，用得也很特别。读到这里，也让人联想许多。机器或程序是可以清零的，至少我们目前了解到的自动化程度是这样。具体生命显然是不能用清零来还原，小说中，这依旧是闲笔。

范小青：如果闲笔都是有意义、有张力的，小说会更丰富，更值得往里开掘。我努力。

子川：我不知道是不是自己特别容易被你的小说拨动，挺奇怪。我有时甚至很想有一个同样粉你的读者，能与我互动交流阅读体会。你写小说的过程包括后来，我们从未直接交流过，事实上，在小说审美创造与审美接受方面，我和你的共振度，或可视作读者与作者之间似有某种合谋。

范小青：这里当然是有共振，有合谋。但我觉得还有一点也是同样重要，那就是纯粹。纯粹地读，纯粹地感受阅读小说的感受，纯粹地谈读后的感想。

现代人的特征就是功利，而且对于功利的理解又非常的单一：对我什么有用？

我也真的很想和你交流：你这么认真、细致、深入、不厌其烦地读我的小说，并且费了许多时间、许多精力写文章，对你有什么用？

我也只能用“纯粹”两个字来回答。

子川：小说从一开始就在找人，找呀找，人没有找到，找人的人却成了精神病人。这是一个悖论，也是一个隐喻：当人们想找到自我，竟然成了非我。小说最后以精神病院逃逸者来破局，或以此为故事的结局，作者是不是也像我此时的心情，其实有点难过。我又把我和你拉扯到一起。

范小青：其实小说中的主人公到底是不是精神病，并不是问题最关键处，我自己倒不认为他是个精神病，他只是以为自己是精神病，因为他觉得一切的一切都不对了，那肯定是自己的精神出了问题。

其实呢，是谁、是哪里出了问题？

问题不在他。

子川：《城乡简史》是一部重要作品，与发表、得奖关系不大，它是你小说写作整体转型的一个临界点。此前，你的小说写作有一个整体的调调，尽管你时不时寻求突破这调调，让自己处于“变调”的临界状态，但似乎未真正有意识地越过一个临界点。

范小青：我觉得“临界点”既是一个固定的词，同时它也可能是一个不断向前移动的词。在《城乡简史》那儿是一个临界点，不过在几十年的写作生涯中，可能还有好多个临界点，只是写作者自己并没有特别地去关注、去回忆、去寻找，更没有等待。

“变调”是一种想法和一种努力，变没变成，变得怎样，是一种事实，想法成真，固然欢喜，想法没有实现，也没事，继续努力。

子川：临界是什么界？此状态与彼状态，怎么描述？很难言说。一般而言，一个成名作家，创作到一定高度，能在同一高度的平台上运行，文字上或可描述为“高水平”运行。只是这种“高”，大体建筑在一个“水平”线上。这已经是非常不容易做到的事，而我看到的你的整体状态，却始终呈一种拉升飞行状态，这应当是高难度的飞行动作。从《城乡简史》之后，能感觉到你的小说创作的飞行轨迹，始终保持在一个既有高度，且有着一个昂起的机头。

范小青：你的“拉升飞行状态”，让我有一点点沾沾自喜。不过你放心，仅仅就“一点点”，而且是“一瞬间”。在

“一点点”和“一瞬间”时，我会审视自己，无论能不能反省出效果，我始终都会保持警觉，保持对新鲜和奇异的追求——无论它是高水平运行，还是低水平运行。

子川：《城乡简史》之前的小说和此后的小说，有了明显的变化：《城乡简史》之后，你对自己的写实叙事能力有了更多的节制，与此同时，是小说中形而上的内容得到更多更充分的强调。这一表述其实也不精准。差不多同一时期，你的《我就是我想象中的那个人》《谁住在我们的墓地里》(2006)等小说，就充分地体现了你后来的诸多小说构思精巧、文字容量大、有特殊张力等特点。只是我的理解处于临界状态下你的主体意识，似乎还有个从不自觉到自觉的过程。

范小青：基本上是不自觉，不自觉就是一种直觉，直觉似乎在某一个时间告诉我，你要怎么怎么写了。

我曾经对自己的小说(主要是短篇小说)有过圆形结构和开放型叙事区别的认识。在《城乡简史》前的相当长的一段时间里，我许多小说都是开放型的叙事结构，从我自己的写作爱好和习惯来说，我不大喜欢精心设计，更喜欢随意性的东西，或者说更喜欢开放式的小说。“开放式”这个词不知是否能表达清楚我的意思，我想说的开放式的小说，就不是圆形的，是散状的。因为我总是觉得，散状的形态可以表达更多的东西，或者是无状的东西，表达更多的无状的东西，就是我所认识的现代感。过去我总是担心，一个小说如果构思太精巧，也就是圆形叙事，太圆太完满，会影响它的丰富的内涵，影响它的毛茸茸的生活质地。但是在《城乡简史》中，我却用心地画了一个圆，画了这个圆以后，我开始改变我的想法，散状的形态能够放射出的东西通过一个圆来放射，也同样是可以的。当然，这个难度可能更高一点。一般讲圆了一个故事以后，这个故事就是小说本身了，大家被这个故事吸引了，被这个故事套住了，也许不再去体会故事以外的意思。要让人走进故事又走出故事，这样的小说，和我过去的小说是不大一样了。其实我的这个圆最后还是留了一个缺口，自清和王才相遇不相识，这是我的一个直觉，他们应该是擦肩而过的，联系他们的只是一本账本，甚至也可以是他们的部分生活（一个卖旧货，一个收旧货），但不是他们的心灵。所以，他们不可能相遇，即使相遇，也不可能认识，更不可能认同（或者同化）。

子川：小说中关于蝴蝶的梦，被我提溜出来做了文章标题，我并没有与庄生梦蝶产生联想。蝶是蛹化物，长时间蛰伏土里的蛹，终于幻化成蝶，飞起来，飞向远方。这其实是一个隐喻，对写作者而言，艰辛的创作过程也是一个蛹变过程，小说也是一只飞起来的蝴蝶。

范小青：我年轻的时候，经常做一个相同的梦，就是脚不沾地地奔跑。现在一想，脚不沾地，那不就是飞吗？也许，这就是因为写小说，才让我做了这样的梦。

可惜很久没有做这样的梦了。

今晚会不会有？

子川：过了十五年，才写完《城乡简史》的读后感，我依旧在自说自话。《城乡简史》的结尾有这句话："你乡下人，不懂就不要乱说啊。"我笑起来，可我憋不住，总还是要乱说。聊到这里，好像有点不太自信，担心我这样东扯西拉，会不会难为你、委屈你？可开弓没有回头箭，我们还是要坚持往前走。请原谅我这个乡下人，谢谢你！

范小青：如果真是"乱说"的话，那真的要谢谢你的"乱说"。你的"乱说"，再次点燃我对小说的爱，其实我已经很爱很爱它了，但是，也许老天知道还不够，所以你出现了，你给我增添了爱的能量、勇气和能力。

三

子川：尽管我读过你许多作品，聊到这一段落，依旧觉得自己的阅读量或阅读深度都还够不着。又在补课读你，你的创作量太大，怎么读也读不全。而且有一些小说读过后，心里头枝枝丫丫，却逮不准，大约自己还没有读透吧，回头再补读，最近又在读《赤脚医生万泉和》，这应当是第三遍读了。

范小青：真是特别难为你了。我前面也说到这个问题，如果没有纯粹的想法，如果是出于一些功利的目的，是难以坚持读下来的，因为太得不偿失，呵呵。好在是纯粹的、单纯的“读”和“谈”。

《赤脚医生万泉和》也是我自己比较满意的一部长篇，但是让我自己现在重新再读三遍，我也做不到。所以，你的阅读让我很感动，也倍受鼓舞。

子川：《赤脚医生万泉和》是一部大书，甚至我都觉得后窑那地方很值得你钻进去，细细啃，不急着换地方。正如我认为《赤脚医生万泉和》也很值得研究者钻进去，细细啃，也不急着换地方，做点大文章。

范小青：你所说的值得钻进去，细细啃，不急着换地方，让我心中猛地一动。确实，写过《赤脚医生万泉和》我就换了地方，离开了后窑，但是后窑始终在我心里，永远都在。

也许有一天，我又回去了，回去多待一阵，细细地啃，再做文章。

子川：从研究者角度切入话题。为什么有一些很值得研究的对象，竟没有很多人愿意去深入研究？自然，这不单指你的小说。这几天睡不好，躺下来，总会想这个问题。语言学中有一个词叫，标出项。这个词不时在我头脑里闪回。

范小青：标出项？不太明白，查了一下，对立的两项之间不对称，出现次数较少的一项，就是标出项。

子川：语言学认为“非标出项”使用较多，是正常项，反之，“标出项”则是少数项。大街上，行人众多，衣着差不多的人走来走去，不易识别。标新立异的衣着和惊世骇俗的打扮，就很容易让人看到，这与语言学无关系。但对读者和研究者而言，“标出项”易吸引眼球倒是一种现实，这或许就是所谓的“标出效应”吧。

范小青：呵呵，又给你绕晕了，我是标出项呢，还是非标出项？

我感觉我的写作，好像是把那件标新立异的衣服穿到里边去了，在外面套了一件更普通的衣裳。所以，一般人就看不出来了。

奇怪呀，标新立异就是要给人看的，就是要夺人眼球的，我却把自己的标新立异（自以为是的）藏得深深的。

为什么要这样做呢？说不清，就是一直这么做了。

好像只要自己看得见，自己知道就行了。

子川：一个有着“标出效应”特点的人，应当不像你我这样的性格？

范小青：是的吧。所以刚才我说了，我把标新立异藏起来。也不知道是跟自己作对呢，还是跟读者过不去，哈哈。

子川：我很想知道幼年的你、少年的你，想知道你的性格取向，这可能有点私密性了，不方便也可简略地说或者干脆跳过去。在小说人物马莉的身上我似乎读到一点你少年时期的影子，也不完全是你的影子，因为阅读小说的经验告诉我们，小说是虚构的艺术，小说中的人有时或许与生活中的人有着截然相反的性格。

范小青：马莉身上确实有我的影子，而且十分相似，马莉全家下放，我也是全家下放，马莉十几岁，那时候我也十几岁，马莉全家下放住的院子，就是我全家下放时住的院子，马莉想当赤脚医生，我那时候也特别想当赤脚医生——这是相同的地方。不同的是，马莉性格开朗，她的调皮是外在的，而我小时候，很内向，据说更小的时候（两三岁吧），家里如果来了客人，不能让客人先看我，那样我就会大哭，只有我偷偷地将客人看熟了，记住了，客人再看我，我才不哭。

内向的人也调皮,不过他们的调皮是另一种方式,在内心,别人可能看不见。写作,就是内向的人的一种调皮吧。

子川:新时期以来,有一些作家一出场即横着走。其中,有的人是天性如此,也有人是冲着“标出效应”才如此。不过,所谓标出效应,也只对当下意义更大一些,相对于历时状态,这种效应几乎等于零。所谓文章千古事,做好文章才是头等大事。90年代初刚读到你的小说,我就觉得你是一个很实诚、肯下力气埋头拉车的实力派小说家。我想,这可能成为早期贴在你身上的一个标签。

范小青:每一个人都生活在时代的大背景中,时运、经历相似的很多,但走的路不同。我想,更多的是命。命加上运,就是命运。

我好像没有什么标签吧。有吗?我自己都不知道。

子川:不过,标签和标签效应也害人。随着传播技术的进步,增量信息剧增,选择性阅读和阅读不完全几乎成为阅读现场的常态。这时,标签或某一类的标签,常常是选择阅读的先决条件。这些,只是想说早年你未被恰当重视的原因,也可能与你实诚做派有关。这些年来,我一直跟踪读你,包含对你的敬佩,还有对你始终不渝的实诚写作态度的崇拜。还有就是,我也想证明一下自己的眼光。

范小青：词典中做派有“做法、所作所为”的意思。我的理解，“做派”的成分中，好像“派”是“做”出来的。对我而言，也一直是在“做”的，只是我不知道什么“派”，没有想过“派”的问题，因为没有时间想，所有的时间，用来“做”——就是写。我“做”的只是写作这件事，当然，主要尤其是写小说。

我的小说是怎样的，我的“派”就是怎样的。

子川：在20世纪80年代开始写作的小说家中，你是起步比较早的一个，与你一起成名的小说家，有不少人几乎搁笔了，也有人始终滞留在“成名作即代表作”的水平线。你却始终以“向前向上的姿态”在一线写作。21世纪以来，你的写作发生了巨大变化，长篇小说有《女同志》《赤脚医生万泉和》《香火》等。在这些似乎迥异的长篇中，有一种恒定不变的东西，从这层意义上，你的变化其实是在“变易”与“不易”中，找到自己的分寸。

范小青：我一直为写创作谈一类的文章头疼，写过一篇，题目叫作《在变化中坚守，或者，在坚守中变化》，等于在说空话、套话，因为实在是没得写了，就纠缠一下、绕一下，故弄玄虚一下，呵呵。

你所说的迥异，是这几部长篇的题材，似乎离得很远，从官场女性到农村医生，跨越很大，那么恒定不变的是什么呢？

这也是我自己一直在想的。

子川：还不仅在于“变易”中有“不易”，你的变化还建筑在埋头拉车所积累的雄厚实力之上。你的繁复而有意味的叙事能力，在变化过程中趋于“简易”而有张力。

范小青：简易而有张力，这是我最喜欢的，你看得很深入，很准，知我者也。

我尤其喜欢简单的对话，是那种简单而有意味的，深藏着许多东西，那是些什么东西呢？却又说不清。

这就有点难为读者了。

所以这些深藏在简易中的张力，别人能不能读出来，能不能感受到，我在写作的时候是无法去考虑的。

子川：变化最大的是短篇，这一时期你的短篇小说得到的关注也是显著的。最简单的方法是查查各家选刊和年度选本，即可获知业内对你短篇的高认同度。

范小青：这个真的要谢谢各家选刊和各个年度选本的厚爱与鼓励。近些年，确实对我的短篇小说的选载、转载比较多，我想这可能和我短篇小说所选择的内容有关，这些短篇小说，大多直面当下，是五彩缤纷世界里的故事。当下社会，是每一个人都身在其中的，大家都是深有体会的，这样也许就会有一点代入感，再加上小说从现实生活中提炼的形而上的意义，也是现代社会中存在的普遍的意义，这是产生共鸣的基础。

子川：你今天的短篇的成功相对于你漫长的创作生涯，或许来得晚了点，却极其厚重，非常有价值。在这一时段，而非在20世纪七八十年代新时期文学现场。当年，新文学视野还是一片荒原，任何一个建筑物，哪怕一个小窝棚也可能被视作一个建筑标识。今天的文学视野就不一样了，繁华闹市，处处灯红酒绿，高楼林立。这时，靠作品本身赢得如此多的关注太不容易了！

范小青：灯红酒绿，高楼林立，有人偶尔看到了一盏不太明亮的灯，很好，灯表示很开心，但是如果没有人看到，一直没有人看到，也好，灯也一直在那儿。

子川：我一直有一个偏见，认为小说可分为短篇与长篇两种，中篇只是一个权宜的命名。短篇与长篇是两种不同的写法，而中篇有时则可能是放大的短篇或压缩后的长篇。中篇似乎没有得以成立的独特的写法。

范小青：我想这不一定就是偏见。在我这里，中篇小说也曾经热闹过一阵，那大约是在90年代的时候，有《杨湾故事》《还俗》《顾氏传人》《栀子花开六瓣头》等等，但是说实在话，我对中篇小说始终有一种不敢随便下手的想法，可能是因为还不了解它的特性。

子川：我曾经跟一个我们共同的朋友说起，你的某些短篇已到了无懈可击的地步，从立意到谋篇布局到行文，甚至小说题目和小说的结尾。我不知道他怎么看，事实上，看过你这些年来短篇小说的人，一定会有同感。如果作品量再少一点，从阅读接受的聚焦程度去考虑，效果也许会更好些。

范小青：“无懈可击”是你的夸张之说，呵呵，还好有“某些”字样。

如果数量再少一点，聚集的程度会高一点，这个说法很婉转，直白一点说，就是批评我写得太多，哈哈。

关于写得太多，已经说了几十年，臭毛病就像臭豆腐，别人闻着臭，自己吃着香。不过我会考虑你的意见，不是我终于改变了自己的臭毛病，而是到了这个年纪，精力体力都不允许写得太快了。

你固执吗，你不肯改变你自己吗？自有一股力量来改变你。

子川：说到写作量可以少一点这个话题，我还觉得有些长篇，你其实可以再多给它一点时间，比如《赤脚医生万泉和》，感觉上还有一些可以经营的空间。

范小青：虽然这是后话，因为这个已经无法重新来过了，但是我会认真地努力地思考你的提点。虽说任何艺术都会留有遗憾的，但是你的提点会对我今后的写作，尤其是长篇的写作，我相信会起到应有的作用。

子川：事实上，作品多本身并没有什么不好，何况还是多快好省的“多”。记得有过一个投票评选好诗的活动，初选阶段某诗人入选了两首诗，显然她比初选阶段只入选一首诗的人更被评委们看好，后一轮投票中，她的“多”客观上分散了她得票的绝对数，使得她具体作品的排名略靠后，这显然是评选规则设置不合理造成的。不过，就一般读者而言，他们的阅读取舍并不需要规则。这或许可以佐证“多”有时也会生成的自我遮蔽。

范小青：少而精，以一当十，谁不想这样呢？但是在具体的写作过程中，是没有那么心想事成的。有时候，你花了很长时间精心琢磨出来的一个东西，却发现并不理想，而你快速完成的另一个东西，却是很棒（理想不理想、棒不棒，都还有主客观之分）——我这不是在为自己的“多”做辩解，因为事实就是如此。

其实，写作的过程，才是我们安身立命的东西。

如果这样做会自我遮蔽，那就遮蔽吧。

遮蔽的是别人的目光。

我看得见我自己。

子川：这也与写作本身没有多大关系，只是一个传播学的话题。如同选本，她建筑在“少”之上，可让读者更专注于眼前的文本。写作行为就不同了，写作不能像计划生育那样去事先规划。笼统谈小说，比分析具体作品难。如果还要代入小说时代与小说现场的种种现象，就难上加难。

范小青：笼统地说，我写小说，仅仅只是为写而写，目的很简单，小说之外的东西，我并没有过多地梳理或者反省，那些东西，我想，它们都隐藏在小说背后，或者也不在小说背后，它们在一个谁也不知道地方的地方，但肯定是存在的。

子川：这些可能涉及的话题与内容，也许烦琐，作为写小说的人，你或许没什么兴趣聊这些？我坐在电脑前，记一些下来，又删掉，翻来覆去的。这种状态大概也像你写作时的状态吧。

范小青：嗯，是有点像。写作的时候，哪怕是一个几千字的短篇，种种想法，也都会是记了又记，否定又否定，真正地翻来覆去。

子川:把你的短篇与长篇放在一起考量,兼顾到前面聊到的你的时间和精力的分配。从时间占用比值和投注精力的程度,打个不恰当的比方,短篇于你,好比让一个跳过3米高度的运动员,来跳1米5的高度,你是那样从容不迫。还不仅是技术问题,也有个时间保障的问题。长篇需要的时间长度和投入精力的程度,与短篇显然不同。也许这与你写作的同时还承担着许多重要社会职能有关。在烦冗的机关工作之余,调度所剩无多的时间和精力,长篇所需要的对你而言似乎有点超计划配置。如果再给你多一点时间呢?或者略微放慢一点节奏。

范小青:换个说法,就是我写长篇的状态,就是一个能够跳3米高的运动员,非要跳到3米以上,是吧?

这和时间、精力都有关,但时间和精力都不是决定因素,决定因素就是整体水平不够。

子川:生活常常是这样,很无奈,尤其是一个需要活在当下的作家。诸多纠结、诸多烦心、诸多焦虑,都与当下有关,也只能与当下有关。想李杜的“当下”时态,当“未来”尚未成为“后来”,他们与现代人的“当下”心态,其实并无二致。你说得对,当未来成为后来,当事人已经不知道,浮着,沉下，又能如何？

范小青：还是那句老话，走过过程吧，别想太多了。

子川：小时候，我跟我父亲在一起的时间相对较多，他跟我说过许多朴素的道理。“衣不争分，木不争寸”就是他告诉我的道理。其实，幼时我并不太懂这话的含义，直到今天，我依旧把这话理解成：裁缝活不能有分的出入，木工活不能有寸的出入，写小说这种活计呢，该以什么尺度来衡量分寸？事实上，有时也就是那么一丁点儿尺度，甚或只有半步之遥。

范小青：呵呵，遗憾不仅是写作、是艺术永恒的话题，也是人生永恒的话题。

跨过了这个半步，就不遗憾了？NO，另一个半步又在面前了。

子川：事实上，我常常会用一种歪嘴和尚的方式念这经文：“不争”就不争。不争这些分寸，或许才是我们自己应有的分寸。

范小青：得失寸心知。

子川：当我们都觉得应该给对话命个篇名，我的懒汉思想又蠢蠢欲动。想借你的小说《我就是我想象中的那个人》名字用一下。当初，我一下子被这个名字吸引住。不过，这名字用在这里，与小说、与我们说的内容，没有一丁点关系。你知道的。

范小青：太好啦，举双手赞同，这可不是懒汉思想，这是灵光闪现。副标题是：子川、范小青对话录。

子川：呵，你一次性通过了对话的篇名，交换发球，副标题应该我定。我以为，体例上，副标题应该用："范小青、子川对话录"更贴切。

图书在版编目(CIP)数据

我就是我想象中的那个人 ：范小青、子川对话录 / 范小青，子川著. -- 南京 ：南京大学出版社，2021.7
ISBN 978-7-305-24325-7

Ⅰ. ①我… Ⅱ. ①范… ②子… Ⅲ. ①小说评论—中国—当代—文集 Ⅳ. ①I207.42-53

中国版本图书馆 CIP 数据核字(2021)第 053366 号

出版发行　南京大学出版社
社　　址　南京市汉口路 22 号　　　　邮　编　210093
出 版 人　金鑫荣

书　　名　我就是我想象中的那个人
——范小青、子川对话录
著　　者　范小青　子　川
责任编辑　谭　天

照　　排　南京南琳图文制作有限公司
印　　刷　江苏凤凰通达印刷有限公司
开　　本　787×1092　1/32　印张 11.25　字数 200 千
版　　次　2021 年 7 月第 1 版　2021 年 7 月第 1 次印刷
ISBN 978-7-305-24325-7
定　　价　60.00 元

网　　址　http://www.njupco.com
官方微博　http://weibo.com/njupco
官方微信　njupress
销售热线　(025) 83594756
